The King of Blue Genies

廣嶋玲子

青の王

東京創元社

青の王

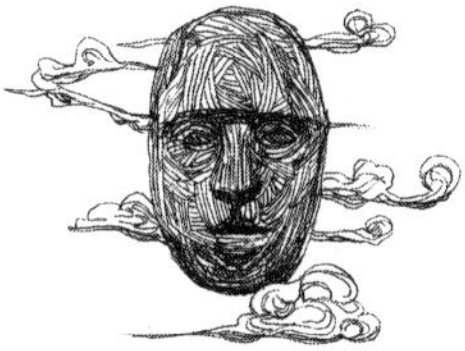

登場人物

ハルーン……………………ナルマーンの都の浮浪児
ファラ………………………塔に閉じ込められた記憶のない少女
アバンザ……………………稲妻狩人、翼船の船長
ソーヤ・エザバル…………船大工一族の長老
ウルバン……………………ナルマーンの王
カーザット…………………第二王子
トルハン……………………第四王子
ナーシル……………………第八王子
ユージーム…………………第十王子
セワード……………………大臣
ゲバル………………………将軍
ギーマ………………………セワードの護衛の魔族。青の眷属
ジャミラ……………………鳥に似た魔族。青の眷属
モルファ……………………トカゲに似た魔族。青の眷属
モーティマ…………………赤の眷属の魔族
青の王………………………青の眷属の魔族の王
セザイラ……………………青の王の妃
アッハーム…………………幸いの虫
翁……………………………あらゆるものの名前を知っている老人

プロローグ

一人の若者が夜の砂漠を歩いていた。

背の高い若者だった。体はよく鍛えられ、弓と矢筒を背負い、腰には刀を差している。いかにも勇猛そうな顔立ちをしていたが、その黒い目には焦りが浮かんでいた。

若者は隊商の用心棒だった。だが、その日の夕暮れ、突然の砂嵐に見舞われ、隊商とはぐれてしまったのだ。武器は身につけておいたおかげで無事だったが、水や食料はなくしてしまった。

このまま朝が来たら、熱い日差しに炙《あぶ》られ、たちまち命を落とすだろう。

若者は星を頼りに北を目指すことにした。同行していた隊商は北に向かっていた。運がよければ、合流できるかもしれない。

歩きながら、四方に目をくばり、どんな小さなものも見逃すまいとする。だが、砂漠は広大で、星明かりに照らされた砂丘が青白く輝くばかりだ。

心がじわじわと絶望に満たされてきた時、若者は、西の空から何か輝くものがやってくるのに気づいた。

星ではない光が、ゆっくりと夜空を横切っていく。海のように美しい青い光だ。

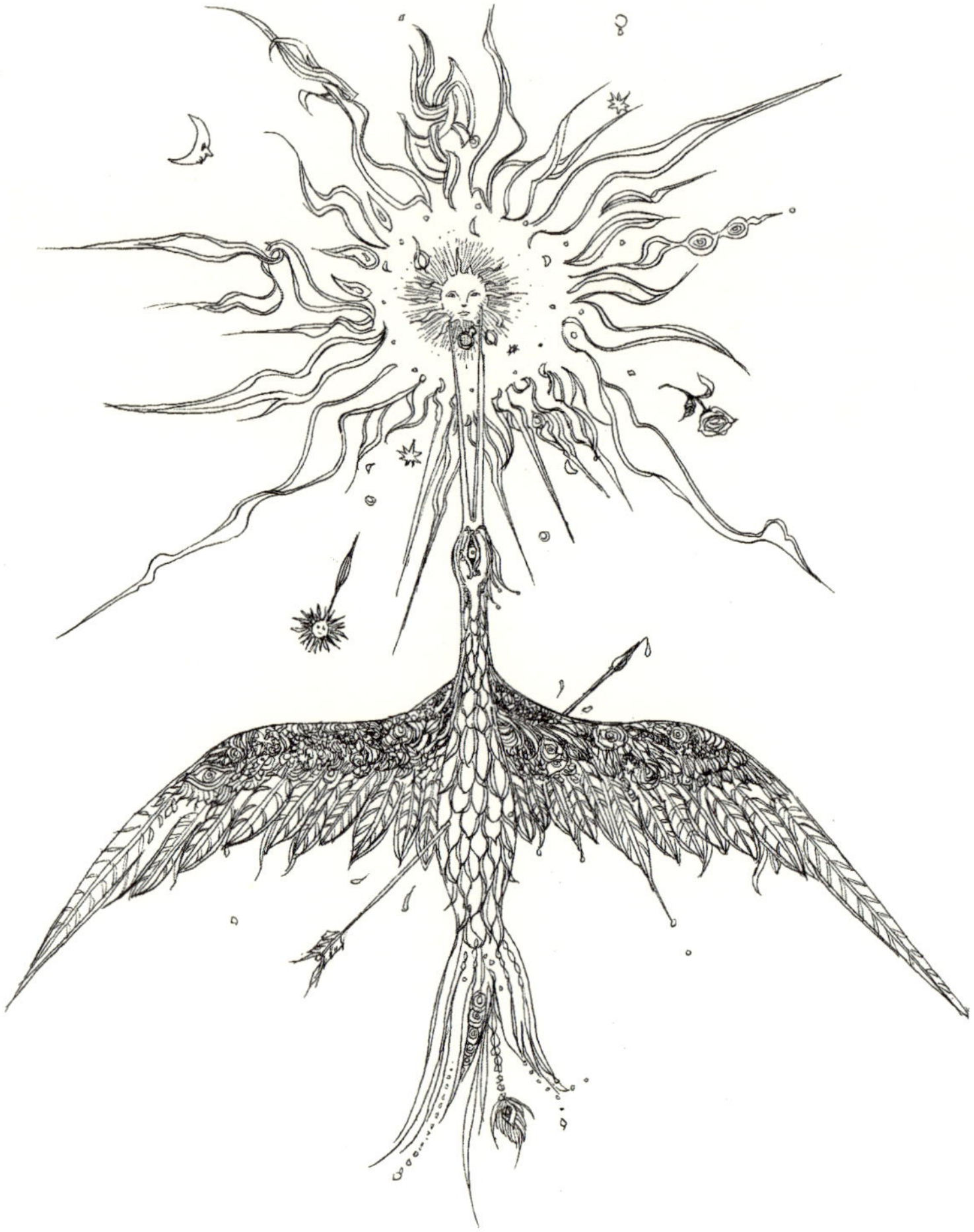

光に心を奪われた若者は思った。

あれがどういうものか、知りたい。そして、できることなら手に入れたい。

若者は光に向けて矢を放った。すると、どうだ。光が地上に落ちてきたではないか。

急いでそちらに走っていき、思わず息をのんだ。

砂の上に、巨大な黒い鳥が倒れていた。力なく首を曲げ、矢に貫かれた翼を広げたままの姿で息絶えている。そのくちばしには、指輪が一つくわえられていた。

すばらしい指輪だった。台座は黄金作りで、精緻《せいち》な渦巻き模様が彫りこまれており、その上に大きな宝石がはまっていた。青玉《サファイア》でも青真珠でもない、見たこともない青い石だ。うねるように濃淡を変えながら、青く青くまたたいている。

光の正体はこの指輪だったのだ。

若者はそっと近づき、鳥のくちばしから指輪をもぎとった。その瞬間から、若者の運命は大きく変わった。

砂漠に取り残された若者は、異形《いぎょう》のもの達を従える王となったのだ。

1

目を開けると、丸いものが見えた。小さな粒だが、明るくて、きれいな色をしている。いったいなんだっけ、あの色。なんという色だっけ。あれは、青？　いや、違う。青はもっと強くてはっきりした色だ。水色！　そうだ。あれは水色っていうんだ。

色を思い出したとたん、自分が何を見ているのかもわかった。空だ。丸い青空が遠くに見える。だが、あとは暗い。それに、ここはひんやりと冷たかった。まだ真昼なのに、こんなに涼しいなんて。

起きあがってみると、自分が井戸の底に横たわっていたことがわかった。井戸は深く、ほとんど太陽の光が届いていなかった。ずっと前に水は涸《か》れてしまったのだろう。砂がたまり、底は完全に乾いていた。

少年はもう一度上を見た。あそこから落ちて傷一つ負わなかったなんて。まるで奇跡だ。

落ちた？　違う。落とされたんだ！

一瞬でハルーンは記憶を取り戻した。

「そうだ。落とされたんだ……」

目を閉じると、記憶がよみがえってきた。

「このこそ泥が！」

憎々しげな怒鳴り声と共に、こぶしが腹に突きこまれた。

ハルーンの細い体は地面に叩きつけられた。息ができなかった。目の前で黒い星がまたたき、殴られたみぞおちが気持ち悪いほど脈打っている。

必死で呼吸しようとしていると、太った男がぐいっとハルーンの腰を踏みつけてきた。男の名はアッサン。この都ナルマーンで、薬問屋として成功している商人だ。肉がたるんだ頬が、怒りで赤黒く染まっていた。

「ドブネズミめ！　ごみを漁るだけならまだしも、よくも商品にまで手をつけたな！　その汚い足でうちにもぐりこんで、あれこれいじくったのか？　えっ？　この、身のほど知らずが！」

怒りがおさまらないとばかりに、アッサンは何度もハルーンの腰を踏みつけた。骨が歪むような痛みに、ハルーンは声もあげられない。涙をこぼすばかりだ。

羽振りのいいアッサンの家から出るごみは、なかなか上等だ。少し傷《いた》んだだけの果物だとか、かたくなったパンだとか。ハルーンのような浮浪児にとっては、ありがたい食べ物だ。

いつものようにこっそりとアッサンの家の裏に回り、ごみを漁っていた時だった。突然、奴隷を連れたアッサンが裏口から飛び出してきた。

身軽で素早いハルーンだが、今回ばかりはそれも役に立たず、大男の奴隷に捕まってしまった。

アッサンは最初から怒り狂っていた。殴られるうちに、ハルーンもだんだんと事情がのみこめてきた。昨日、アッサンの家から砂糖が一袋盗まれたらしい。アッサンは、それがハルーンのしわざだというのだ。いくら誤解だと言っても信じてもらえなかった。

王侯貴族や大商人でもないかぎり、菓子や料理に甘味をつけるのには、もっぱら葡萄《ぶどう》の汁を煮詰めた葡萄蜜《みつ》や蜂蜜《はちみつ》を使う。「台所の銀」と呼ばれる砂糖は、庶民の手には届かない贅沢《ぜいたく》品なのだ。

それを盗まれたとあって、アッサンは怒りがおさまらないようだった。さんざんハルーンを痛めつけると、後ろに立っていた奴隷に命じた。

「おい、マルバン。こいつを袋につめろ！」

マルバンと呼ばれた奴隷が、のっそりとハルーンに近づいてきた。その太い首には、小さな鉛《なまり》の札が丈夫な革紐《ひも》でつりさげられている。奴隷の首飾りだ。主人の名が刻まれた鉛の札は、奴隷の証《あかし》であり、所有者が誰であるかを他者に知らせるものでもある。

これから自分にもあの札がかけられるのだと、ハルーンは真っ青になった。きっとアッサンは、ハルーンを奴隷商人のところに連れていくつもりなのだろう。

親も身内もいない浮浪児は、奴隷商人にとっては恰好の獲物、ただで手に入る商品だ。彼らは常に目を光らせ、親のいない子供を探している。ハルーンも、これまでに何度となく追いかけられ、そのたびにからくも逃げのびてきた。それなのに、こんなところで捕まってしまうなんて。

マルバンの大きな手が、ハルーンを粗布の袋に押しこんだ。体を折り曲げられ、ハルーンは息がつまりそうだったが、痛みのあまり、動くこともできなかった。

袋の外からアッサンの声が聞こえてきた。

「確か、墓地に涸れ井戸があっただろう？　あそこに放りこんでこい。ああ、奴隷商人のところには寄らんでいい。こんな手癖の悪い奴隷、買い取る人に申し訳ない。ネズミにふさわしい死に方をさせてやれ」

ハルーンは今度こそ血の気が引いた。このままでは殺されてしまう。逃げなくては。だが、あいかわらず力は抜けたままだ。いやおうなく持ちあげられ、マルバンの肩に荷物のように担ぎあげられてしまった。

マルバンが歩きだすのがわかった。

声が出るようになると、袋の中からハルーンは必死で頼んだ。見逃してくれと。二度とアッサンのところには戻らないから、逃がしてくれと。

だが、マルバンは返事もしなければ、足を止めることもなかった。

骨の髄《ずい》まで奴隷の精神がしみこんでいる男なのだ。主人の命令は絶対で、それ以外のことに心を乱されることはない。アッサンに信頼されていることを誇りとしているマルバンが、ハルーンの声に耳を傾けるはずがなかった。

やがて、マルバンは足を止め、袋からハルーンを引っ張りだした。

そこは墓地だった。

ナルマーンの下町は、四つの区に分かたれている。店や屋台がひしめく市場。白いしっくい壁が連なる住宅地。異国からの翼船《よくせん》が停船し、船乗り達が泊まっていく宿屋が並んだ港町。そして墓地。

墓地は、見渡すかぎり乾いた砂の色をしていた。足元は、砂漠と同じ砂でおおわれ、墓碑も砂岩で作ってある。死者の木と呼ばれる、白と黒の葉をつける陰気なモーゴンの木がところどころ生えている以外は、いっさいの草花はない。

静かで、ぞくりとするような雰囲気が墓地にはあった。生きている人がおいそれと近づいていい場所ではないと、無言で威圧しているかのようだった。ここは死者を静かに眠らせるための場所なのだと。

実際、葬式や墓参り以外で、ここにやってくるような物好きはいなかった。今も、人気《ひとけ》はまったくない。ハルーンは絶望した。助けてくれる人はいないのだ。しかも、すぐ目の前には、ぽっかりと地面にうがたれた古い井戸があった。

底知れぬ闇をたたえた井戸に、ハルーンは身をこわばらせた。が、マルバンは容赦しなかった。無表情のまま少年を井戸へと突き落としたのだ。

ハルーンは悲鳴をあげながら井戸の中に落ちていった。途中、かかととひじを井戸の側面にぶつけた。だが、痛みを感じかけた次の瞬間、頭から井戸の底に叩きつけられたのだ。どかっという気持ち悪い音がして、割れた頭と鼻から勢いよく血が流れだした。

(あれ、おかしいな?)

そこまで思い出してから、ハルーンははたと気がついた。

血なんて流したはずがない。現に、傷などどこにもないのだから。どうして自分が血を流したなんて思ったりしたんだろう？

なんともすっきりしない気分だった。まるで自分のものではない記憶が混じっているかのようだ。

「ああ、もう！　やめやめ！」

とにかく死なずにすんだのだ。それを喜ばなくては。

勢いよくハルーンは立ちあがり、上を見た。井戸は深く、出口まではかなりある。おまけに、内側はしっかりと石のタイルがはめこまれ、つるつるとしていて、とても登れそうにない。試しに飛びついてみたが、大人の背丈ほども登らないうちに、滑り落ちてしまった。

助けを呼んでみた。もしかしたら、墓参りにやってきた誰かが、自分の声に気づいてくれるかもしれない。そんなはかない望みを抱いて、ハルーンは喉が嗄《か》れるまで叫び続けた。だが、誰もやってはこなかった。

ここにいるのは眠れる死者達だけ。

ふいに恐怖に襲われた。こんな場所で夜を迎えるのはまっぴらだ。死ぬのだっていやだ。せっかく生きのびられたのに。いやだいやだ。生きたい。生きていたい。

捕らえられた獣のように、ハルーンはうろうろと井戸の底を歩きまわった。

そうだ。手がかり足がかりがないなら、作ればいいじゃないか。タイルを割って、そこに穴を開けて。相当な時間と手間がかかるだろうが、何もしないよりはましだ。タイルを割るための石などはないだろうか。

ハルーンは足元の砂を探ってみた。砂はずいぶん分厚くたまっているようで、掘っても掘っても土は出てこなかった。と、指先に何か固いものが触れた。すぐさまそれをつかんで、砂から引っ張りだした。

それは、鉄の輪っかだった。大人の手のひらほどの大きさで、太さはハルーンの親指ほど。よく見ると、表面には細い文字が一列となって、銀で埋めこまれている。最初は腕輪かと思ったが、違った。輪には、鎖がついていたのだ。

とにかく砂から全部出してみようと、ハルーンはぐいっとそれを引っ張ってみた。すると、ずしりとした重みが手に伝わり、続いて妙な手ごたえがあった。鎖の向こうで何かがはずれるような手ごたえ。

なんだと思った時だった。暗かった井戸の底に、ふんわりとした光が広がった。

ハルーンは目を瞠《みは》った。自分の目の前、井戸の壁に埋めこまれたタイルの何枚かが銀色に光っていた。そのタイルは音もなくはずれると、空中に浮かびあがり、細かく砕けた。砕けた破片は三角の形を作りあげ、そのままふたたび壁にはりつく。

と、井戸の壁に突如、扉が現れた。なんの気配も音もなく、本当にいきなり現れたのだ。

どっしりとした青銅の扉だった。あの鉄の輪と同じように、この扉のまわりにも、小さな銀の字がびっしりと描きこまれている。

ハルーンはごくりとつばを飲みこんだ。突然現れた扉。これは魔法だ。魔法で隠されていた扉だ。つまり、この先には何かがある。何かすごいものが。もしかしたら、財宝かもしれない。いや、そうではなく、邪悪な魔物を封じているのかもしれない。

すばらしいものなのか、恐ろしいものなのか。どちらにしても、何かがこの先にはある。

ハルーンはそれを知りたいと思った。どうしようもないほど、この扉の向こうに惹かれた。開きたい。扉の奥にあるものを見たい。

危険かもしれないということも、ちらりと頭をよぎったが、あまり気にならなかった。どのみち、ここにいても出られないだろう。ただ死を待つくらいだったら、どこに続いているのかわからないにしても、扉を開いてみたほうがいい。

少年は、それほど迷わずに扉に手をかけた。

扉は簡単に開いた。その先には、長い長い通路があった。

2

ハルーンは通路を歩いていた。もうずいぶんと歩いてきたが、まだ出口らしきものは見えない。とりあえず通路はこれ一本きりなので、迷う心配がないのはありがたかった。

それに、暗闇でないというのもありがたかった。明かりは一つもないのだが、通路は明るかった。どうやら、まわりの壁からぼんやりとした光が発せられているようだ。その壁も、床も天井も、つやつやかな深緑色の石でできていた。

不思議なところだと、ハルーンは思った。きっとどこかの金持ちが造らせたに違いない。だけど、地下にこんな手のこんだ通路を造るなんて、いったいどういうことなんだろう。まるで見当がつかなかった。

それに、不思議に思うことはまだあった。壁一面にほどこされた彫刻だ。壁には、様々な文字が組みあわさったかのような、独特の模様が彫刻されていた。ハルーンは字が読めないが、見つめているだけで心を文字の中にからめとられるような気がした。だから、なるべく壁を見ないよう、ひたすら前を向いて足を動かした。

果てがないように思えた通路だが、ようやく前方にほの白い光が見えてきた。あれが出口に違いないと、ハルーンは駆け足になった。

光に近づくにつれて、奇妙な臭いが鼻につくようになった。古臭くて、かび臭くて、乾いた臭い。少し気にはなったが、ハルーンは足を止めなかった。今は臭いになどかまっていられない。

少年はひたすら足を動かし、ついに出口へとたどりついた。だが、そこは出口ではなかった。通路の到着地だったのだ。

ハルーンは絶句してしまった。通路はそこで終わり、巨大な空間が広がっていた。前方には巨大な穴があった。穴というよりも、円形にえぐられ、崖と化した火口のようだ。穴は深く、底はまったく見えない。だが、その中央には小島のように岩山が残されていた。

その上に、一つの塔があった。螺旋《らせん》を描いた、白銀の塔だった。そう大きくはないが、一角獣の角のように美しい建物だ。土台となっている岩が黒いため、まるで塔は虚空に浮かんでいるように見える。

その塔に渡るための橋が一本だけあった。ちょうど、ハルーンがいる場所から歩いて十歩と離れていない。橋の前には、小さな門があった。これまた白銀で、淡く輝いており、またしても無数の文字がからみあったかのような、複雑な彫刻がほどこされている。

門の先、橋のすぐ手前を見て、ハルーンは身震いした。そこにはおびただしい数の骨が転がっていたのだ。

人間の骨。獣の骨。魔族のものらしき異形《いぎょう》の骨。いずれもからからに干からび、灰白色に変じている。ハルーンはやっと理解した。空中に漂っていたのは、この干からびた骨達が放つ臭いだったのだ。

ぞくぞくしながら、少年は門と橋の先にある塔を見た。あの塔の中に、何かがあるに違いない。あの塔に行きたい。

わきあがってくる好奇心は恐怖よりも強く、とても抑えられなかった。

ハルーンは用心深く足を踏み出した。この骨を見るかぎり、門をくぐった時に何かが起こったとしか思えない。きっと、罠が仕掛けられているのだろう。何かあってもすぐに逃げられるようにと、猫のように身構えながら、ハルーンは進んでいった。

近づくと、門の光が強くなった。まるで警告するかのように、ちかちかとまたたき始める。それでも、ハルーンは足を止めず、ついに門をくぐったのだ。

一歩。二歩。三歩。

一足ごとに胸の動悸《どうき》は速くなる。

だが、骨の山を抜け、橋にたどりついても、何も起こらなかった。少年は無事に門をくぐり抜けたのだ。

ハルーンは拍子抜けした。絶対何かの仕掛けがあると思ったのに。罠がないのなら、あの骨はいったいなんだったのだろう？　入る者を怖気《おじけ》づかせるために、わざと置かれているものなのだろうか。

とにかく無事であったことにほっとしながら、ハルーンは橋を渡り、塔の中へと入った。

塔はほの白く輝く石造りで、あの通路と同じく、明かりがないにもかかわらず、ぼんやりと明るかった。家具などはいっさいなく、がらんとしていて、静まり返っている。誰かがいる気配もない。ただ奥には上へと続く螺旋《らせん》階段があった。

他に通路はないようだったので、階段を登ってみることにした。階段はすぐに終わり、ハルーンは小さな扉の前にたどりついた。同じように銀で模様が描かれた、石の扉だった。

そうっと開けてみると、そこは広い豪華な部屋となっていた。天井と壁には、一面に青と金のモザイクがほどこされ、床には金と白の複雑な模様がからみあう絨毯《じゅうたん》。宝石がちりばめられた燭台《しょくだい》が煌々《こうこう》とあたりを照らしている。虹色の螺鈿《らでん》細工がほどこされた黒檀《こくたん》の棚の上には、女の子が好みそうなきらびやかな小物がずらりと並んでいた。

しかし、ハルーンはそうした部屋の様子などほとんど目に入らなかった。部屋の中央に、一人の少女がいたからだ。

これまでに見たこともないほど美しい少女だった。薄紅の花びらのように愛らしい唇。ぱっちりとした大きな水色の目。つややかな黒髪。光をはじく蜂蜜《はちみつ》色の肌。まるで少女自身が輝いているように見える。

またその装いも、豪華なものだった。

ひだの多い、ゆったりとした衣装は、見るからに極上の織物で作られていた。その目の覚めるような青い絹地は、少女の蜂蜜色の肌によく映《は》えている。裾には金と黒の糸で神獣の縫いとりが細かになされていた。

ほっそりとした首には銀と真珠の幅広な首飾り、耳には銀の小さな鈴が連なった耳飾りをしていて、全ての指に宝石が輝いていた。長い髪の先にも銀の鈴が編みこまれ、ちりちりと心地よい音をたてている。

まさに物語に出てくるお姫様そのものの姿だった。といっても、年はハルーンとそう変わらないようだったが。

その少女を見たとたん、ハルーンは激しい衝撃を受けた。

『見つけた！　やっと見つけた！』

そのことしか感じなかった。一度も会ったことがない相手なのに、長年探してきた大切なものを見つけたかのような興奮に、全身がはちきれそうだ。

少女に向かって腕を伸ばしかけたところで、ハルーンは我に返った。慌てて腕をおろし、自分のことをしかりつけた。

いったいどうしたっていうんだ？　まったくどうかしているぞ。見ず知らずの、それもこんなきれいな女の子を抱きしめようとするなんて。

自分がやろうとしたことに顔が赤くなった。

一方、少女はじっとハルーンを見返していた。怖がっても驚いてもいないようだが、なぜか悲しげな顔をしている。やがて、ため息をついて小さく口を開いた。

「また、なの？」

美しい容姿にふさわしい、鈴を振るような声だった。うっとりするハルーンの前で、少女は暗い顔つきのまま立ちあがった。

「いいわ。早くすませてしまいましょう」

そう言うと、少女は部屋の隅へと向かい、そこの壁にかかっていた抜き身の短刀を取った。見るからに切れ味が鋭そうな短刀だった。刃《やいば》は蛇の牙のような形をしていて、鈍い銀色に光っている。

こちらに戻ってきた少女が、いきなり袖をまくって、その短刀を自分の細い腕にあてるのを見て、ハルーンは仰天した。危ないと、とっさに短刀をひったくった。

「な、何するんだよ！　危ないよ！」

目を丸くして、少女はハルーンを見返してきた。今度こそ、その顔色が変わっている。しまったと、ハルーンは思った。この、いかにも身分が高そうな相手に対して、なんて無礼なまねをしてしまったんだろう。もしかしたら殺されてしまうかもしれない。

青ざめているハルーンに、少女が恐る恐るという感じでささやいてきた。

「あなた……私の血を取りに来たのではないの？」

「えっ？」

二人はお互いの顔をまじまじと見つめあった。

「違う、の？　じゃあ……あなたは誰なの？」

「ぼくは……ハルーンといいます。おじょうさま」

やっとのことでハルーンも言葉を返した。

「ぼくは迷子で……あなたの血のことは知りません」

「そうなの？」

またしばらく沈黙が続いた。ハルーンは何を言ったらいいのかわからず、少女も途方に暮れているようだった。

と、少女が動いた。おずおずとしたしぐさで、ハルーンの手を取ったのだ。

「……温かい」

少女の唇からそんなつぶやきがこぼれた。

「それに……柔らかい。今までのお使いの人達は、みんな冷たくてかたい手をしていたわ。あの手で触られるのは大嫌い。……でも、あなたの手は優しい感じがする」

あの人達とは本当に違うのねとつぶやき、やっと少女は笑顔になった。

「ごめんなさい。私、勘違いしていたみたい。あなたはあの人達じゃないのね」

「あの人達っていうのが誰なのか、ぼくにはわからないんですが……おじょうさまは、ぼくが血を取りにきたと思ったんですか？」

「ええ。だって、ここに誰かが来るのは、私の血を取る時だけだもの」

またしても少女の目が暗くなった。

「今までここに来た人達は、みんなそうだったわ。ざらざらとしたいやな声で、血をくださいと言って、器《うつわ》を差し出してくるの。そのたびに、私はちょっとだけ腕を切らなくちゃいけないの。いやだけど、それが私の役目だから」

「役目？」

「そう。なんのためかはわからないのだけど。……血を渡すと、ご褒美《ほうび》をもらえるわ。きれいな飾り物とか、たくさんのすてきな本とか。それから、次の時が来るまで、また一人でここにいるの」

「おじょうさまは……どのくらいここにいるんですか？」

「わからないわ。ここに最初に来た時のことは思い出せないの。この部屋に入る前のことも、何も覚えていない。ただわかっているのは、ここにいなくちゃいけないってこと。誰かにそう言われたから。誰に言われたかは、思い出せないのだけど」

少女は疲れたような笑みを浮かべた。

「……わからないことだらけなの、ハルーン。自分の名前さえわからない。誰も私の名前を呼んでくれないから」

せつない笑顔を向けられて、ハルーンは胸が痛くなった。それと同時に、少女の境遇に、激しい嫌悪感がこみあげてきた。

名前さえないなんて。まるでこの世に存在することさえ、許されないみたいじゃないか。大事に閉じこめられ、餌《えさ》を与えられ、何も知らずに殺される時が来るのを待っている哀れな生贄《いけにえ》みたいだ。

我慢できなくて、ハルーンは気づいた時には言っていた。

「名前がないなら、ぼくがつけてあげます……ファラっていうのはどうですか？」

「ファラ？」

「はい。北方の国の奥地には、ファラと呼ばれる泉があるんだそうです。そこの水は水晶みたいに澄んでいて、すごくきれいだって、前に北から来た船乗りが言っていました。その、あなたの目は泉みたいにきれいだから、どうかなって思ったんだけど……」

花がほころぶように少女が笑った。

「いい名前！　ええ。私、ファラになるわね！　すてきな名前をありがとう、ハルーン！」

そうして、少女はファラとなった。

3

「あなたの話をして、ハルーン！　あなたは何者なの？　迷子って言っていたけど、それならどうやってここに来たの？　なんでもいいから話して。あなたのこと、全部教えてほしいの」

目をきらめかせながら、ファラがせがんできた。生き生きとした笑顔に、ハルーンは思わず目を伏せた。ファラは、ハルーンが汚い身なりをしていることなど、目に入らないようだ。顔にも声にも親しみがあふれている。こんなふうにむきだしの好意を向けられたのは初めてで、少年は戸惑ってしまった。

もじもじとうつむいた時だ。たまたまファラの足首が見えて、ハルーンはぎょっとした。きゃしゃな足首には、黒くて太い金属の輪がはまっていたのだ。飾り物というにはあまりにいかつく、あまりに重たげで、なんともいやな感じがするものだ。

足枷《かせ》という言葉が、ハルーンの頭の中に浮かんで胸がしめつけられた。

『……やっぱりこの子は……囚《とら》われ人なんだ』

だが、ファラ自身は足輪のことなどまるで気にしていないようだった。それよりもハルーンが着ているものに興味を示した。ぼろ布といってもさしつかえないようなひどい恰好を、珍しげにながめる。

「こんな服は初めて見たわ。外ではみんなそういう服を着ているの?」

「み、みんなってわけじゃないです。ほとんどの人は、もう少しいい恰好をしているし。でも、おじょうさまのような服を着られるのは、ごくわずかです。だいたいは貴族や大商人ですね」

「……おじょうさまって呼ぶのはやめて。私のことはファラと呼んで。せっかくつけてもらった名前なんだもの。たくさん呼んでほしいわ」

「わ、わかったよ、ファラ」

「ああ、そう呼ばれるのって、すごくすてきな気分。ねえ、もっと聞かせて。外はいったいどんなところなの?」

それが始まりだった。ファラにねだられるまま、ハルーンは話し始めた。

ハルーンはまずは自分がどうしてここにたどりついたか、それまでの出来事を事細かに話した。

それから、自分達が住んでいるナルマーンについて話した。

大砂漠の中央に存在するナルマーン。豊かな水を求めて、旅人達が集まる憩《いこ》いの都。交易のため、あるいは旅の休息地として、日々翼船《つばさぶね》が降りたつ港町。様々なものが売られている市場のにぎわい。下町の雑然とした街並みと悪臭。白や灰色の土で造られ、重なりあい、ひしめきあい、まるで貝のようにお互いにへばりついている庶民の家々。鮮やかな色彩と高い塔が立ち並ぶ貴族や武官達の屋敷の群れ。そして都の中心にそびえる水の塔と、その上に浮かぶ銀の王宮ウジャン・マハル。

ファラの目が丸くなった。

「浮かぶって、王宮が？　水の上に浮かんでいるの？」

「そうだよ。絶対沈んだりしないんだ。そういうことがないように、魔族達が守っているからね」

「魔族？」

「魔族を知らないの？」

驚きながら、ハルーンは魔族について話した。

魔族。自然界に生まれ、自然界に死んでいくもの。人にはない魔力を持ち、その姿は多種多様。人によく似たものもいれば、似ても似つかぬ奇怪な姿をしているものもいる。岩と一体となって身を潜めているものもいれば、炎をまとったものもいる。水の中で笑いさざめくものもいれば、風を呼び、天空を飛びまわるものもいる。

気性も、穏やかなものからいたずら好きなもの、邪悪で凶暴なものまで、まるで人間のように多種多様だという。

学者の中には、魔族は〝堕ちた神々〟なのだと言う者もいる。はるか昔、天上界での大戦で敗れた古い神々の魂のかけらが、地上に落ちて転生したのが魔族だというのだ。

「本当はさ、魔族って人間のことが嫌いらしいんだ。だから、人が踏みこめないような密林や暗い洞窟、あるいは天空の雲や海の中を住処《すみか》にしているって。呪術師や魔女が召喚でもしないかぎり、普通の人間はその姿を見ることはできないんだって」

「それなのに、ナルマーンには魔族がいるの?」

「うん。たくさんね」

王宮ウジャン・マハルの上空では、翼を持つ魔族が飛び交い、日夜警護にあたっている。貯水池の中には、巨大な魚や竜のような姿の魔族が泳ぎ、水質と水脈の確保をしている。美しい姿をしたものは貴族の庭園に放たれ、人々の目を楽しませ、無骨な姿をしたものは都を守る。下町で水の番人をしているのも、魔族だ。

「魔族は、ナルマーンの王様に絶対服従しているんだ。なぜって、天の神様がそう決めたからなんだよ。その昔、地上の魔族が増えすぎて、魔族同士の戦いが絶えなくなってしまったんだ。それを見て、天の神様は、魔族を一つにまとめる王様が必要だと考えた」

神は、一人の人間を魔族の王に選んだ。神に選ばれたその若者は、魔族達を自由に操る力を得て、大砂漠に一夜にしてナルマーンの都を築いた。それが初代ナルマーン王イシュトナールなのだという。

「これはナルマーン人なら誰でも知ってる物語だよ」

「それ、本当なの?」

「わからない。でも、イシュトナールが魔族を従えていたことは、間違いないと思うよ。だって、そうじゃなきゃナルマーンができるわけないし。それに、何百年経った今でも、魔族達はイシュトナールの子孫、つまり王家に仕えているんだ。きっと本当のことなんだよ」

建国されてから三百七十年。ナルマーン人にとって魔族とは、不思議な姿をし、不思議な力を持つ、王のしもべなのだ。

「だから、ナルマーンはどこよりも安全なんだ。どんな強い国も、ナルマーンには手を出さない。戦いになったら千を超える魔族が、ナルマーン王の命令一つで敵陣に向かっていくんだから」

「もっと話して、ハルーン。もっと聞きたいわ」

ハルーンが話すことを、ファラはむさぼるように聞き続けた。聞けば聞くほど外の世界への憧れと興味がわきあがった。

これまではそんな気持ちになることはなかった。ファラにとって、外とはなんの意味も持たぬ場所だった。思い出せないほど昔、誰かにそう教えられたからだ。

「外はおまえには閉ざされているのだ。外にはおまえのためのものは何一つないのだ」

ファラはその言葉を信じた。この部屋だけが、自分が生きるべき場所。そうすりこまれ、外に出たいという願望さえ生まれなかったのだ。

だが、ハルーンが来たことによって、それまでの殻《から》が打ち砕かれた。少年の話によれば、外にはたくさんの人、たくさんの家があって、様々な出来事が起こっているらしい。つらいこともたくさんあるというが、ハルーンの話には勢いと刺激があった。

ファラは想像力をかきたて、ハルーンが話してくれることを思い浮かべようとした。だが、やはり自分の目で見て、自分の手で触れ、自分の鼻で嗅《か》がなくてはわからないものもある。それに気づき、ため息をついた。

「私も外に出られたらいいのに」

「出られるよ！」

ハルーンは勢いこんで言った。

「ぼくがここまで通ってきた通路を使えばいいんだ。そうすれば涸れ井戸に出るから。まずはぼくが井戸をよじのぼって、それから君を縄かなんかで引っ張りあげる。君は外に行けるんだよ、ファラ！」

ファラの目が一瞬輝きかけたが、すぐに不安そうになった。

「でも、外は私に対して閉ざされているって。誰かが言ったのよ。……私が外に行っても、何も見ることはできないかも」

「そんなことあるわけないよ。外にはなんにもないって、その誰かは言ったんだろう？　でも、ぼくはその外から来たんだよ？　そいつは嘘をついていたってことさ」

「……」

「君は外に出なくちゃ。絶対出たほうがいいよ」

ハルーンは言葉を尽くした。なんとしてもファラを外に連れ出したかったのだ。それも、一刻も早く。この部屋は美しくて快適かもしれない。でも、良い場所ではないのだ。そんな気がしてならなかった。

だからハルーンは決めていた。いったん外に出たら、もう二度とファラをこの部屋には戻さないと。

「とにかく外に出てみようよ。出てみれば、何もかもはっきりするだろうから」

ハルーンの熱心な言葉に、ファラはついにうなずいた。

「……そうね。やってみましょう」

「じゃ、行こう！」

内心小躍りせんばかりに喜びながら、ハルーンは外に出る支度を整えだした。

まずはファラに、食料になりそうなものはないかと尋ねた。あの涸れ井戸から抜け出すのに、どれくらいかかるか、わからない。食べ物があるとないとでは大違いだ。

「できれば、かた焼きパンと白チーズなんかあると助かるんだけど。あれは日持ちするから」

「かた焼きパンに、白チーズね」

ハルーンの言葉を繰り返しながら、ファラは銀の円卓へと歩いていった。大きな円卓だ。表面には紅玉《ルビー》がちりばめられ、炎の模様を描き出している。

ファラが両手を円卓の上に置いた。次の瞬間、円卓の上にはひらたいかた焼きパンがたっぷり入った籠《かご》と、かたい白チーズのかたまりがいくつも現れていた。

あっけにとられている少年に、ファラは尋ねた。

「このくらいでいいかしら？」

ハルーンは恐る恐るパンに手を伸ばした。もしかしたらこれは全部幻で、触ったら消えてしまうかもしれない。

だが、手に持っても、パンはなくならなかった。そのまま口に運んでみた。一口かじってみて、さらに驚いた。間違いなくこれはパンだ。しっかりと焼かれた、日持ちするかた焼きパンだ。

これは魔法の円卓なのだと、いまさらながらにハルーンは気づいた。

「すごいね。……これ、どうなっているの？」

「さあ。知らないわ」

たいして気にしていない様子で、ファラは肩をすくめてみせた。

「私が何か食べたくなると、自然にこの上に料理が出てくるの。満足すると、消えてしまう。ただそれだけよ」

驚きを隠せないまま、ハルーンは出してもらった食べ物を大きめの布に包んだ。

それからファラを振り返った。王族と言っても疑われないほどの、きらびやかな姿。ただでさえファラは人目をひく容姿なのに、こんな恰好で外に出たら、目立ちすぎてしまう。

「その恰好はまずいね。もっと地味なのはない？」

「ええっと、ちょっと探してみるわね」

だが、衣装箪笥《だんす》をひっくり返して探してみても、出てくるのは刺繍《ししゅう》や宝石があしらわれたものばかり。ハルーンは思いきって言った。

「悪いけど……ちょっとこの服を切ったり、汚したりしてもいいかな？」

「かまわないわ。それで外に出られるのなら。なんでもやって」

そこで、ハルーンはクリーム色の絹の服を選んで、袖をざっくりと切ったり、踏みつけて汚したりと、細工をした。これでまあまあいいだろう。あとは、ファラ本人だ。きらきらした飾りを全部はずしてもらわなくては。

ファラはこれにも素直にうなずき、耳飾りや首飾り、指輪、髪に編みこんだ鈴も全てはずしていった。いずれも高価そうなものだったので、ハルーンはそれらも持っていくことにした。お金が必要になった時、きっと役に立ってくれるだろう。

もはや残っているのは、ファラの両足にはまった金属の輪だけだった。これは留め金がないため、はずせなかった。ハルーンは残念に思った。何よりも、この輪を取りはずしたいと思っていたからだ。だが、他の装飾品と違って、この輪は目立たない。とりあえずはよしとしよう。

そうして、わざと汚した服に着替えれば、ファラはぐっと違った感じになった。目鼻立ちの美しさはどうしようもないが、もうお姫様という感じではない。

満足感を覚えながら、ハルーンはパンとチーズを入れた包みを肩にくくりつけた。用心のため、壁にかかった短刀ももらっていくことにした。短刀を腰に差しこみ、しっかりとファラの手を握りしめ、ハルーンは扉の前に立った。

出ていくんだ！　ここから出ていくんだ、ぼく達は！

胸を高鳴らせながら、ハルーンは扉の取っ手に手をかけた。

ところが、扉はびくともしなかった。入ってきた時は、いともたやすく開いたのに。今はものすごい重さが手にかかってくる。まるで壁と一体になってしまったかのようだ。鍵はかかっていないはずなのに。どうしてなんだ！

「や、やっぱりだめなのかしら？　私は出られないの？」

「そんなことない！」

泣きそうな顔をするファラをはげまし、ハルーンは今度は扉に体当たりをした。ここでぎょっとなった。扉は温かかったのだ。

温かい。これは石や木の感触なんかじゃない。まるで、そう、血の通った生き物みたいだ。髪の毛が逆立つような恐怖と嫌悪にかられ、ハルーンは思わず持っていた短刀を扉に突き立てていた。

ぐさりと、短刀が根元まで埋まった。同時に、扉が甲高い悲鳴をあげたのだ。そのすさまじい叫びに、ハルーンもファラも耳を押さえて、崩れそうになった。

だが、悲鳴が途切れると、さらに思いもよらないことが起きた。短刀が刺さった個所から、どろどろとした黒い液体が吐き出され始めたのだ。それはまたたく間に床に広がり、じわじわと子供達のほうへ迫ってきた。

あれに触れたら、きっとまずいことになる。

危機感を覚え、ハルーンはファラをかばいながら、あとずさりした。

止まれ！　それ以上流れないで、止まってくれ！

だが、黒い液体はどんどんあふれ、こちらに迫ってくる。

「出口は？　他にないの？」

「な、ないわ。あの扉がただ一つの出入口なの！」

悪態をつきながら、ハルーンは部屋の奥へとしりぞいていった。こうなったら、あのどろどろが止まってくれるのを祈るしかない。何か食い止められるものはないだろうか。

探してみたが、子供の力で動かせそうなものはなかった。とりあえず本や服を並べてみたが、どろどろはあっけなくそれを乗り越えてしまう。

いよいよ追い詰められてきた。高いところに逃げて、やりすごさなくては。

一つの置物がハルーンの目にとまった。それは、巨大な翼を背中にはやした、等身大の馬の像だった。体は黒檀《こくたん》でできており、目には真珠がはめこまれている。たてがみと尾は銀色の糸だ。黄金の鞍と手綱をつけたその姿は、王族か貴族かがまたがるのを待っているかのようだ。

「ファラ！　この像の上に登って！　この上なら、しばらくはどろどろに触れずにすむから！」

ハルーンは、大きな像の上に少女を押しあげ、続いて自分も飛び乗った。ちょうど二人で鞍にまたがる感じになった。

ハルーンは必死で目を動かした。ファラは、他に出口はないと言っていたけれど、もしかしたらどこかに隠し扉か何かがあるかもしれない。扉を出現させるからくりなどはないだろうか。

どろどろは部屋中を満たし、さらに増えていく。

馬の脚が半分ほどどろどろの中に沈んでしまうのを見て、ファラが悲鳴をあげた。ハルーンは焦りのあまり、ぎゅうっと馬のたてがみを握りしめた。この時、指先に妙なものが当たった。よく考えもせず、ハルーンはそれを引っ張った。

突然、馬の像に命が宿った。馬は荒々しくいななくや、両の翼を羽ばたかせ始めた。あっという間に体が浮きあがっていくのを、ハルーンは馬の首にかじりつきながら見ていた。

とうとう、馬は完全に空中に浮かびあがった。だが、それを追いかけるように、どろどろは水位を上げていく。このままではいずれ天井までやってくるだろう。

と、馬が大きく前足を振りあげ、部屋の壁を蹴った。どーんというすさまじい音がして、壁が砕かれた。

自ら出口を作りあげるや、馬はそこから抜け出し、すばらしい速さで飛び始めた。どこをどう飛んでいるのか、ハルーンには見当もつかなかった。疾風のように走る馬の背から落ちないように、しがみつくのがやっとだったのだ。自分の体でファラの体を押さえつけているため、頭を上げることさえできない。

それでも、自分達が外に出た時はわかった。全身にまばゆい光と涼やかな風を感じたからだ。

4

「ねえ、起きて。目を覚まして。ねえ」

心配そうな声がしきりに呼びかけてくる。鈴を振るようなきれいな声。ああ、とても懐かしい。答えなくちゃ。返事をして、この声の主の顔を見なくちゃ。

ハルーンはようやく目を開けた。きれいな顔がこちらをのぞきこんでいた。

「ファラ……」

「ああ、ハルーン！」

ファラがかじりついてきた。首をがっちりとかためられ、少年は息が苦しくなったほどだ。大丈夫だよと何度もささやくと、ようやくファラは腕を放した。

「よかった。目を覚ましてくれて。起きなかったらどうしようって、思っていたところなの。アバンザは、きっと大丈夫だって、言っていたんだけど。ほんとよかった」

ほっとしたようにファラが笑った。笑うと、少女はそれこそ可憐な花のようだった。その愛らしさに一瞬うっとりしかけたものの、ハルーンは慌てて自分を取り戻した。

「アバンザって？」

「私達を助けてくれた人よ。さっきまでここにいたんだけど、ちょっと用があるからって、出ていっちゃったの。でも、きっとすぐに戻ってくると思うわ」

ハルーンは初めてまわりを見た。

二人がいるのは小さな部屋だった。壁も床も天井も板張りで、壁には窓が一つあり、その反対側に小さな扉が一つある。左右の壁には、備え付けの寝床が一つずつあり、左側のほうの寝床に、ハルーンは横になっていたのだ。

とにかく、まったく見覚えのない場所だ。ハルーンは不安になった。いったい、ここはどこなんだろう?

ファラに尋ねようとした時だ。扉が開いて、女が一人、部屋に入ってきた。

年は二十代後半から三十代前半といったところか。日焼けした顔は力強く、黒い目は活気に満ち、かつ鋭い。それほど背は高くなかったが、がっしりとした体格で、むきだしとなった肩や腕はたくましい。一見したところ、まるで男のようだ。

服装も男みたいで、黒と赤の船乗りの服に、使いこんだ短刀を腰帯に差し、足には丈夫そうな革靴をはいている。唯一の飾りは、耳につけた大きな雷光石の耳飾りくらいだ。

頭にはクリーム色のターバンをゆるく巻きつけており、そこからこぼれる髪は暗紅色だった。まるで暗い炎を思わせるような色だ。それが蛇のような巻き毛となって、女の首にかかっていた。

ハルーンを見るなり、女は顔をほころばせた。

「よかった。目が覚めたんだね。気分はどうだい?」

「だ、大丈夫です。あの、あなたがアバンザさんですか？」

「そうだよ」

「あの、助けていただいたそうで、その、あ、ありがとうございました」

礼を言うハルーンに、たいしたことじゃないさと、アバンザは笑い、それから少し厳しい顔になって尋ねてきた。

「なんだってあんなところにいたんだい？　大砂漠の中でも、あのあたりは特に危険な場所なんだよ？　近くにはオアシスも集落もないし、夜には人食い犬がうろつくんだから」

「大砂漠？　ぼく達、大砂漠にいたんですか？」

「そうだよ」

ハルーンは考えこんだ。

空飛ぶ馬に乗って、自分達があの部屋を飛び出したことは覚えている。あのあと、馬は飛び続け、ナルマーンの都から出たのだろう。そして大砂漠の上まで来た時、ハルーンの力が尽きて、ファラと一緒に馬から転げ落ちてしまったに違いない。アバンザが運よく通りかかって二人を助けてくれなければ、いったいどうなっていたことか。

ハルーンが幸運を噛《か》みしめていると、アバンザが言ってきた。

「起きられるようだったら、甲板に出てごらん。外の空気に当たれば、もっと気分がよくなるよ」

「甲板？　ここは船なんですか？」

「ああ、そうだよ。出てみるかい？」

アバンザに誘われ、子供達は部屋を出て、小さな階段をのぼった。すると、甲板に出た。

子供達は感嘆の声をあげた。

「うわああっ！」

そこは確かに船の上だった。豆のさやのようにすらりとした三日月形の、いかにも速そうな船だ。帆柱は三本あり、それぞれのてっぺんに小さく丸められた帆がしっかりとくくりつけられている。それほど大きくはなかったが、船の両脇には四枚の大きな翼がつけられ、それが上下に羽ばたいていた。

そう。彼らを乗せた船は、空に浮かんでいたのだ。眼下には見渡すかぎりの大砂漠が広がり、頭上には雲一つない蒼穹《そうきゅう》がある。自分が文字どおり天と地の間にいるということに、ハルーンの体は感動で震えた。

「翼船《つばさぶね》だ！」

今まで乗ったことはなかったが、もちろん翼船のことは知っていた。大砂漠のど真ん中にあるナルマーンでは、別の国と行き来する手段として、砂船《すなぶね》か翼船が利用されるからだ。

砂船は手頃な値段で砂漠越えをしてくれるが、風の力を利用して走る船なので、風が吹いてくれなければどうにもならない。

それに引き換え、翼船は値が張るが、速くて確実だ。砂漠周辺だけでなく、どんな国にだって行くことができる。

異国の旅人や商人達、遊覧に来た金持ち、船乗り、吉兆を占う占い師や、幸運のまじないをかける呪術師。あらゆる類《たぐい》の人間が行き交い、ぴりりと鼻にくるような匂いが漂っていた港町のことを、ハルーンは思い出した。

特に、錨《いかり》を巻きあげ、空に飛び立っていく翼船の姿は、胸がどきどきするほどかっこよく、ついつい立ち止まって見てしまったものだ。その憧れの翼船に、自分が乗っているなんて。まるで夢のようだ。

ファラのほうも、興奮で顔を赤くしながら、羽ばたく翼や景色に見入っていた。

「赤いサソリ号にようこそ。見てくれは悪いし、今はちょいと調子も悪いけどね。まあ、心配しなくていいよ。ちゃんと修理すれば、疾風にだって負けやしない。世界一の船なんだから」

自慢そうにアバンザが言った。その言葉に、ハルーンはようやく気づかされた。この船がびっくりするほどおんぼろだということに。

本当に恐ろしく古く、傷だらけだった。帆柱にしろ、側面にしろ、翼にしろ、修繕したことのない場所はないようだ。おかげで船はつぎはぎだらけに見えた。この状態で空を飛んでいるなんて、信じられないくらいだ。

顔をこわばらせる少年ににやりと笑いかけ、アバンザは食事の支度をしてくると言った。

「あんた達はここで待っておいで。舵《かじ》だけはいじらないでおくれよ。下手にいじられると、厄介なことになるからね」

そう言って、アバンザは下に降りていった。

二人きりになれたので、ハルーンはファラにささやいた。

「アバンザさんが戻ってくる前に、ちょっと話を合わせておこうよ」

「なんのこと?」

「君のことだよ。アバンザさんはいい人だと思うよ。でも、まだ信用できるかどうかわからないし。その、君が塔の中に閉じこめられていたって、言わないほうがいいと思うんだ」

ファラの水色の目がさっと曇った。

「私、捕まっていたのよね?」

「……たぶん」

「……血を取られていたのは、罰だったのかしら? 何か悪いことをしたから、閉じこめられていたんだと思う?」

「思わない」

今度はきっぱりとハルーンは言った。

「君は絶対悪くない。だいたい、子供が閉じこめられるなんて、そっちのほうがおかしいよ。君を閉じこめたやつらのほうが悪いんだ」

「……ありがとう」

ファラに微笑《ほほえ》まれ、ハルーンは頰が熱くなるのを感じた。慌てて目をそらしながら言った。

「だから、君は絶対にあそこに戻っちゃいけないんだ。そのためにも、筋の通った話を作っておかなくちゃ。そうだな。ぼくと君は奴隷で、ナルマーンの都に連れていかれる途中だった。でも、都に着く前に隊商の食料が足りなくなって、口減らしのために、ぼくらは隊商から放り出された。

そこをアバンザさんに助けてもらった。そんなふうに話そうよ」

「わかったわ」

ファラはうなずいた。


それからしばらくして、「食事ができたよ」と呼ばれ、三人でアバンザの部屋で食事をすることになった。

アバンザの部屋は、さきほどハルーン達がいた部屋よりも大きかったが、やはり簡素だった。寝床が一つあるだけだ。壁には刀や短刀や縄などがかけられていて、とても女の人の部屋とは思えない。

だが、床の上には、美しい赤の敷物が敷かれ、その上には数々の料理の皿がぎっしりと並べられていた。

出来立てなのだろう。どの皿からも湯気が立ちのぼっている。詰め物のされた大きな鳥の丸焼きに、香草をまぶした羊肉の串焼き、アーモンドと干し葡萄《ぶどう》が入ったバターライス、チーズやひき肉を入れたまんじゅう、魚の団子、ヨーグルトをかけたサラダ、レモン風味の豆のスープ、エビのスープ、瓜《うり》の炒め物。

果物の盛りあわせ、焼き菓子、練り菓子、シャーベット、香辛料を入れた果実水と、甘いものも充実していた。

「おいしそう！」

ファラは手を叩いて喜んだが、ハルーンはあっけにとられていた。

これはまるで大商人か貴族が、お祝いのために用意したごちそうのようだ。いったいこの人は何者なんだろう？　こんなおんぼろ船に乗っているのに、こんなすごいごちそうを用意できるなんて。

ハルーンのまなざしに、アバンザが笑った。

「自己紹介が遅れたね。あたしは稲妻《いなずま》狩人のアバンザ。この赤いサソリ号の船長で、ただ一人の船員だよ」

「稲妻狩人！」

ハルーンは目を輝かせた。

稲妻からは、内部に閃光《せんこう》を閉じ込めたすばらしい宝石、雷光石を作り出すことができる。ことに、雲海の深部の稲妻から作り出される雷光石は、目にも鮮やかな緑色で、暗闇の中でまばゆく輝くという。

見た目が美しいだけでなく、雷光石には多彩な力が秘められている。熱病にかかった病人に砕いて飲ませればたちまち病《やまい》は治るし、魔よけにもなる。火が厳禁の火薬庫などでは、雷光石が生み出す光はなくてはならないものだ。

貴重な雷光石を求める人は多いが、原料となる稲妻を手に入れるには、卓越した技術と知恵、死を恐れぬ勇敢さが必要だ。その全てを兼ね備え、空に飛び立つのが稲妻狩人なのだ。

ハルーンにとって、稲妻狩人は憧れの的だった。

目をきらきらさせる少年に、アバンザは頬をゆるめた。

「さ、とにかくまずは腹ごしらえだ。冷めないうちに食べようじゃないか。足りないようだったら、もっと用意するから。どんどん食べておくれ」

船長にこう言われたら、もう遠慮はいらない。さっきからハルーンのおなかは、ぎゅるぎゅると大きな音を立てていたところだったのだ。

「いただきます！」

さっそく焼き串を取って、肉にかぶりついた。口いっぱいに、熱々の肉汁があふれた。香草の香りがこれまたたまらない。それを食べ終えると、今度はバターライスをたっぷりと食べ、乳の入ったまろやかなエビのスープを二杯飲みほした。

料理はどれもおいしくて、ハルーンは次々と皿をたいらげていった。アバンザも旺盛な食欲を見せて、そのかたわらではファラがせっせと甘いものをつまんでいた。

やがて、三人とも満腹になった。もうこれ以上は一口だって入らない。満足のため息をつく子供達に、アバンザは食後の熱い茶を渡した。それから、まじめな顔で切り出した。

「さて、あんた達のことだけど、どうしてやったら一番いいんだろうね？　親はいるの？　家はどこにあるんだい？」

答えられない問いかけに、子供達は身をかたくした。アバンザの顔が優しくなった。

「心配しなくていい。親がいないからといって、奴隷商人に引き渡そうとか、あたしの奴隷にしようとか、そういうことはこれっぱかしも思ってないから。風と船の神に誓うよ」

そう言って、アバンザは胸に手をあててみせた。

ハルーンはアバンザの言葉を信じることにした。この人は大丈夫だ。まだ心から信用することはできないけれど、少なくともぼくらを売りとばしたりはしないだろう。だいたいにおいて、船乗りは自由を愛する気質だと聞くし。

ハルーンは先ほど作りあげた話を、アバンザに話した。大砂漠を横断する際、奴隷が口減らしのために隊商から放り出されるのは、珍しいことではない。砂漠に放り出されたことへの恐怖で、ファラの記憶も飛んでしまったのだろうと話した。アバンザは信じてくれたようで、「大変だったんだね」と、慰めの言葉をかけてきた。

ハルーンはほっとしながら、先を続けた。

「だから、ぼくらはナルマーンだけには行きたくないんです。ぼくらを捨てた奴隷商人とまた会ってしまったら……その、怖いんです」

「当たり前だ。怖いに決まってるさ」

よくわかると、アバンザは大きくうなずいてみせた。

「そういうことなら、あんた達をしばらくこの船に乗せてあげるよ」

「ほ、ほんとですか！」

「ああ。これから南の狩り場に向かう途中で……そうだ。あんた達さえよければ、南の、あたしがよく知っている村に降ろしてあげよう。住んでいる連中は気のいい人ばかりだ。陶芸をなりわいとしている村だから、望めば技を習えるよ。技を身につけて匠《たくみ》になれば、自分の力で生きていけるだろう。なにより、あの村には奴隷は一人もいない。みんな奴隷商人が大嫌いで、来たら村人総出で追い払うことにしているからね」

どうだいと、アバンザは返事をうながしてきた。

ハルーンとファラは顔を見合わせた。お互いの目を見てわかった。その気になっている。ハルーンはうなずいた。

「じゃあ、お願いします」

「ありがとう、アバンザさん」

「船長と呼んでおくれ」

陽気にアバンザは言った。

「この船は稲妻を狩るための船だからね。あまり居心地は良くないかもしれないけど、気兼ねはいらないから。ただし、奥の厨房《ちゅうぼう》と倉庫には行かないでおくれ。倉庫には大事な仕事道具があるし、厨房《ちゅうぼう》にはあたし以外の人間には入ってもらいたくないんだ。守れるかい？」

「はい」

「もちろん」

子供達は約束した。

「じゃあ、決まりだ。その村までは二十日ほどかかるよ。ということで、気楽にかまえておくれ」

「はい」

ファラは嬉しげに笑ったが、ハルーンはまだ少しこわばった顔をしていた。不安や疑いをぬぐいきれない様子の少年に、アバンザは大丈夫だと言い聞かせた。

「風の神に誓って、絶対にナルマーンには戻らない。……あたしはナルマーンが嫌いなんだ。商売上どうしても立ち寄らなくちゃいけない時もあるが、それ以外は足を向けるのもいやなくらいでね」

「そんなに嫌いなんですか？」

「ああ、奴隷のいる国を見ると反吐《へど》が出る」

あんな都はなくなってしまったほうがいい。そう言い放つアバンザの顔は陰気に曇り、目だけがぎらぎらと荒々しく光っていた。

ハルーンはぞくりとした。どうやら、船長はナルマーンに深い恨みがあるらしい。だが、その恨みのおかげで、安全にナルマーンから遠ざかることができそうだ。

ハルーンは直感的に知っていた。自分達は決してナルマーンに戻ってはいけないのだと。戻ったが最後、必ず悪いことが起こるだろうと。

拾われたのがアバンザの翼船で、幸運だったと、しみじみ思った。おかげで、ナルマーンから遠ざかりつつあるし、新しい暮らしへの見通しも見えてきた。なんだか胸がわくわくする。

ハルーンは隣に座るファラをこっそりと見つめた。

ほんの半日ほど前に初めて出会ったのに、もう何年も前からの友達に思えてしまう。いや、友達だなんて、そんな軽い言葉では言い表せない。大事な人。何があっても守りたい、ただ一人の相手。ファラを見るたび、そんな思いがこみあげてくる。

相手は見ず知らずの、しかも秘密の塔に厳重に隠されていた、素性もわからない女の子だというのに。どうしてなのだろうと、自分の心に戸惑った。だが、戸惑いはしても、信念が揺らぐことはなかった。もう決めてしまったからだ。この子と一緒にいようと。

ファラがハルーンの視線に気づき、笑顔を向けてきた。その笑顔を見ると、ますます決意が固まった。守ろう。何があっても守らなければ。

だが、この時のハルーンはわかっていなかった。自分が何をしたのかを。

5

大砂漠の中央に築きあげられた五角形の都、ナルマーン。

この巨大な都は、三重の城壁によって形成されている。一番外側の城壁から第二の城壁の間には、庶民達が暮らす下町があり、市場、港町、住宅地、墓地と、四つの区画に分けられている。

第二の城壁から第三の城壁までは、貴族や大商人が住む貴族街だ。ごちゃごちゃと建物が入り組んだ下町とは違い、貴族街はくまなく整頓《せいとん》されていた。美しい屋敷があり、細かな玉石をしきつめた幅広の道がある。それに網の目のように用水路が走り、とうとうと水が流れている。

広々とした公共の庭園も、あちこちに築かれていた。珍しい花が咲き誇り、見目好《よ》い木々が植えられている。池には小さな舟も浮かべられ、舟遊びが楽しめるようになっている。その緑豊かな光景は、とても砂漠の中にあるとは思えない。まさに楽園のようだ。

だが、もっとも驚くべきは、第三の城壁だった。

この城壁は他の城壁の三倍の高さがあり、城壁というよりも、もはや巨大な塔のようだ。しかも、その内側は水で満たされていた。

そう。第三の城壁の内部は、貯水池となっているのだ。この水は地下からとめどなく湧いてくる。縁からあふれ出すのをふせぐため、城壁のあちこちに放水口が設けられており、そこから流れる水が貴族街の用水路を走り、やがては下町の井戸やため池へとたどりつく。

このように、豊かな水源を確保しているナルマーンは、砂漠の宝石、水の都とも呼ばれ、多くの隊商や商人が立ち寄るオアシスとなっていた。実際、大砂漠を横断する者にとって、ナルマーンでの休息、水の補給は欠かせないものだ。そして彼らの訪れが、ナルマーンの国庫を満たし、また様々な品々をもたらしてくれる。

水こそがナルマーンの力。水こそが、この都の最大の富。その象徴とも言える第三の城壁、水の塔の、湖ほども大きさがある水面には、王宮ウジャン・マハルが浮かんでいる。

王族達の暮らす三日月形の屋形船。銀と青の石を基盤に造りあげられた壮麗《そうれい》で神秘的なその姿は、水浴びをしに地上に降りてきた月のようだ。水は、常に同じ水位を保っているため、王宮が城壁から押し出されることはなく、また城壁内部に沈んでいってしまうこともない。ナルマーンを一望できると同時に、最も安全な場所にあるというわけだ。

本来ならその豊かさゆえに、ナルマーンは多くの国に狙われてもおかしくない。だが、そのような心配はまずなかった。

魔族が、ナルマーンを守っていたからだ。

めったなことでは自然界の住処《すみか》から出てこないという魔族。気まぐれに人を助けたり襲ったりすることはあっても、人に服従することはないとされてきた魔族。その魔族の姿が、ここナルマーンでは当たり前のものとして、そこここに見られる。

異国人の中には、そのことを忌《い》まわしいと思う者もいた。ことに、魔族を自然界の精霊として崇《あが》める民にとっては、人間が魔族を召使いとするなど、冒瀆《ぼうとく》以外のなにものでもなかった。だから、「砂漠の宝石」とたたえられる一方で、ナルマーンは「この世にあらざる魔都」と忌み嫌われていた。

だが、他者になんと言われようと、ナルマーンは栄える。これからも何も変わることなく、王家による魔族の支配は続き、魔族の力によって王家の権威は守られる。それは決して揺るがないはずだった。

だが、異変は起きた。

それは、ハルーンとファラがアバンザに救われてから二日後の朝のこと。王宮ウジャン・マハルでは、ナルマーンの王子達が父王の寝所に集まっていた。

第十二代国王ウルバンは病《やまい》の床に伏していた。王は、実際の年齢以上に年老いていた。絹の寝床に横たわった姿は、骨と皮ばかり。二十歳で帝位について以来、何十年もの間ナルマーンに君臨してきた王者の姿とはとても思えない。

そんな父王を、王子達は期待に満ちたまなざしで見ていた。彼らは知っていたのだ。まもなく父親が死ぬということ、そしてこうして集められたのが、父の遺言を聞くためのものだということを。

ウルバン王は男ばかり十一人の子をもうけた。が、そのうち五人がすでにこの世の人ではなかった。残っている王子は六人。この中から次なる王は選ばれる。

いったい誰が選ばれるのか。

息を殺して待っているのは、何も王子達ばかりではなかった。同席を許されたセワード大臣とゲバル将軍も、同じだった。彼らは王の遺言の証人として、その場に呼ばれていた。

ようやくウルバンが口を開いた。干からびた蛇のごとく、かさかさとした声だった。

「わしの跡目は……おおいなるナルマーンの都と玉座、および七十二種の魔族は……第四王子トルハンが継ぐべし」

名前を呼ばれたトルハンの顔にみるみる笑みが広がった。

「ああ、父上！　ありがとうございます！」

トルハンは父のもとに駆け寄り、その手に接吻《せっぷん》した。喜びで声がうわずっていた。

今年二十六歳になるトルハンはまったくの凡人だった。優れたところはなく、強者にこびへつらう小心者だ。が、気性の激しい第二王子、美食におぼれる双子の第五王子と第六王子、人望のない第八王子、そしてまだ乳母を恋しがる幼い第十王子よりは、まだましというわけだ。

大臣と将軍はさりげなく目をかわしあった。二人とも、こうなることはある程度予想していたのだ。

一方、選ばれなかった他の王子達からは濃厚な怒りの気が立ちのぼった。だが、父王の言葉は絶対だ。黙って頭を下げるしかなかった。

「では、父上！　さ、さっそく儀式を？」

「ああ。今すませてしまおう。……メッサ、来《こ》よ」

ウルバン王の呼びかけに、どこからともなく一人の魔族が現れた。若い女の姿をしていたが、下半身は長く黒い蛇で、その蛇の胴体には大きな翼がついていた。

無言で頭を下げる魔族に、王はかすれた声で命じた。

「人形遣いを連れて、贄《にえ》の塔に行け。血を取ってくるのだ」

命令を受けると、魔族は蛇が首をもたげるように体を高く起こした。魔族の顔は美しかったが、その口は黒い糸で無残にも縫いあわされていた。

魔族が滑るように出ていくと、王は目をつぶって、ふたたび体を寝台に横たえた。

だが、後継ぎに指名されたトルハンは、じっとしてなどいられなかった。得意満面となったトルハンは、興奮のあまり甲高くなった声で叫んだ。

「セワード大臣。そちは祝宴の手配をせよ。次の日蝕《にっしょく》は間近だ。日蝕訪れし年に王位を受け継ぐ者は、暗闇の訪れをはねとばせるよう、盛大な宴《うたげ》をするのがならわしだ。金に糸目はつけるな。これから何百年も語り継がれるような豪華なものにして、私の、いや、余の即位を知らしめるのだ。急いでやれ。これは新たなる王としての、余の最初の役目である」

抑えきれない喜びをこめて、トルハンは命じた。すでに王気取りだ。第二王子と第五王子と第六王子は露骨《ろこつ》にいやな顔をし、第八王子は鼻を鳴らした。何が起こっているかわかっていない四歳の第十王子は、乳母がいないとすすり泣いていた。

セワードはすぐさま命令に従い、寝所を退出した。

セワードが出ていったあと、選ばれなかった王子達はじつに不愉快な思いを味わうことになった。トルハンはこれみよがしにため息をついたり、兄弟達のほうを見て忍び笑いをもらしたりし続けたからだ。

第二王子であるカーザットはこめかみを脈打たせながら、じっと屈辱に耐えていた。生き残っている王子達の中でも最年長の三十二歳、黒髪に黒い目、たけだけしい鷲鼻《わしばな》をそなえた、鋭い風貌の持ち主だ。

彼は力を尊《とうと》ぶ武人でもあり、軟弱な者を軽蔑していた。だからこそ父王の選択には我を失いかけた。自分は最年長であり、また誰よりも強さを誇っている。その自分が選ばれず、愚かで気弱なトルハンなどが選ばれるとは。怒りのあまり、今にも胸が破裂しそうだ。

と、第八王子ナーシルがすり寄ってきた。

異国人を母に持つ十九歳のナーシルは、白い肌とつややかな赤毛を持つ、女のように美しい若者だ。だが、なよなよとした物腰とその下に潜む狡猾《こうかつ》な性格ゆえに、王宮ではサソリのように嫌われていた。

もちろん、カーザットはこの弟が大嫌いだった。今も近づかれただけで、ひくりと口元が引きつった。それに気づかぬはずがないのに、ナーシルはさらに体を近づけて、猫なで声でささやいてきた。

「ねえ、兄上。いくらなんでもあんまりだとは思いませんか？　王に選ばれたからといって、このような侮辱《ぶじょく》を我々に与えるとは。そんな権利はトルハン兄上にはないはず」

「黙っていろ、ナーシル！　父上の御前だ！」

怒りをこめてカーザットはささやき返したが、ナーシルは黙らなかった。

「兄上はそれでよろしいのですか？　あなたは我々の中で一番の年長者。あの玉座に座るのを夢見ぬ日は、一日だってなかったのではありませんか？」

「黙れと言うのだ。さもないと、おまえのその白い喉をかっさばいてくれるぞ」

「はいはい、黙りますとも。愛しい兄上がそう望まれるのであればね」

皮肉そうに言って、ナーシルはカーザットから離れた。

やがて魔族メッサが戻ってきた。一人ではなかった。質素な身なりをした老人が一緒だった。子供ほどもある精巧な人形を腕に抱えた老人の顔は、人形よりも青ざめていた。

メッサも、心なしか青ざめているようだった。しかし、その目は輝いていた。まるで、抑えきれない期待と喜びがあふれ出てきているかのように。

彼らの様子に、異様なものを感じたのだろう。トルハンがうわずった声で叫んだ。

「どうした！　贄の血は取ってきたのであろうな！」

老人ががばりとひれ伏した。

「お、お、お許しくださいい！　ご命令を果た、は、果たせませんでした！」

「どういうことだ！　おまえのでく人形が動かなかったというのなら、その首はねてくれるぞ！」

「ち、違います！　人形に問題はなく、その……に、贄の子がいなかったのでございます！」

一瞬空気が凍りつき、そのあと、うわっとはじけた。第十王子以外の全ての王子が老人に駆け寄り、口々にわめきたてた。普段ほとんど感情をあらわにしないナーシルでさえ、口から泡を飛ばして怒鳴りまくった。

それを鎮めたのはゲバル将軍だった。将軍は広間が震えるような大声を放った。

「お静かに！」

軍隊を従える大喝が、王子達のわめき声を吹き飛ばした。しんと静まり返る中、将軍は今度は静かに言った。

「まずは人形遣いの話を聞こうではありませんか」

王子達の目が老人に向いた。老人は血の気のない顔のまま話しだした。

「私は、目隠しをされて、この魔族様にどこかに連れていかれました。目隠しをはずされると、ぎ、ぎ、銀の門の前におりました。そこで人形に門をくぐらせ、その先の贄の塔に入らせました」

そこまではなんの問題もなかったのだと、人形遣いは繰り返し言った。

「ですが、人形は手ぶらで戻ってきました。何度も送りなおしたのですが、そのたびに手ぶらで……。あまりに不可解なので、私は人形の片目をはずして、もう一度塔に送りこみました。そうして、持っている目玉をのぞきました」

人形は、自分が目にしているものを、もう一方の目にも伝えてきた。目をのぞきこむ人形遣いには、塔の内部がはっきりと見えたという。ほの白く輝く壁、上へと続く螺旋《らせん》階段、石の扉。

だが、扉を開けて部屋の中に入れば、そこには誰もいなかった。隅から隅まで探してみても、誰もいなかったのだ。

「贄はいなかったのです。いないものから血は取れません……」

消え入らんばかりに報告する人形遣いから目をそらし、王子達は青ざめた顔を見あわせた。

「に、逃げたということか？」

「ありえない！　贄の子にかけた封印は、勝手に破れるようなものではない！」

「でも、現実に贄はいなかったではありませんか！」

「ええい！　扉の封印はどうなっているのだ！　逃げようとすれば、あの扉が贄の子を石の中に塗りこめるはずだ。あの塔は、贄の子のために作られた完全な牢獄なのだから。どういうことだ！　どうなっている！」

恐れながらと、人形遣いが口を開いた。

「へ、部屋の壁に大きな穴が開いておりました。もしやすると、贄は逃げたのではなく、誰かが塔に穴を開け、そこから贄をさらったのではないでしょうか？」

馬鹿なと、ナーシルがつぶやいた。

「あの塔がある空間は、どんな強い翼を持つ魔族も飛ぶことができないよう、太古の魔法がかけられているという。塔に行きつく方法はただ一つ、橋を渡ることだ。そして、橋の前には門がある。生者の命を奪う、強力な呪いの門。命令を吹きこんだ人形でなければ、決して通ることができない門だ。命ある者がくぐれるはずがない」

「だが、実際にそれが破られたのだ」

いまいましげにカーザットが弟に吐き捨てた。

「とにかく贄の子はいない。逃げたかさらわれたかは定かではないが、我々から遠ざかってしまったというわけだ。今のままではナルマーンは新王をいただけぬぞ。それどころか、贄の子がいないまま日蝕を迎えたらどうなるか……」

「そ、そんな、あってはならぬことだ！」

双子の王子が同時に怒鳴った。

ふたたび怒鳴りあいが始まりそうになった時、ウルバン王その人が口を開いた。かさついた声が皆の殺気立った心を抑えつけた。

「怒鳴りあっている場合ではなかろう。これからどうするか、次の手を考えられる者はおらぬのか？　トルハン、そなたは？」

だが、王の問いかけに対し、トルハンは「ど、どうしたらいいのでしょうか？　どうしたら？」とおろおろするばかりだった。

この混乱の事態に素早く対応したのは、やはり第二王子カーザットであった。彼はこれを天からの賜物《たまもの》だと思った。みすみす見逃す手はない。

彼は進み出るなり言った。

「どうやら我々は狩りをしなければならぬようです。父上、私に考えがあります。父上がお持ちの兵士や魔族を、我々六人で均等に分けるのです。それをそれぞれで指揮し、贄の子を探す。我ら兄弟のうち、贄の子を連れ帰った者に、父上は王の全てをお譲りになる。そうしてはいかがでしょう？」

突拍子もない提案に、全員の頭が一瞬真っ白になった。

自分の権利が奪われかけていると気づき、トルハンは血相を変えて前に飛び出した。

「馬鹿な！　次の王は私だ！　父上がそうお決めになったのだ！　玉座は私の、いや、余のものだ！　そ、そうでしょう、父上？」

王の大きくくぼんだ目がトルハンを見た。そこには、慌てることしかできないトルハンへの落胆が浮かんでいた。

「トルハンよ。わしの遺言は、贄の子がいないことで破られた。カーザットの提案は、しごくもっともなものに思える」

「そ、そんな……父上！」

「王になりたくば、贄の子をわしのもとに連れてくるがよい。そうすれば、その場でわしはおまえに全てを譲ってやろう。……ただし、日蝕までだ。他の者も心せよ。日蝕までに贄の子を捕らえなければ、全ては終わりとなることを。行くがよい、我が子達よ」

話は終わりだとばかりに、王は目を閉じた。トルハンもそれ以上は言葉を続けられず、兄弟達と共に退室するしかなかった。

だが、部屋の外に出るなり、トルハンはカーザットに食ってかかった。

「どういうつもりだ、兄上！　あ、あんなことを父上に言うなんて！　汚いぞ！」

「おまえが悪い。おまえは父上を失望させたのだ。緊急の事態にどう立ち向かえるか、父上は見定めておられた。おまえは腰抜けだ、トルハン」

「次の王は私だ！　そう父上がお決めになったのだから！　誰が贄の子を見つけてこようと関係ない！　遺言こそが絶対のものだ！」

「父王の遺言は破棄されたのだ。愛しい弟よ」

　優しく言った時には、カーザットの手はトルハンのきゃしゃな腕をつかんでいた。

「状況が変わったことがわからぬような愚か者など、ナルマーンの玉座にはふさわしくない」

　カーザットは素早く弟の右腕をねじりあげた。ばきばきと、恐ろしい音がした。トルハンはカエルのように目をむき、悲鳴をあげて床に倒れた。

　床の上を転げまわるトルハンを見て、幼い第十王子が火がついたように泣きだした。それを黙れと怒鳴りつけたあと、カーザットは兄弟達に宣言した。

「俺と競いあうつもりなら、死の川を渡る覚悟を決めておけ。相手となる者には、容赦はせぬぞ。たとえ愛しい兄弟であろうともな」

　すくみあがっている兄弟達を見回したあと、カーザットは足音高く去っていった。

6

自室に戻るなり、セワード大臣は円卓の上にあった水差しから冷たい酒をあおった。そうすると、ようやく体の震えがおさまってきた。

セワードはトルハン王子の言いつけに従い、宴《うたげ》の手配に動いていたところだった。そこへ、至急王の寝所《しんじょ》に戻るようにと、使いが来たのだ。戻ってみれば、王子達の姿はすでになく、残っていたゲバル将軍が手短に事情を話してくれた。それからどうやって自分の部屋に戻ったのか、セワードは覚えていない。

贄《にえ》の子が消えてしまったとは。いや、そもそも贄の子などというものが本当にいて、それによって王位継承が支えられてきたとは。今日の今日まで知らなかったが……そうとわかった以上、自分も密《ひそ》かに動きださなければ。

「ギーマ」

セワードが呼ぶと、ゆらりと目の前に大きな影が現れた。

黒い翼をはやした銀毛の大猿だった。ギーマという名の魔族で、セワードが大臣の地位についた時、護衛として王から賜《たまわ》ったものだ。王族以外で魔族の護衛を持てることは、大変な名誉とされていた。彼らほど有能な者はいなかったからだ。

実際、ギーマはじつに忠実に役目を果たしてきた。そればかりか、二人きりの時ならば、友として話し相手をつとめてくれる。

たくましい体を揺すりながら、ギーマは群青色の目でセワードを見つめ、深い声音で問うてきた。

「大臣。次の王は誰になるのですか?」

「……おまえは陛下が亡くなると思っているのだね」

「当然です。あなたの体からはウルバンの匂いがする。病《やまい》と死の匂いです。これほどの匂いを放つ者が、そう長く生きられるはずはありません」

「もはやウルバン様とは呼ばないのだね」

「死にゆく者に尊称は必要ないでしょう。尊敬もしていなかった相手であれば、なおさらに」

ギーマの言葉は淡々としていた。セワードは少し笑った。彼はこの魔族の友が好きだった。

「次の王にはトルハン殿下がなられるはずだった。だが、不測の事態が起きてしまってね。トルハン殿下はたぶん王位にはつけぬだろう」

「……彼が王にならずにすんだのは良いことです。しかし、残りの王子の顔ぶれを考えると、はたしてそれで良かったのかどうか」

「口がすぎるよ、ギーマ。まあ、聞きなさい。不測の事態というのはこういうことだ」

セワードはギーマに全てを話した。贄の子のことも、包み隠さず話した。贄の子がいなくなったと聞いて、ギーマは衝撃を隠せない様子だった。ぐらりと体が傾いたほどだ。

「それは真のことですか？」

「本当だと思う。あの人形遣いの老人は、代々王家に仕えてきた忠臣の末裔《まつえい》。彼が王家に嘘をつくなど、ありえない」

「……信じられない。贄の子が隠されている場所を知っているものは、王の指輪に封印された魔族メッサだけ。メッサは贄の子の血を取りに行く時だけ呼び出され、しかも秘密の場所をもらさないよう、口を縫いあわされてしまっている。それに、贄の子のいる場所には死の魔法がかけてあると聞きます。実際、贄の子を探しに行った魔族で、戻ってきたものはいません。その贄の子がいなくなるとは……」

信じられないと繰り返すギーマに、セワードは声をひそめて言った。

「贄の子というものがいる。おまえがそう話してくれた時、私は信じなかった。王家の方々が、どういうものであれ生贄《いけにえ》を使っているなど、信じたくもなかった。だが、今日わかった。贄の子はいる。しかも、その血によって、王家は支えられているらしい。ウルバン王が自らそう言っていた。贄の子が日蝕《にっしょく》までに戻らなければ、全てが終わると。……ナルマーンの王家を王家たらしめているのは、魔族だ。おまえ達魔族を支配する力こそが、あの一族の要にして全て。つまり、贄の子がこのまま戻らねば、王家は魔族に対する力を失い、おまえ達は自由になれる。そうではないか？」

次第にセワードのささやきに熱がこもっていった。だが、ギーマは悲しげにかぶりを振った。

「そう単純ではありません。贄の子が贄の子であり続けるかぎり、我らに自由は訪れないでしょう」

「贄の子が逃げただけでは、だめだと言うのか？」

「はい。それに……我らの中には贄の子の死を望んでいるものさえいます。彼らの手によって、贄の子が日蝕の前に殺されてしまったら……我らの多くは闇にのまれ、魂を失うでしょう」

「自ら魂が穢《けが》れることを望むものがいると？」

「ええ。このまま人間の奴隷であり続けるよりましだと言うのです」

刃物で切りつけられたように、セワードは顔を歪めた。

「……すまない」

「……いえ、あなたはいい人間です、セワード。あなたに仕えられるよう命じられたことは、奴隷となって以来、一番のよい出来事でした。でも、他の仲間達はもっと悲惨な目にあっています。……それが苦しい」

ギーマの青い目が一瞬、溶岩のごとくたぎった。地獄の炎のような暗い輝きに、セワードの胸はいっそう痛んだ。

ここナルマーンにいる魔族は、例外なく青い目をしていた。薄い水色から黒に近いほどの濃紺色まで、濃淡の違いはあれども、必ず青に連なる色をしている。が、その目がしばしば暗く黒くよどむのだ。

ああ、なぜ人間は彼らを奴隷扱いできるのだろう。自分以外の人間には、魔族達の目に浮かぶこの憎悪の炎が見えないのだろうか。彼らの傷ついた誇りから、血がふきだしているのが見えないのだろうか。その血は必ずや大きな災いを呼ぶだろうに。それなのに、なぜ皆は気づこうともしないのだ。

人間の浅ましさに、セワードはいたたまれない気持ちだった。

この時だ。突然扉が開かれ、第八王子ナーシルが気取った様子で入ってきた。

「やあ、セワード。ちょっといいかな?」

にっこりと微笑《ほほえ》むナーシルのまわりには、ケララと言う小さな魔族がたくさん飛び交っていた。ケララは、背中にトンボのような羽を持つ、小さな人間のような姿をしている。愛らしいだけでなく、金色の美しい光を放つので、王宮の人間達のお気に入りだ。今も、王子のまわりに金の鱗粉《りんぷん》のような光をふりまいていた。

内心の舌打ちを押し殺し、セワードは頭を下げて王子を出迎えた。ギーマはセワードの後ろに控えた。

「これはナーシル殿下。このようなむさくるしいところにおいでになられるとは。どのような御用でありましょうか?」

「うん。大臣はカーザット兄上が出立《しゅったつ》されたことを知っているかい?」

「カーザット殿下が? しかし、あの出来事があってより、まだ一刻と経っていないではありませんか?」

「誰かに遅れをとるのが大嫌いな兄上だ。あの気性は大臣も知っているだろう? ともかく、兄上は王宮をお発ちになった。ご自分で選んだ兵と魔族を引き連れてね。とりあえずナルマーン中をしらみつぶしに探すおつもりらしい。短気な兄上らしいとは思わないかい？」

「……あなたはそんなことはなさらないと？」

「もちろん。私はそんな無駄な労力は使わないよ。私は大臣と同じように、知恵を愛する者だからね」

にこやかにナーシルは笑った。その笑顔は輝くように美しかったが、どこか歪んでいた。この王子の体には、血のかわりに毒が流れているかのようだ。彼の息吹《いぶき》にはどことなく腐った臭いが混じっている。

この王宮でナーシルこそがもっとも気をつけなくてはならない相手だと、セワードは知っていた。人を傷つけずにはいられず、自分が傷つくのはわずかでも我慢ならないその性格。そして他の王子達にはない、抜けめのなさ。

くねくねとした物腰は隠れ蓑《みの》にすぎない。これは毒牙を持つ狡猾《こうかつ》な蛇。美しくも危険極まりない、冷血の生き物なのだ。

よりによって今、ナーシルが自分を訪ねてきたのは、何か思惑《おもわく》があってのことに違いない。セワードは身構えた。

はたして、ナーシルはねっとりとしゃべりだしたのだ。

「ねえ、大臣。私はね、ナルマーンの王座になど興味はないんだ。実を言うと、どんな王国の玉座もほしくはない。政《まつりごと》や民のことなど、退屈だ。そんなくだらないことに励む気などさらさらないんだよ。だが、魔族はほしい。彼らの力をもってすれば、私が渇望するものを手に入れることができるだろうからね」

「渇望？　まるでカーザット殿下のようなことをおっしゃいますね。あなたがそのような野望を秘めておいでとは存じませんでした」

とたん、ナーシルは目をつりあげた。美しい顔が悪鬼のようになる。

「兄上のことなどどうでもいい！　私の話の途中に口をはさむな！」

「申し訳ありません」

ナーシルの激情は一瞬でおさまり、ふたたび彼は柔和に微笑んだ。

「どこまで話したかな？　ああ、そうそう。私の望みは魔族だ。だから、ぜひとも贄の子がほしい。かといって、私は兵士連中には人気がない。とても兄上のように指揮をとることはできないだろう。だからね、セワード大臣、君に私の代理をつとめてもらいたいのだ。君は知識も経験も豊富だ。兄は強いが、頭の働きはそう良くはない。君ならば、たやすく兄を出し抜くことができるはずだ」

予想していたとおりの言葉に、セワードは苦笑した。

「お言葉ながら、それはできかねます、ナーシル殿下。私が探索に加わることは許されておりません。それに、ナーシル殿下のみに力を貸すことは、なんと申しますか、ずるをすることになりますからな」

「まさしくそのとおり。そのずるをしてもらいたいのだよ」

「殿下……」

「もちろん、ただではない。君にはナルマーンをくれてやる」

不意打ちを食らったように、セワードは硬直した。そのセワードの顔を、ナーシルはのぞきこんだ。美しい目は妖《あや》しく光っていた。

「そう。ナルマーンだ。君への報酬。ささやかな感謝の証《あかし》として、この都を君に与えよう」

「殿下……たとえ殿下であっても、そのようなことを口にするのは許されません。私が……そのような申し出を受け入れると思うのですか？」

「もちろんだよ」

歌うようにナーシルはささやいた。

「君は拒まない。拒むはずがない。なぜなら、君はナルマーンを心から愛しているからだ。だが、君にとって今のナルマーンは汚れている。君がそう思う原因も、私は知っている。魔族だろう？」

ずばりと切りこまれ、セワードの鼓動が一段と早くなった。この王子にそんなことまで見抜かれていたとは。

セワードの動揺を感じ取ったのか、ナーシルの舌はますますなめらかに動きだした。

「この王宮では、姿の麗《うるわ》しい魔族、人間の好みに合う特技を持つ魔族は、愛玩物《あいがんぶつ》として愛《め》でられる。力の強いものは警護や軍隊に回され、手先の器用なものは召使いとして重宝される。そして姿の醜《みにく》いものやこれといった特技のないものは下等魔族と名づけられ、さげすまれ忌《い》み嫌われる。

君はそういう魔族達を見るのが嫌いだね？」

「……」

「嫌いといっても、魔族が嫌いなわけじゃない。人間が魔族を従え、いたぶっているのを目にしてしまうのが、いやでいやでしかたないのだろう？　そう感じてしまうのは、君が生粋のナルマーン人ではなく、私のように異国の血が混じっているからじゃないかな？　確か、君の母上はシリーン族の出じゃなかったかい？　あの民は、魔族を神とも精霊とも崇《あが》めていると聞くけど、君もそういう教えを母君から受けてきたのかな？」

「何をおっしゃっているのか、わかりかねます」

心の動揺を鎮めようと、セワードはゆったりと微笑んでみせた。すると、ナーシルも微笑んだ。今度のは冷たい笑みだった。

「私に対して、しらを切るのはやめたほうがいいよ。人をあざむくことでは、私のほうがずっと上手《うわて》なのだから」

ふいにナーシルは手を伸ばし、目の前を飛んでいたケララを捕まえた。そうして甲高い声で叫ぶ魔族の羽を無造作に引きちぎったのだ。

怒声をあげそうになるのを必死で抑え、セワードは静かに言った。

「殿下、何をなさいますか？」

「ふふふ。ほら、もう顔色が変わっているよ。なんて正直なんだろうね、君は」

「殿下」

「別にかまわないだろう？　たかが魔族、それも言葉も話さない下等な生き物じゃないか」

王子の指がケララのもう一枚の羽に伸びる。

「殿下。どうかお願いです」

「ケララのことより私を見ろ、セワード！」

爆発するようにナーシルが叫んだ。目が白く光っていた。

「お願いしているのは私のほうだ、大臣！　私は贄の子を連れてきてくれるように、君に頼んでいるんだぞ！　王子たるこの私がだ！　贄の子を探し出して、私のもとに連れてくるんだ。これは命令だ！　拒むことなど許さない！」

一息ついてから、ナーシルは打って変わった静かな口調で言った。

「そうしたら君の願いを叶えてやる。君は哀れな魔族達の姿を、自分の目の前から消し去りたいのだろう？　君が贄の子を私に差し出してくれたら、ナルマーンを君に譲ろう。君は新たな王となり、望むままにナルマーンを変えればいい。魔族を解放してやるのもいいだろう。好きにすればいいさ」

「……殿下は？」

「ん？」

「私にナルマーンを譲り、魔族達を自由にしてよいとおっしゃるが、それでは殿下はなんのために贄の子を望まれるのですか？　あなたの渇望するものとは、いったいなんなのです？」

「おや、まだ言ってなかったかな？」

はにかむように、ナーシルは笑った。

「鏡の宮を造りたいのだよ」

「鏡の宮？」

「そう。私が人嫌いなのを知っているだろう？　正直、私以外の人間など見たくもないのだよ。だから、鏡の宮がほしい。私の見たいものだけが映し出される、美しい鏡に囲まれた宮殿。醜いものは存在せず、時の流れも及ばぬ私だけの王国だ。魔族達の力を結集させれば、造れるはずだ。そのために、一度だけ私はナルマーンの王となり、一度だけ魔族達を使役したい。……もうわかっただろう、大臣？　望みの物が手に入ったら、私に魔族など必要ないのさ」

そう言って、王子はケララを離した。枯れ葉のように床に落ちたケララを、ギーマが素早く拾いあげた。むろん、ナーシルはそれには見向きもしなかった。彼はセワードを見ていた。

セワードががっくりと首をたれるのを見ると、ナーシルはにっこりとした。

「じゃあ、頼んだよ。いいね？」

「……お心に叶うようにつとめます」

「そうしたほうがいい。君は賢い男のはずだからね。必ずカーザット兄上より先に獲物を手に入れてきてくれ」

出ていこうとするナーシルの背中に、セワードは最後の皮肉を投げつけた。

「……さきほどからカーザット殿下のことしかおっしゃいませんが、他のご兄弟はいかがなのです？　ご自分の敵ではないと？」

ナーシルははじけるように笑いだした。

「他の兄弟？　ああ、セワード。君もわかっているはずだ。トルハンは腕を折られて、痛みに泣きわめいている。それでも探索には出かけるだろうが……あの状態でどこまでもつか見物《みもの》だね。そして末の弟ユージーム。あれは探索の指揮などとれはしない。あの幼い弟は、カーザットがトルハンにしたことに死ぬほどおびえていてね。さきほど部屋を通りかかったが、乳母役の魔族にしがみついて大泣きしていたよ。あのぶんでは一生部屋から出ようとしないだろう」

「しかし、ジラーム殿下とギラーム殿下は？　あの方々はすでに十分な大人で、権力への欲望もありましょう」

「ああ、あの双子ね」

ナーシルの唇が奇妙な形に歪んだ。

「彼らは確かに玉座をほしがっている。でも、探索には行かないよ。行けないのだよ、もう」

セワードは総毛立った。

「何をなさったのです！」

「……ここに来る前に、私は幻を見たのだよ、大臣」

遠くを見るように目を細めながら、ナーシルはささやきだした。

「幻には双子が出てきた。彼らは探索のための支度をしていた。召使いに命じて、あの太った体に無理やり甲冑《かっちゅう》をつけさせようとしていた。大作業だ。腹も減る。そこへ召使いがおいしそうな砂糖菓子を運んできた」

道化のように、ナーシルは見えない器《うつわ》を運んでくるしぐさをした。

「双子はさっそく菓子に手を出した。いつものようにいじきたなく口につめこんでいると、おや、どうしたことだ！　突然、双子は同時に喉をつまらせた。息が止まり、顔色がみるみる赤黒くなる。召使い達は慌てて菓子を吐き出させようとしたが、そうこうするうちに双子の心臓は完全に止まってしまうんだ。……不思議なほどはっきりとした幻だったよ。まるで現実の出来事のようだった」

冷や汗にぬれた喉元を、セワードは震える手で押さえた。そうでもしないと、胃の中のものをもどしてしまいそうだったのだ。

「なんということを……」

そう唸るのがやっとだった。だが、ナーシルは涼しげに微笑んでいた。

「それほど怒るようなことではないだろう？　あの双子は、かたわれがいなければ何もできない出来そこないだった。あの二人が贄の子を見つけたら、玉座も二つに分けるはめになっていただろうさ」

「あなたは……兄弟殺しをなさった」

「証拠はどこにもない。私はただ幻を見ただけさ。いわゆる予見ってやつだね」

うそぶいたあと、ふいにナーシルはまじめな顔になった。

「父上は心を慰めてくれるような優しい娘を望んでおられたが、ついぞ叶わなかった。だが、私は自分が男兄弟ばかりであることを、天に感謝しているのだよ。姉や妹がいたら……さすがにいやな思いを味わっていただろうからね」

寒気のするような含みのある言葉を残し、ナーシルは出ていった。

セワードはしばらくそのまま立ちつくしていた。煮えたぎるような思いを噛《か》みしめていたのだ。呼吸を整えてから、後ろを振り返った。ギーマが怪我をしたケララの手当てをしていた。

「どうだ？」

「命に別状はありません。しかし、二度と飛ぶことはできないでしょう」

「……むごいことをする」

「はい」

ギーマが暗い炎をたたえた目で、ナーシル王子が出ていった扉を見やった。

「あの王子が次の主になるかと思うと、ぞっとします」

口を慎めとは、セワードは言わなかった。

7

それと同じ頃、王の寝所では、ウルバン王が死を迎えようとしていた。もはや魔法も遠方の秘薬も、これ以上王の命を引き延ばすことはかなわない。

さきほどまでは数人の医師が付き添っていたが、王は彼らをさがらせ、ただ一人孤独に寝台に横たわっていた。

だが、死神の手に渡りかけている老帝の感覚は、かつてないほど研《と》ぎ澄まされていた。こうして横たわっていても、殺気と血の臭いが王宮のあちこちで立ちのぼり始めているのがわかる。感じるのだ。

『哀れな息子どもよ……』

王の目から濁《にご》った涙が一筋流れた。

『ナルマーンの王位とは、おまえ達が思い描いているようなものではないというのに……』

だが、彼らはそれを知らないのだ。かつて皇太子であった自分が、帝位を継ぐまで知らなかったように。

ナルマーンの王になることが、こんな重荷をも受け継ぐことだと知っていたら、決して玉座になどつかなかったものを。

それは、もう何千回となく唱えてきた言葉だ。おそらく父も、そのまた父も、代々の王は皆同じ言葉を唱えてきたことだろう。

にもかかわらず、どの王も重荷から自由になる道を選ばなかった。なぜなら、重荷とは黄金の重みであり、権力の重みであったからだ。これを投げ出せば、一族からあらゆる権威は消える。それはできなかった。人間の欲望を浅ましいと思いつつ、ウルバンも何十年も重荷を背負い続けたのだ。

本当に長かったと、目を閉じた。たちまち、まぶたの裏の闇から声が響いてきた。

『あれは最後の希望の光。おおいなる災いを食い止められる、ただ一つの希望。あれを我がもとへまいらせよ。日蝕《にっしょく》が近づいている。また犠牲を出そうと言うのか？　ああ、あれを我がもとへ！』

必死の哀願であり、有無を言わせぬ気迫に満ちた声。そして苦痛にも彩《いろど》られている。

父王から王の座を引き継いだ時から、この声はウルバンに取り憑《つ》いた。夢を通して、ウルバンにつきまとった。それに対して、ウルバンは一貫して耳をふさいできた。一種の我慢比べのようなものであった。

だが、ウルバンは年々老いていき、かわりに声は年々強まっていった。今ではこうして目を閉じるだけで聞こえてくる。次の王になる者は、この声をそのまま受け継ぐことになるのだ。

ウルバンは息子達の顔を思い浮かべた。秀でているとは言えない者達ばかりだが、それでも血のつながった我が子達だ。彼らを守ってやらなければ。王としてではなく、親として、ウルバンは決意をかためていた。

『息子達だけでは、日蝕までに贄《にえ》の子を取り戻せるかどうかわからぬ。やはり、わしも手を貸さねばなるまい』

王は少し考えてから、一つの名を呼んだ。

のっそりと大きな影が現れ、寝台の横に立った。それは、ウルバンの曾祖父の代から王を守護してきた魔族であった。

他の多くの魔族同様、この魔族も青い目をしていた。ただし青と言っても、黒に近いほど濃い藍《あい》色だ。ただでさえ暗いその目には、底知れない闇が宿っている。

この魔族は常に無表情だった。何事にも無関心のように見え、自分から人間に話しかけたことは一度としてない。王を守るという目的以外で、その恐るべき鉤爪《かぎづめ》で誰かを傷つけたこともない。

だが、時折ぞっとするような気配がこの魔族から立ちのぼってくるのを、ウルバンは感じ取っていた。あまりにも長く強く抑えつけられてきた憎しみ、血の復讐を望む欲望の臭いが、何かの拍子にふわっと腐臭のように立ちのぼるのだ。それを嗅ぐたびに、ウルバンは下腹を冷たい鉄の爪でかきむしられるような気がしたものだ。

無言で頭を下げる魔族に、ウルバンはささやくように話しかけた。

「おまえは決して余に心を許したことはなかったな。余の父にも、祖父にも、おまえが親しみを覚えたことはなかった。余のこのありさまを見て、内心さぞ笑っているのであろう。違うか？」

老帝の問いかけに対して、魔族は答えなかった。その白い顔は石像のごとく動かない。その無表情は、見る者に恐怖を覚えさせるものだった。

しかし、老王はひるまず、さらにささやいた。

「おまえに最後の命令をくだす。もしこの命令を果たすことができたら、おまえは永久に自由の身だ」

ぴくりと、魔族の眉が動いた。それは王も初めて目にする、その魔族の感情の表れだった。しめたと、王は思った。自分の言葉はこの魔族の石のような心を動かし、興味を引き出したのだ。食いついてきた魚を逃がさぬよう、王はゆっくりと言葉を続けた。

「そうだ。自由を与えよう。このウルバンの名にかけて約束する。命令を果たし次第、おまえは自由の身となるのだ」

そうして王は命令の内容を話した。まばたきもせずに魔族は王の言葉を聞いていた。

話し終えた時には、王の息はあがっていた。苦しげにあえぎながら、王は魔族の目をのぞきこんだ。

「どうだ？　やるか？」

「……お引き受けいたします」

今や魔族の瞳は激しくぎらついていた。まるで炎が燃えあがっているかのようだ。予想していた以上の手ごたえにひるみつつも、王は言葉を続けた。

「では急げ。なんとしても贄の子に追いつくのだ。油断はするな。贄の子が自力で逃げたとは思えぬ。必ずや脱出を助けた手だれがそばにいるはずだ。どんな力を持っているかもわからぬ」

「何があろうと、逃がしはしません」

そう言って、魔族は部屋を出ていった。

ふうっと、ウルバンは柔らかな枕に頭を沈め、息を整えた。これで一つ手は打った。続いて、もう一つの手も打っておかなければ。

ほどなくゲバル将軍が入ってきた。

「失礼いたします、陛下」

「ゲバルか。近う。もはやそこまで声を届かせるのも疲れてかなわぬ」

近寄ってきたゲバルに、王は尋ねた。

「どうであった？　贄の子がどうやっていなくなったか、突き止められたか？」

王の命令で、将軍は贄の塔を調べに行ったのだ。

「はい。例の門の効力は失われてはおりませんでした。ゆえに、私も塔の中に入ることはできず、ただ周囲から調べることしかできなかったのですが。いくつか発見はございました。門の前には小さな足跡が残っておりました」

「足跡？」

「はい。大人のものではない大きさですが、子供ではあの場所までたどりつくことすらできますまい。おそらく人形のものでしょう。何者かが生き人形を送りこんだのではないかと思います。それと、人形遣いの申したとおり、贄の塔の壁に穴が開いておりました。そこから贄の子を外に出したのだと考えられます。しかし、生き人形というものは、繊細な造りゆえに、力仕事には向かぬものです。どうやって分厚い壁を破ったのか、その方法が皆目《かいもく》わかりません」

将軍の報告に、ウルバンはしばらく考えこんでいた。やがて口を開いた。

「ゲバルよ。地下の牢獄の空間のいずこかに、馬の足跡のようなものは残ってはおらなんだか？」

「はい。私の顔ほどもある巨大なひづめのあとが、いくつか天井のほうにございました」

「なるほど。ようやく謎が解けてきたわ。あの馬の像を使ったに違いない。まんまと塔に入りこんだうえ、我ら王家の宝を使って贄の子をさらっていくとは。小賢しいやつめ」

いまいましげに息をつく王を、将軍はじっと見つめていた。その視線に気づき、ウルバンは話し始めた。

「四代目の王の御代まではな、ゲバルよ、あの門はなかったのじゃ。それまでは、次期王となる者が一人であの塔に行き、贄の子の血を取ってくることになっておった。つまり、それまでは人間が塔に入ることができたのよ。むろん魔族は近づけぬように、強い魔法がかけてありはしたがな」

だが、後継ぎの王子が塔にいる時に、何か不測の事態が起きぬともかぎらない。そこで、もしもの時のための脱出用のからくり馬が、贄の子の部屋に置かれた。馬のたてがみの中に隠されたつまみを押せば、馬に命が宿り、またがった人間を安全な場所まで運ぶというものだ。

だがと、ウルバンは言葉を続けた。

「五代目の王となるマハーン王子が、贄の血を取りに行った時のことよ。なんと、地下の回廊で墓荒らしと出くわしてしまった。どうやら偶然にも入口を見つけ、入りこんだらしい。マハーンはすぐにその者を切って捨てたが、そのあと考えた。自分達は魔族のことばかりを警戒しすぎて、人間のことを忘れていた。強欲な人間も、贄の子に近づくことを許してはならない。そこでマハーンは、当代最高の呪術師と職人を呼んで、魔法の門を作らせた。……おまえも、あの門に刻まれた碑文を読んだであろう？」

「この世に生を受け、いまだ死を迎えたことのないもの、この門を通ること、決して叶わず」

「そのとおり。まさにそのとおりの力を、あの門は持っておる。小さなネズミから魔族にいたるまで、生きているものはあの門をくぐれぬ。くぐったが最後、絶命する。死を迎えたことのある生者などおらぬからな。それ以後、贄の血は生き人形が取りに行くようになったのじゃ」

なるほどと、ゲバルはうなずいた。

「門を置いた時点で、からくり馬は排除するべきでございましたね」

「そうだな。歴代の王はからくり馬のことには、あまり注意を払わなかったのだろう。なにしろ、塔には誰も入れぬのだからな。贄自身にも、強烈な暗示がかけてあり、馬を使って逃げようなどとは、決して思わぬはず。わざわざ運び出して処分する必要も感じなかったに違いない。大昔に父王から聞かされたことゆえ、わしも忘れ果てていた。……贄の子は、もはやナルマーンにはおるまいな」

「はい。盗み出した者が何者であれ、この都にとどまってはいないでしょう」

「そうだな。となると、翼船《つばさぶね》で逃げたと考えて、間違いあるまい。翼船。探すのに手間取るものだな」

「すでにカーザット殿下が出立なされました。他の王子様方もご準備をなさっておられます。必ずや……」

「いや、どちらにしても間に合わぬ」

王はきっぱりと言った。

「そなたにしろ、他の王子達にしろ、いつかは贄の子を見つけ出すであろう。だが、そこまでわしの命はもたぬよ」

「陛下……」

「だが、このまま死ぬわけにもいかぬ。贄の子がいないまま、今わしが死ねば、先祖より受け継いできた力が消えてしまう。日蝕間近なこの時期に。それはあってはならぬのだ！……それゆえ、王子達が探索を終えて戻ってくるまで、そなたに王の指輪を預ける」

ゲバルは目を瞠《みは》った。王の指輪は、魔族達を意のままに操る魔法具。ナルマーンの王にとっては、王冠よりも重要な物。王位にあるかぎり、決して指からはずすことがない、宝の中の宝だ。

その指輪を、自分に？

うろたえているゲバルの前で、ウルバン王はやせおとろえた指から指輪を抜き取った。

黄金の台座の上に、大粒の青い宝石が一粒はまった指輪だった。その宝石は、他のどんな石とも違い、青藤色と思えば群青色となり、そこからまた水色となり、さらには藍色、空色、瑠璃《るり》色、浅葱色《あさぎ》へと、次々と色合いを変えていく。まるで海を宝石の中に閉じこめたようだ。

それを差し出しながら、老王は言った。

「極秘ではあるが、これまでにも指輪の預かり人はいたのだ。なんらかの事情で王の死に世継ぎが立ち会えなかった時に、一時的に王から指輪を預かり、世継ぎに渡してきた忠義の者達が」

「しかし、そ、それは……私など……」

「受け取ってくれ。そなたの忠誠心を、わしは信じておる。我が子達が戻ってくるまで、預かっていてくれ」

王の言葉に、ゲバルは胸が熱くなる思いだった。陛下はそこまで私を信頼してくださるのか。指輪を預かれというのは、王位を差し出すのも同じ。それでも、私ならば指輪を我が物にはしないと、見こんでくださったのか。

感激に身を震わせながら、ゲバルは深くひざまずき、ついに指輪を受け取った。どっしりと重い指輪だった。その重みに、思わず喉が鳴った。むらむらと、この美しい指輪を自分のものにしたいという思いがこみあげてきたのだ。

自分の手の中にあるものを、どうして自分のものにしてはいけない？　これさえあれば、ナルマーンを、いや、世界すらもこの手にできるだろう。

だが、こみあげてきた欲望と野心を、ゲバルは瞬時に打ち消した。これはナルマーン王家のものなのだ。家臣である自分がどうこうするなど、思うことすら罪深い。

彼は強い心を持ち、何より忠義にあつい男だった。まさにウルバン王の見こんだとおりの男だったのだ。

「つつしんで、お預かりいたします。必ず、贄の子を連れて戻られた王子に、お渡しいたします」

「うむ。……それまでは指輪はそなたがはめておれ」

「はい」

言われるままに、ゲバルは指輪を指にはめた。冷たい金の輪が、するりと指の根元におさまった。

「うっ！」

ゲバルはうめいた。何かが指輪からこちらの体に流れこんできたのである。まるでうねる蛇のような冷たいものだ。それが血管の中にもぐりこみ、またたく間に体の中に伝わっていく。

あまりの気色悪さに、ゲバルは指輪を抜き取ろうとした。だが、指輪ははずれなかった。まるで鉄の枷《かせ》のように、しっかり指にはまっている。

そうこうしている間にも、流れこんでくるものがみるみる体を満たしてきた。体の中に冷たい水銀を注ぎこまれているかのようだ。ゲバルの目に闇が押し寄せてきた。

そう。最初は闇が見えた。そしてその闇と向かいあう一人の男の姿も。男は闇に沈んでいく。その手が何か青く輝くものを投げた。青い光は闇を逃れて空を飛び、突然落ちた。それもゲバルの目の前にだ。

ゲバルは青くまたたく光を見つめた。すぐそばに、手を伸ばせば届くところにそれはある。青青として、なんとも美しく麗《うるわ》しい。

ああ、ほしい！

誘惑に負けて、ゲバルはそれを拾いあげてしまった。その瞬間、膨大な力が体に流れこんだ。同時に、自分のものでない記憶も。それらは一瞬にしてゲバルをつかみあげ、頭の中に入りこみ、ゲバル自身のものとなった。

まず見えてきたのは、壮麗《そうれい》な青い宮殿だった。いったいいかなる職人の手によるものか。いくつもの塔とそれに巻きつく螺旋《らせん》階段、露台、吊り橋、欄干《らんかん》、屋根などが絶妙に配置され、奇跡にも等しい一つの建造物として成り立っている。しかも、その全てが、ありとあらゆる青色の宝石に細工をほどこし、それらを繊細に積みあげ、かみあわせるという卓越した技巧によって存在しているのだ。

水のような淡い色合いの塔があれば、鋼《はがね》のような輝きを持つ硬質な群青色の吊り橋がある。絹のようになめらかに磨きあげた瑠璃《るり》色の丸屋根があれば、結晶そのものを密集させて築きあげた空色の外壁がある。そのいずれもがすばらしく美しかった。

どっしりとした威風をたたえつつも、あくまで洗練された美を損なわない。この宮殿が持つ究極のすばらしさはそこにあるだろう。世界でもっともすばらしいとうたわれるナルマーンの王宮ウジャン・マハルですら、この宮殿に比べれば不出来なおもちゃのようだ。

内部はさらにすばらしかった。無数の広間に小部屋。つややかなモザイクと鏡の廊下。吹き抜けの間にかけられたいくつもの架け橋や、見事な透かし彫りのほどこされた天井。色とりどりの

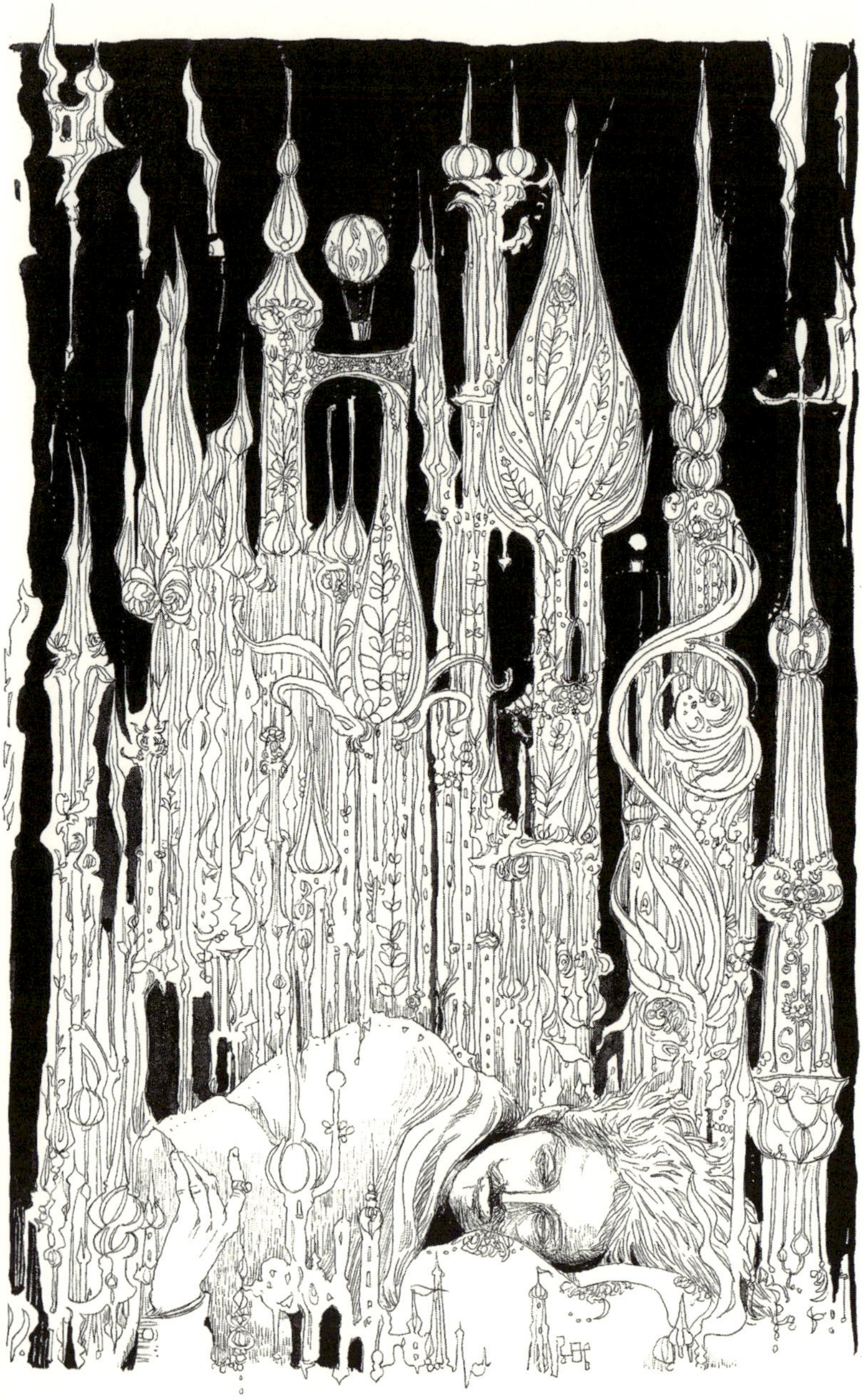

鬼火が躍るガラスのランプ。柱にはりついた月光貝は、真珠のような光の粒を吐き出しては、見る者の目を楽しませている。

そしてそこを歩むのは、様々な魔族達だ。

ゲバルが見知っている魔族は、うつろな目をし、あるいは顔を伏せ、黙々と仕事をこなすもの達だ。だが、ここにはそんな様子の魔族は一人も見られなかった。みんな誇らかに胸を張り、楽しげに笑いあっている。

最後に見えてきたのは、美しい女性と、愛らしい少女であった。二人の姿を見たとたん、ゲバルは心臓が跳ねあがるのを感じた。

あれは私の家族だ。何をもってしても守らなければならない、愛しい家族だ。

妻と娘は、ゲバルににっこりと笑いかけてきた。ゲバルは無性に彼らを抱きしめたくて、足を踏み出しかけた。だが、ふと違和感を覚えた。二人を彩る鮮やかな色彩や、その整いすぎた容姿が気になったのだ。あろうことか少女の背には、小さな翼がはえている。

彼らは人ではない。彼らは私の、家族などではない！

そう思ったとたん、ゲバルは自分を取り戻した。混乱しているゲバルのもとに、ふいに一つの声が聞こえてきた。

そうだ。私は二人を守りたかった。二人だけでなく、皆を守りたかった。それなのに守れなかった。憐《あわ》れみをたれてくれ。あの子を我がもとへ。偽《いつわ》りを正し、真《まこと》を貫きて、我がもとへまいらせよ。

それは圧倒的な力と苦悩に満ちた声音だった。耳をふさいでも無駄だった。声は直接頭に響いてくるのだ。

美しい幻がかき消え、今度は扉が見えてきた。光そのものから作られたかのような白金色の扉。太陽のようにまばゆく輝いている。だが、かたく閉じあわされた扉の向こうからは、悲鳴とすすり泣きが入り混じったうめき声が聞こえた。絶えまない悪夢に苦しめられているかのような声だ。引きずられる。あの場所へ。救いを求めて泣き叫んでいる魂のもとへ。

「あああああっ！」

思わずわめき声をあげた時、ゲバルは自分が王の部屋に立っていることに気づいた。

ゲバルは王の寝台より飛び離れた。死人のように青ざめ、なんとか指輪を引き抜こうとするゲバルに、王は幽鬼《ゆうき》のような笑みを向けた。

「その指輪は抜けぬよ、ゲバル」

「へ、陛下！」

「その石に、贄の血をしたたらせぬかぎり、決して抜けはせぬ。あるいは、そなたが死ぬまではな。……これでそなたは指輪の預かり人じゃ。と言っても、あくまで預かり人であって、正当な主《あるじ》ではない。それゆえ、指輪はそなたの命を徐々に削っていこう。だが、王子達が戻ってくるまではもつはず」

これでひとまずは安心だと、つぶやく老王を、ゲバルはまじまじと見ていた。やがて、その顔が大きく歪んだ。

「へ、陛下は、あなた様は、最初から私の命を犠牲にするおつもりで……それならば、なぜ！　なぜ最初から、命をもってつとめを果たしてもらいたいと、一言そうおっしゃってくださらなかったのですか！」

「真実を申したら、そなたは引き受けなかったであろう？」

ゲバルは足元ががらがらと崩れていくような気がした。十代の頃から王宮にあがり、ナルマーン王家に全身全霊をもって仕えてきた。それなのに、そのゲバルの心を、魂を、王はまったく理解していなかったのだ。

激しい幻滅と怒りに、ゲバルの目の前が真っ赤に染まった。唸り声をあげて、将軍は刀を抜き、王に駆け寄ろうとした。だが、どこからともなく現れた屈強な二匹の魔族に阻まれた。魔族達は無言でゲバルの刀を取りあげ、いとも簡単に床へと押さえこんだ。

「は、離せ！　命令だ！　離せ！」

だが、魔族達は従わなかった。ゲバルの顔がさらに歪んだ。だまされたとはいえ、王の指輪は今は自分の指にはまっている。それなのに、なぜ魔族は自分の言うことを聞かないのだ。

「なぜだ！　なぜ！」

混乱しているゲバルの前で、くつくつと、ウルバンが喉を鳴らすように笑った。

「ただ指輪を持っているだけでは、魔族は操れぬよ。贄の血があって初めて、魔族の主となれるのだ。言ったであろう。そなたは、あくまで預かり人であると。そなたは、わしの身代わりなのだ。わしが死んでも、そなたが生きているかぎり、わしの命令、わしの力は生き続ける。全ては王家を守るため。ナルマーン王家のいしずえとなってくれ、ゲバルよ」

優しく言うと、ウルバンは魔族達に命じた。

「内密に地下迷宮の奥へ閉じこめておけ。決して自分を傷つけたりさせぬよう、厳重に、かつ丁重に扱うのだ。贄の子を連れ戻った王子がいたら、その王子をゲバルのもとへ連れていけ」

獣のように吼《ほ》えたてるゲバルを、魔族達は連れ去っていった。

ふたたび寝所《しんじょ》は静かになった。ウルバン王は目を閉じた。その口元には笑みが浮かんでいた。

『あの男なれば心配あるまい。あれだけ生命力のある男なれば、息子達が戻るまで、指輪の力に十分に耐えるであろう。……ああ、それにしてもなんと静かな』

目を閉じても、もはやあの声は聞こえなかった。こうまで安らかな静けさを味わうのは、いったい何十年ぶりだろう。ああ、これでやっと眠れる。

深い満足を覚えながら王は眠りに落ち、二度と目を覚ますことはなかった。

8

さて、ナルマーンでの骨肉の争いなど、赤いサソリ号に乗っているハルーンとファラは知る由《よし》もなかった。子供達は船での日々に舞いあがっていた。それは胸躍る冒険だったのだ。

ハルーンもファラも、空飛ぶ船に乗り、揺れる甲板を踏みしめたり、命綱をつけて帆柱によじのぼったり、見張りをしたりすることに夢中になっていた。外の景色の美しさにも、目を奪われた。

どこまでも広がる砂漠。朝は朱色に、昼は金色に、そして夜は青銀色に輝く。

風。そよそよと優しいかと思えば、荒々しく逆巻き、色々な匂いを運んでくる。身が切り裂かれるほど鋭い風もあると、アバンザは言っていた。

それに様々に変化していく空の色や雲の形。いくら見ていてもあきることはない。

夜には星が出てくる。輝く星達は、まるで黒いベールに縫いとられた無数のヒヤシンス石のように美しい。

一番高い帆柱にしつらえられた見張り台に登って、星空を見るのが、ファラの大のお気に入りとなった。

その夜も、ファラは見張り台に立ち、きらめく星々の光を楽しんでいた。と、「寒くないの？」とハルーンが帆柱を登ってきた。

「全然平気よ。風もいい気持ち！」

そう答えるファラは、この数日ですっかりたくましくなっていた。肌は日に焼け、ズボンと袖なしのシャツという質素な男の子の服がよく似合う。邪魔にならないよう、長い髪もターバンの中にしまいこんでしまっている。

同じ恰好を、ハルーンもしていた。二人の服は、アバンザがすれ違った大きな翼船《つばさぶね》から手に入れてくれたものだ。見習い船乗りのお古だったが、大きさはぴったりだったし、何より動きやすかった。

ファラの隣に立ちながら、ハルーンは思い切って尋ねてみた。

「どう？　何か思い出せそう？　あの塔の部屋に閉じこめられた時のこととか、閉じこめたやつのこととか？」

「……ううん。まだだめ」

ファラはうつむいた。

「思い出そうとすると、すごくからっぽな気分になるの。穴に落ちていくみたいな、とてもいやな感じで……誰かが怖い声でささやいてくる気がする。思い出してはいけないって。わ、私、その声と戦おうと思うのよ？　でも、いつも負けてしまって。思い出したくないって気持ちになってしまう」

「……もしかしたら、その輪のせいかもしれないよ」

ハルーンは、ファラの足首にはまった黒い輪を指差した。ファラも、顔をしかめた。

「……そうかもしれないわ。これ、すごく嫌いだもの。見ると、いやな気分になるし。どうやったらはずれるのかしら？」

アバンザは様々な道具を出してきて、この輪を壊そうとしてくれた。だが、なんとしても輪は壊れなかった。傷一つつかないのだ。最後にはアバンザも音《ね》をあげた。

「だめだね。こりゃただの金属じゃないよ。魔法がこもっている。……呪術師にでも頼まないかぎり、はずれないかもしれないね」

あの時のアバンザの目が、ハルーンは気がかりだった。

こんな輪をはめられるなんて、ファラ、あんたはいったい何者なんだろうね？

アバンザの目は確かにそう言っていた。

アバンザ。赤いサソリ号の船長にして、稲妻《いなずま》狩人。明るく豪快で、頼もしい人物だ。だが、ハルーンはいまだに信頼しきれずにいた。アバンザには、奇妙なところがちょこちょことあったからだ。

特に気になるのは、子供達を絶対に厨房《ちゅうぼう》に近づけようとしないところだ。そして、アバンザ自身はその厨房に自由に入り、出てくる時には貴族の舌も唸らせるような絶品料理を運んでくる。

毎度毎度の豪華な食事に、ハルーンは喜びよりも疑念が募った。この人はただの稲妻狩人じゃない。絶対違う。でも、いったい何者なんだろう？

それがわからないことが、ハルーンを悩ませていた。一度疑いが生まれると、本当に安全な場所に運んでもらっているのか、それすらも気になってしまう。

そんなハルーンとは反対に、ファラはいたって無邪気だった。今もふたたび笑顔となって言ってきた。

「でも、不思議ね。部屋の外に出られたせいかしら。すごく楽しいの。楽しくて楽しくて、胸がずっとわくわくしている。ハルーンも船長も優しいし。二人と一緒なら、ちっとも怖くないわ」

今はそれだけで十分な気がするの、とファラは言った。内心ため息をつきながらも、ハルーンはうなずいてみせた。ファラの能天気さにはあきれるが、まあ、むやみにおびえているよりもいいのかもしれない。

ファラの分まで、自分がしっかりしなくてはと、ハルーンが改めて心に決めた時だ。下の甲板からアバンザが声をかけてきた。

「二人とも。夜食を作ったから、降りておいで」

「はい！」

子供達はいそいそと下に降りていった。すでに夕食はすませていたが、やはり夜食というのは特別においしく感じるのだ。

アバンザが用意してくれたのは、ひき肉と野菜を練ったものをのせた薄いパン、塩漬けの葡萄《ぶどう》葉で米を包んだ焼き物、さくっとした焼き菓子だ。それに、香辛料のたっぷり入った甘くて熱い飲み物がついている。冷える砂漠の夜には、最高の飲み物だ。

子供達が大喜びで食べ物に飛びつこうとした時だった。ふいに、それまでとは違った風が吹いてきた。その風は、さびた鉄に腐った卵が入り混じったような悪臭がした。

ひどい臭いに子供達は顔をしかめたが、アバンザが見せた反応はそんなものではなかった。持っていた食べ物を放り出し、ものすごい勢いで舵《かじ》に向かったのだ。

「船長?」

「あんた達は船室へ! 急いで! 魔物が来るよ!」

ざっと、ハルーンは青ざめた。音をたてて血の気が引いていくのがわかった。

魔物。血肉に飢えた残虐《ざんぎやく》な闇の獣。異形《いぎよう》の姿をし、目玉のかわりに、黒紫色の炎を眼窩《がんか》に灯す狂気のもの。日の光を憎み、夜になると闇から現れ、獲物を漁るもの。その食欲はすさまじく、村一つ、食いつくすこともあるという。

その魔物が、この船のそばにいるというのか?

恐怖のあまり、心臓が口から飛び出してしまいそうだ。動きたくても動けない。ここでアバンザが一喝《いっかつ》してきた。

「何をしてるんだ! 早く中へ!」

やっとハルーンは我に返った。隣にいるファラを見ると、魔物のことを知らないのか、戸惑ったような顔をしていた。

ファラを守らなくては。

力がよみがえり、ハルーンは少女の手をつかんで引っ張った。

「ファラ、こっち！」

その瞬間、むっとするような悪臭が強くなったかと思うと、何かがびゅっと甲板の上を横切った。ハルーンもファラも目を瞠《みは》る。

現れたのは、鳥に似た魔物だった。正確には、鳥の骸《むくろ》に似た姿であった。羽はなく、完全に肉は落ち、黒い骨だけの姿になっている。翼をおおっているのは、青白い鬼火だ。

普通なら生きているはずのない姿だが、その魔物は間違いなく生きていた。そして飢えていた。牙のはえた大きなくちばしが、甲冑《かっちゅう》を貫けそうな鉤爪《かぎづめ》が、獲物を求めてばきばきと音をたてている。

青く燃えあがる翼を羽ばたかせ、魔物は船の上を旋回し、やがて流星のように、甲板に落ちてきた。ハルーン達の目の前に。

子供達はまともに魔物と顔を合わせてしまった。全ての魔物と同じく、この魔物にも目玉はなかった。ぽっかりとしたうつろな穴の奥に、黒紫色の炎が燃えているだけだ。話で聞いたとおりの邪眼に、ハルーンもファラも動けなくなってしまった。

アバンザが舵を離れて、こちらに駆け寄ってきた。だが、魔物のほうが早かった。さっと、長い首を突き出したのだ。

ファラが貫かれる。

とっさにハルーンはファラを突き飛ばした。そのまま自分も横に倒れこもうとしたが、魔物のくちばしが肩をかすめた。熱い痛みが走った。ほんの少しかすめただけなのに、すぱっと、肉を切られたのだ。痛みに動揺しているところに、魔物はさらにトカゲのように這《は》って追いすがってきた。

今度こそ殺される！

ハルーンがぎゅっと目を閉じた時だ。アバンザが投げ縄を放った。縄の輪は見事に魔物の首にかかり、そのまま魔物を後ろへと引き倒した。

「ファラ、ハルーンを！」

アバンザが叫ぶまでもなく、ファラはハルーンのもとに駆け寄ろうとしていた。

だが、魔物がおとなしく捕まっているはずもない。激しく首を振るい、邪魔な縄を払いのけようとしてきた。その勢いに力負けし、アバンザが引き倒される。ぴんと張っていた縄がゆるみ、魔物の体が大きく前につんのめった。その先には、ちょうどファラがいた。

魔物に体当たりされ、ファラは甲板に叩きつけられた。とっさについた手のひらがこすれ、火をつけられたように痛んだ。

「つぅっ！」

痛みにうめきながら顔をあげたファラは、魔物がハルーンにのしかかっているのを見た。気を失っているハルーンを足で押さえつけながら、魔物はゆっくりと顔を近づけていく。大きく開いたくちばしから、鋭い牙がこぼれ出る。

無我夢中でファラは前に飛び出した。

「だめぇぇぇ！」

ファラの絶叫に、くるりと、魔物が振り向いた。炎の目がファラを捕らえた。

その瞬間、魔物が凍りついたように動きを止めた。魔物が驚愕《きょうがく》の表情を浮かべたように、ファラには思えた。

魔物の目がゆっくりと動き、ファラの手へと向いた。

「あ、あ、お、青の、お方？」

腐った木がきしむような声が、骨のくちばしからもれた。ぶるりと震えながら、ファラはあとずさった。だが、魔物のまなざしはファラを追い続ける。ファラの傷ついたほうの手を凝視している。

ファラも、ちらりと自分の手を見てみた。手のひらはすりむけ、血がにじんでいる。目に焼きつくほど鮮烈な青い血が、にじんでいる。ただそれだけだ。

魔物が何をそれほど驚いているのか、ファラにはわからなかった。だが、倒れているハルーンを見た時、ファラは不思議な違和感を覚えた。

ハルーンの肩は赤く染まっていた。どくどくと、赤い血があふれている。赤い血。赤い……。

ハルーンの血は赤いのに、私の血はなぜ青いの？

何か見てはいけないものを見てしまったような気がして、ファラは慌てて手を服にこすりつけ、自分の血をぬぐった。

この時、ふたたび魔物が口をきいた。

「裏切り……うら、裏切り、者！　青の、お方！　信じていた、のに！」

からっぽなはずの魔物の眼窩から、涙があふれ出ていた。真っ黒な油のような、恨みの涙だった。

すさまじい叫び声をあげて、魔物がファラに飛びかかってきた。ファラは帆柱の後ろに隠れたが、魔物のくちばしはそれをざっくりとえぐり、さらにさらにと、ファラを追い詰めてきた。その目は、それまでとは桁《けた》違いに燃え盛っていた。混じりけもない憎悪の炎だ。

憎まれている。私は、この会ったこともない魔物に憎まれている。

そのことに衝撃を受け、ファラの動きが鈍った。そこに魔物の鉤爪《かぎづめ》が迫る。ファラの腹部がえぐられるかと思われた。

ぶんっ。

空気を切り裂く音がして、魔物の足が粉々に砕かれた。悲鳴をあげて、魔物が転がった。ファラは後ろを振り返った。

アバンザがいた。短めの、抜き身の刀を手にしている。その刃は、金属のものとは違う、黒ずんだ色をしていた。

隕石《いんせき》だと、ファラは気づいた。数日前に、ハルーンが教えてくれた。隕石は、魔物を倒す唯一の物質。鉄製の武器の十倍はするという高価なものだが、魔物に狙われやすい旅人や隊商の用心棒には欠かせないものだと。

考えてみれば、稲妻狩人として常に旅をしているアバンザが、隕石の武器を持っていないはずがない。

さがっておいでとファラに言うと、アバンザはずいっと前に進み出て、のたうっている魔物へと刀を振りおろした。刀は、魔物の脳天を砕き、首の骨のところまで粉々にした。

魔物の目から炎が消えた。大きな体がぶるりと震え、そのまま黒い砂のように崩れていく様を、ファラはあっけにとられて見ていた。

消えてしまった。いや、死んでしまったのだ。

そのことが悲しかった。悲しいと感じることが、不思議でもあった。あの魔物はハルーンを傷つけ、自分を殺そうとしたのに。それでも、なぜか胸が痛い。

胸を押さえていると、アバンザがかがみこんできた。

「大丈夫かい？　どこか怪我は？」

「う、ううん。大丈夫よ。それよりハルーンが」

「ああ、わかってる」

アバンザは倒れているハルーンに駆け寄り、すぐにほっとしたように顔を和らげた。

「出血は多いけど、たいした傷じゃないね。すぐに元どおりになるよ。とりあえず薬を塗ってやろう」

アバンザはハルーンを船室に運び、てきぱきと傷の手当てをした。それから、少し顔を曇らせて、ファラにわびた。

「悪かったね。あんた達を放り出してしまって。どうしても刀を取りに行かなくちゃならなくて。今日にかぎって、部屋に置いたままにしてたんだよ。昨日刃を研《と》いで、そのままにしてしまったから」

「ううん。アバンザのおかげで助かったんだもの。ハルーンも大丈夫みたいだし。本当にありがとう、アバンザ」

「……それにしちゃ暗い顔をしているけど、どうしたのさ?」

ファラは少しためらってから、思いきって言ってみた。

「あの魔物、私のことを知っているみたいだったの」

「それはありえないよ、ファラ」

「どうして?」

「……ファラ。魔物ってのはね、魔族が魂を失ったものなんだよ。強い怒りや憎しみに魂を食われてしまったり、深い闇の力にのみこまれてしまったりした魔族が、魔物になる。だから、魔物には記憶がない。想いもない。あるのは狂気だけ。そして、その狂気にとらわれたら、死ぬまで元には戻らない。……恐ろしくて、とても悲しい存在なんだよ」

だから、ファラのことを知っているはずがない。知っていたとしても、思い出すはずがない。

アバンザは言い切った。

それでも、ファラは納得がいかなかった。アバンザの言葉を疑うわけではないが、あの魔物は確かにファラを見て、話しかけ、凍《こご》えるような激しい憎悪を向けてきた。ただの狂気ではなかったはずだ。

それに、自分の血。青い血。

アバンザは、ハルーンの赤い血を見ても、驚いた様子はなかった。やっぱり普通でないのは、ファラの血のほうなのだろう。

ファラは、すりむいた手をぎゅっと握りしめた。だめだ。自分の血が青いことは、アバンザには言えない。ハルーンにも言いたくない。なぜだかはわからないが、話さないほうがいいと、心がそう忠告してくる。

ああ、自分が誰かわかっていれば、こんな不安を覚えることはなかっただろうに。

今ほど自分のことを知りたいと思ったことはなかった。

9

ハルーンは落ち着かない気分で、船室の窓から外を見た。何か目新しい景色が見えないかと思ったのだ。が、今のところ、砂の海しか見えなかった。

ため息をついたところで、ファラが部屋に入ってきた。起きているハルーンを見て、ファラは怖い顔になった。

「ハルーンったら！　まだ起きちゃだめって言ったじゃない！」

「もう大丈夫だってば、ファラ。ほら、傷はもうふさがってるし。動かしたって、痛みもほとんどないんだ」

「それでもだめ！　ほら、寝てて！」

「……はい」

ハルーンはのろのろと寝床に戻った。ファラはその横に座った。どうやら番犬のように見張るつもりらしい。ハルーンは心の中でため息をついた。

魔物の襲撃を受けてから三日が経っていた。運よく命拾いをしたハルーンだが、ファラはハルーンの怪我にすっかり動転してしまったらしい。あれ以来、ハルーンのそばを離れようとせず、やたら気づかってくる。かと思えば、暗い顔つきになって、一人でぼんやりと考えこんでいたりすることもある。

ファラの気持ちがよくわからず、ハルーンは少しいらいらしていた。とにかく、そろそろ寝床に縛りつけられるのは勘弁してほしい。もう傷はそれほど痛まないのだし、いつまでも部屋の中に閉じこもっているのは退屈だ。アバンザだって、「傷の治りが早い」と驚き、「これならいつでも床を離れて大丈夫だよ」と、太鼓判《たいこばん》を捺《お》してくれたじゃないか。

そう訴えようとした時だ。ぐらっと、船が揺れた。またかと、ハルーンとファラは顔を見あわせる。

「まだ山脈は見えてこない？」

「ええ。さっき甲板に出たけれど、見えたのは砂漠だけだったわ」

ハルーンは口をへの字にした。こうして船室にいても、がたぴし、ぎしぎしと、いやな音が聞こえてくる。昨日、船の翼の一枚が壊れて止まってしまったせいだ。それに、魔物の襲撃の際、帆柱もかなりの痛手を受けたらしい。

このままでの長旅は危険だということで、今、赤いサソリ号は黒牙《こくが》山脈のふもとにある船大工の村に向かっていた。

大砂漠と西の森林地帯を隔てる黒牙山脈。険《けわ》しい黒い岩山が、一列の牙のように並んでいるこの山脈は、翼船《つばさぶね》に欠かせない飛行結晶の鉱山でもある。船大工が住むにはうってつけの場所というわけだ。

今日中には村にたどりつけるだろうと、アバンザは言っていたが、それでもハルーンは不安だった。

大砂漠にいるかぎり、完全にナルマーンの領域を抜けたとは言えない。行き先はどこでもかまわない。一刻も早く大砂漠を抜け出さないと。

不安はそればかりではなかった。ここ数日、ハルーンはわけのわからない夢に苦しめられていた。

見るのは決まって同じ夢だった。どこかに閉じこめられている。何も見えない、息すらできない場所で、ただひたすら救いが来るのを待っているのに。目の前にある輝く光の扉は、まだかたく閉じあわされている。

扉が開くのを、激しい期待をこめて待ち続ける。あの扉が開いた時こそ、この苦しい眠りは終わるのだから。

だが、同時に同じほど恐れてもいた。扉が開くのではなく、欠けていったら。その輝きが薄れ、闇に溶けていったら。それは新たな恐怖と悲しみを意味する。

ああ、誰かが近づいてくる。頼む。力を持っているのであれば、扉を開けてくれ。だが、そうでないのなら去ってくれ。さもないと……闇が……

必死でもがいているところで目が覚め、自分がハルーンであることをやっと思い出す。そんな夢がここのところ毎晩続いていた。少年はおびえていた。これは何か不吉なことの前触れではないだろうか。

ついついそんなことを考えてしまう自分の弱さに、ハルーンが唸った時だ。アバンザの声が聞こえてきた。

「ファラ！　ハルーン！　ちょっとあがっておいで！」

船長の言葉には逆らえないと、ファラはハルーンが部屋の外に出るのをしぶしぶ許した。

ファラに腕を取られながら、ハルーンは三日ぶりに甲板に出た。舵《かじ》のところにいたアバンザが、笑いながら前方を指差してきた。

「あれが黒牙山脈だよ！」

前を向いたとたん、子供達は驚きのあまり目を丸くした。

大きな黒い石の山々が前方にそびえたっていた。鋭い頂《いただき》が魔狼《まろう》の牙のように重なりあい、そのぎざぎざとした先端は空に食いつこうとしているかのようだ。緑は一つとして見当たらなかった。まばゆい日光も、この山々の黒い石を輝かすことはできないらしい。

冷たくて、荒々しくて、強烈な迫力。それが山脈が持つ全てだった。不吉なのではなく、ただ激しく厳しい雰囲気だ。

ファラがびっくりした顔でつぶやいた。

「そんな……。ついさっきまで、何も見えなかったのに」

「あれからいい風が吹いてね。船を山脈のほうに押してくれたのさ。ほら、この風。いいね。このまま吹いてくれりゃ、あともうひとふんばりだよ」

アバンザの言葉どおり、今や風は山脈に向かって一直線に吹いていた。まるで山脈が砂漠の熱い空気をとめどなく吸いこんでいるようだ。その流れに乗って、赤いサソリ号はゆっくりと山脈のふもとへと近づいていく。

山々がぎろりとこちらを見たような気がした。

山脈と砂漠にはさまれるようにして、小さな村があった。村には大きな工房が七つあり、それぞれの工房を囲むようにして小さな石造りの家々が円を描いて建っている。そのおかげで村は、七つの渦巻きが互いに触れ合う形になっていた。

村の砂漠側には何隻もの翼船が停船していた。どの船もどこかしら不具合を抱えていて、それを直そうと職人達が群がっている。

アバンザはぎいぎいと不安な音をたて始めている船を慎重に村に近づけていった。降りてくる赤いサソリ号を見ると、いっせいに人が動いた。村へと走っていく者もいた。

たくましい若者が大きな赤い旗を振ってきた。ここに降りろと、誘導してくれているのだ。それに従って、アバンザは船を下降させていった。全神経を集中させ、言うことをきかなくなってきた船をなだめる。地面が少しずつ近づいてきた。

「いいよ！」

アバンザの合図に、ハルーンとファラが錨《いかり》を投げおろした。重たく、先端が槍のように尖った錨は、ぐさりと砂中深くに突き刺さり、赤いサソリ号と地面とをつないだ。

と、ひゅうひゅうと音をたてて、鉤《かぎ》付きの縄が次々と下から投げられてきた。集まった若者達が投げてきたのだ。彼らは縄を引き、まだ浮かんでいる赤いサソリ号をゆっくりと地面に引きずりおろし始めた。そうして楔《くさび》を打ちこみ、完全に船を固定した。

「降りるよ」

そう言って、アバンザははしごを降ろした。

船から降りた三人は、たちまち囲まれてしまった。取り囲んできたのは十人ほどの男女だった。いずれも体格がよく、たくましい腕と肩をしている。渋い藍《あい》色の、動きやすそうな簡素な服を着た彼らは、おおらかな笑顔をアバンザに向けてきた。

「アバンザ！　ひさしぶり！」

「元気だった？」

「今回はまたひどいな。あの状態でよくここまでたどりつけたもんだ。さすがというか、怖いもの知らずというか」

「あたしらしいだろう？」

「違いない！」

わはははっと、笑いがはじけた。

「で、その子達は誰なの？　あんたが船に誰かを乗せてくるなんて、珍しいじゃないの」

誰かが言った。視線が集まり、ハルーンとファラはちょっと体をかたくした。アバンザはなんでもないことのように答えた。

「ああ。遠縁の子達だよ。修業先の村まで送ってほしいって頼まれたのさ。ハルーン。ファラ。

このがたいのいい連中はエザバル一家だよ。エザバル一家は全員が船大工でね。特に彼らの母親はこの村一番の腕を持っているんだ」

ハルーンとファラは次々とエザバル一家と握手をしていった。みんな気さくな人達のようだ。

女の一人がアバンザに言った。

「母さんにはもうあんたが来たことを知らせておいたから、すぐに……おっと、噂をすればだわ」

ハルーンとファラは村のほうを見た。道の向こうから一人の老婆が走ってくるところだった。小柄な老婆だった。ファラと並んでも、指一本分は低いのではないだろうか。しかし、その目は誰よりもきらきらとし、動きも機敏だった。

砂煙をたててやってくるなり、老婆は猿のようにアバンザに飛びついた。

「アバンザ！　この跳ね返り娘め！　そろそろやってくるんじゃないかって思ってたところだよ！」

「ひさしぶりだね、ソーヤ・エザバル。また若返ったみたいだ」

「あったりまえさ。あと百年は生きてやるから、見ておいで」

元気いっぱいで答えるソーヤに、「冗談に聞こえないところが怖いよなあ」と息子の一人がつぶやく。その瞬間、ソーヤの手から巻尺が鞭《むち》のように飛び、息子のすねをびしりと打った。よほど強烈な一打ちだったらしく、息子は足を抱えて飛びあがった。

「いてえ！」

「ふん。余計なことを言うからさ。ほらほら、あんた達。何をぼうっと突っ立ってるんだい？仕事は山積みなんだ。アバンザの相手はあたしがするから。あんたらは自分達の仕事にお戻り！しっしっ！」

「ちぇ。おれ達は羊じゃないぞ」

「じゃあ、またあとでな、アバンザ」

「夜に旅のことを話してちょうだいね」

母親に追い立てられて、エザバル一家は四方に散っていった。

少し怖気《おじけ》づいてしまったハルーンとファラを簡単にソーヤに紹介してから、アバンザは船の修理を頼みたいと正式に申しこんだ。

ソーヤは赤いサソリ号を見るなり、鼻を鳴らした。

「まったく。どこから手をつけたらいいか、わからないくらいだね。こんなおんぼろ船を乗り回して稲妻《いなずま》を追っていくのは、あんたくらいなもんだ。ま、だからこそ、こっちも腕の見せ所なんだが。とりあえず、やってほしいことは？」

「翼の交換。四枚全部新しいものにしたい」

「ふん。当然だね。この状態じゃ、ここから飛び立てるかどうかもわからないよ。他には？」

「異常がないか、一応全体を調べてみておくれ」

「あいよ」

ソーヤは赤いサソリ号に乗り、あちこちを手早く調べた。ざっと全てを見たあと、ソーヤは降りてきて言った。

「二の帆柱がちょっと危ないね。補強をしといたほうがいいかも。他の部分は、まあ問題ないだろう。翼のことなら、すぐにできると思うよ。つい先月、極上の素材が手に入ったんだ。あんたのために他に回さないで取っておいたんだよ。設計図も、ちゃんと前のが残ってるし。まあ、とりあえずうちに行こう。冷たいものでも飲もうじゃないか」

「ありがとう」

「こっちだ。ほら、ぼうや達もおいで」

ソーヤに引き連れられて、ハルーン達は村に入った。

村は大変に活気があった。翼の材料となる砂鯨《すなくじら》の骨や、飛行結晶を積んだ荷車がせわしなく通りを行き交い、工房からはかんかんという鎚《つち》を振るう音が聞こえてくる。藍色の作業着をまとった職人達は、年寄りも若者も、男も女も関係なく、きびきびと動いていた。その顔には誇りと活力がみなぎり、目は生き生きと輝いている。

ナルマーンではよく退屈そうに噛みたばこを噛んでいる大人達を見かけるが、ここにはそんな人間は一人もいなかった。ものごいもいなければ、偉そうにしている者もいない。大商人や貴族らしき男達もちらほら見かけたが、彼らは他の客とまったく同等に扱われているようだった。また彼らのほうも、おとなしく村の風習に従っている。

ここでは職人が尊敬を集め、そして職人の目は人々にではなく船に向いている。独特の雰囲気だ。活気に満ちた村の様子に、ファラも夢中で目を動かしていた。

四人はひときわ大きな工房のそばの、小さな家の中に入った。家の中は薄暗く、ひんやりと涼しかった。

戸を閉め、窓も布でふさいでしまうと、ソーヤはアバンザを背の低いテーブルの前に座らせ、自分も向かい側に座った。

「先に取引の話をすませちまおう。金はあるのかい?」

アバンザは黙って懐《ふところ》から小さな袋を出し、中身をテーブルの上にあけた。ふわあっと、優しい光があふれた。

薄紅色の透き通った宝石が一山、テーブルの上で柔らかな光を放っていた。時折赤い光が内部でひらめくのが、これまた美しい。ソーヤは目を細めた。

「紅雷光石か。前回の狩りは上々だったみたいだね」

「まあね。足りるかい?」

「ああ、翼の代金としては十分だ。だけど、帆柱の補強もするとなると、金貨五枚ほど不足かな」

「そいつはつけておいてくれないかい? それから、他にも客はいるだろうけど……」

「最優先に修理してくれって言うのかい? ……まあ、いいだろう。一族総出でとりかかれば、なんとかなる」

「ずいぶんとあっさり承知してくれるんだね。いつもは順番重視なのに」

「なに。あそこまで哀れな様子の船は他にないからね。あれを見たら、いの一番に手をつけたくなったのさ。さて、これで話はついた。じゃ、かんぱいでもしようかね」

ソーヤは立ちあがって、奥の棚から果実酒の入った水差しとグラスを取った。そうしてテーブルに戻ろうとした時、ふいに足をもつれさせ、ファラにぶつかってしまった。ばしゃりと果実酒がかかり、ファラの服に大きなしみができた。

ソーヤは慌てた様子で謝った。

「おっと、こりゃとんでもないことを。ごめんよ、じょうちゃん」

「いいんです。ふけば大丈夫」

「そうはいかないさ。お客にこんなそそうをしちまうなんて。こっちに来ておくれ。汚しちまった服のかわりをあげるよ。末の孫のなら、ちょうどあんたに合うだろう。アバンザとそっちのぼうやはここで待っててておくれ」

「ああ、わかったよ」

「じゃあ、じょうちゃん。こっちへおいで」

ソーヤに手を引かれて、ファラは奥の部屋へ入った。

部屋に入って戸を閉めるなり、ソーヤはファラに向き直った。きらめく目には不思議な光が浮かんでいた。

ソーヤは静かに言った。

「さて、じょうちゃん。着替える前に、その足首のものを見せてもらえないかい？」

ファラは思わずあとずさりした。船を降りる前、足首の輪を隠したほうがいいと、ハルーンが布を巻いてくれたのに。どうしてこの老婆は、それに気づいたのだろう？

青ざめ、うつむいている少女に、ソーヤはふと表情を和らげた。

「大丈夫だよ。取って食やしないから。ただね、あんたの足首からひどくいやな気配がするんだよ」

「いやな、気配？」

「ああ。あたしの母親は巫女《みこ》筋でね。その血を受け継いだせいか、あたしは人よりも敏感に物が見えるんだ。魔法がかかった物やなんかは、すぐにわかる。だが、あんたのそれは今までに見たことがない。どうしても気になってね。どうだい？　見せちゃくれないかい？」

ファラはしぶしぶ足首の布をはずした。ソーヤはそっと近づき、しゃがみこんで熱心に輪を見つめた。だが、決して輪に触れようとはしなかった。

やがて、ソーヤはつぶやくように言った。

「とても強烈な術がこめられているね。こんなのは見たことがない。それに、とても忌《い》まわしいものだ。黒い邪悪な気配が立ちのぼっている。まるで黒い煙が上がっているようだよ」

忌まわしいと、ソーヤは繰り返した。

「これがどういうものか、わかりますか？」

「……はっきりとは言えないが、おそらく封印だろうね。じょうちゃんの力と魂を抑えつけている。良くないものであるのは確かだ」

ごくりと、ファラはつばを飲みこんだ。

「それじゃ、私からは？　私から何か悪い気配はしますか？」

「いや。じょうちゃんから悪い気配はしないよ。じょうちゃんは、まるで卵から孵《かえ》ったばかりの雛《ひな》みたいに、無垢《むく》だ。……もしかして、自分のことがわからないのかい？」

これ以上は隠しておけそうになかった。

ファラはとうとう全てを打ち明けた。ソーヤは最後まで黙って話を聞いていてくれた。

「なるほどね。そういうことなら……追っ手のことを心配したほうがいいかもしれない」

ソーヤの言葉に、ファラは背筋に冷たいものが走った。

「追っ手？」

「ああ。じょうちゃんが厳重に閉じこめられ、隠されていたのは間違いない。つまり、誰かがあんたを逃がさないようにしていたってことだ。大事な籠《かご》の鳥が逃げたとわかれば、その誰かは必ず追いかけてくる。もう一度あんたを籠に入れるために」

ファラはかたかたと震えだした。ソーヤの言わんとしていることがのみこめてきたのだ。

ああ、そうだ。そのとおりだ。追っ手が来るに違いない。ファラを捕まえ、ふたたび眠らせ、閉じこめるために。あそこに戻る？　あの部屋へ？　いやだ。絶対にいやだ。考えるだけで血が凍る思いがした。

「い、いや！　いや！」

泣きそうになる少女に、ソーヤは気の毒そうに言った。

「どんな追っ手が来るにしろ、あんたの意思をくんではくれないだろうね。それに、その足輪の気配は異常だ。あんたを追いかけるものにとっちゃ、絶好の目印になってしまうだろうねえ。あたしみたいな半端な巫女崩れにも見えてしまうんだから。……ああ、ちょっと待った！」

ソーヤは奥の戸棚に飛んでいき、首飾りを取り出した。重厚な作りの首飾りで、不思議な模様の刻まれたコインがじゃらじゃらとつりさげられている。その全てが純銀でできているようだった。

「銀は邪気を払う力がある。この首飾りは、巫女だったあたしの祖母のものでね。悪いものを近づけさせないために、儀式をやる時は、いつもこれをつけていたそうだ。もしかしたら、そのいやな気配を打ち消してくれるかもしれない」

そう言いながら、ソーヤは首飾りをファラの首にかけた。ずしっとした重みにファラは顔をしかめたが、ソーヤはほっとしたように息をついた。

「よかった！　気配が見えなくなったよ。これなら、敵の目を引きつけることが少なくなるだろう。いつもこの首飾りをしておいで。決して肌から離さないように」

ただしと、ソーヤは鋭く付け足した。

「あまり過信はするんじゃないよ。これはあくまでベールなんだから。薄い絹のベール。目をこらせば、向こうが透けて見えてしまう。疑いを持って見つめてくる者からは逃れられない。ちょっと力が強い呪術師なら、すぐに見破ってしまうかも」

話しながらソーヤは落ち着きなく歩きまわっていた。話しているうちに自分のほうが不安になってきたらしい。

「ああ、やっぱり首飾りだけじゃだめだね。もっともっとこの子には幸運が必要なんだ」

そうつぶやくなり、ソーヤは奥に飛びこみ、がさがさと何かを探し始めた。そして戻ってくるなり、ファラの手に何かを押しつけた。

「これも持っていくといい」

それは小さな鳥籠だった。籠は真鍮《しんちゅう》でできていて、中の止まり木にはくるみくらいの大きさの鷹《たか》が止まっている。鷹は、鋭い目から羽の一枚一枚にいたるまで、精巧に作られていた。

「これは……なに？」

「これはあたしの兄が作ったものだよ。このからくりの鳥は、一度だけ魂をこめて飛ばすことができるんだ。もし敵が近くに迫ったら、この鳥を籠から出して、強く抱きしめてから空に放すといい。あんたの気配と匂いを宿した鳥は、敵を引きつけ、あんたから遠ざけてくれるだろう。その隙にできるだけ遠くに逃げるんだ」

ソーヤはぎゅっとファラの手を握りしめた。老婆とも思えぬ強い力だった。

「気をつけて、じょうちゃん。あんたはあまりにも無邪気で無防備だ。何よりも用心することを覚えるんだよ。こんな小道具などよりも、普段の用心こそが最大の守りとなるんだからね」

「は、はい」

うなずきながらも、ファラは震えが止まらなかった。自分が狙われていることが少しずつ心にしみこんで、怖くなってきたのだ。その頬を、ソーヤがそっとなでた。

「大丈夫だよ。アバンザの船は夜明けまでに直してみせるから。そうすりゃ、赤いサソリ号は風となってじょうちゃんを安全な場所に運んでくれる。アバンザを信頼するといいよ。あれはいい船乗りだ。心に傷を負っているが、誰かを裏切ることはない。……着替えはそこの棚にあるから、なんでも好きなのを着ておくれ。あたしは先に戻ってるよ」

もっと色々と手助けできたらいいのにと、ソーヤはつぶやきながら立ち去ろうとした。そのソーヤに、ファラは抱きついた。

震える少女をぎゅっと抱きしめながら、ソーヤは「大丈夫。きっと大丈夫だよ」とささやいた。

10 赤いサソリの伝説

ソーヤの号令で、エザバル一族は他の作業を全て中断し、赤いサソリ号の修理にとりかかった。

ハルーンとファラは翼船《つばさぶね》の翼が作られるところを見せてもらった。

まず砂鯨《すなくじら》の骨が運ばれてきた。砂漠に住む巨大な砂鯨。その骨は軽くてとてつもなく丈夫なのだ。それを磨きあげ、形を整え、翼の骨組を作りあげる。

骨組が出来あがると、その上にエシャ貝の貝殻《かいがら》をはりつける。エシャ貝は、この砂漠にならどこにでもいる二枚貝だ。手のひら大の円形の貝殻は、薄くて柔軟性に優れ、翼の表皮にするにはもってこいなのだ。

それを鱗《うろこ》のように重ねあわせて、翼全体をくまなくおおったあとは、上から特殊な樹液をかける。樹液はまたたく間に乾き、水も稲妻《いなずま》も通さない丈夫な表皮が出来あがる。

そうなったら、いよいよ飛行結晶の出番となる。

この山脈でのみ採掘される飛行結晶は、不思議な性質を持つ。そのままではただの黒っぽい水晶石にすぎないが、いったん熱を加えて、そして冷ましたものには、驚くような浮力が備わるのだ。砂粒のような小さなかけらでも、軽く大人一人を浮きあがらせてしまう。その力こそ、翼船に何より必要なものだった。

飛行結晶はいったん炎で熱せられ、溶かされる。黒い水晶が柔らかな光を放つ紫色の液体へと変化したら、それを出来あがった翼の骨組へと流しこむ。翼の骨組を作っている砂鯨の骨は、中が空洞になっているのだ。

ここでもっとも難しいのは、流しこむ量だ。少なすぎては船を浮かばせることはできないし、多すぎれば二度と地上に戻れなくなってしまう。船の大きさと重さを見極めて、ふさわしいだけの量を流しこむのは、熟練職人のみにできる技と言われていた。

そうして適量の飛行結晶を流しこんだら、それが冷める前に翼を船にとりつけなくてはならない。ぐずぐずしていると、翼だけが空に飛んでいってしまう。そのため、飛行結晶の作業は船の目の前で行われるのが普通だった。

作業は夜を徹して行われることになり、アバンザ達三人はソーヤの家に泊まらせてもらうことになった。

豆の煮込みと熱い羊肉のスープの夕食をごちそうになってから、三人はもう一度船を見に行った。すでにあたりは真っ暗になっていたが、赤いサソリ号のまわりには赤々と火がたかれ、エザバル一族が忙しく立ち働いている。早くも船には二枚の新しい翼がとりつけられていた。

新しい翼をつけたことで、赤いサソリ号はずいぶんと力を取り戻したように見えた。が、修理を待っている船の中でもやはりひときわ古ぼけている。ハルーンはずっと思っていたことをアバンザに尋ねた。

「なんで新しい船にしないんですか？　お金ならあるんでしょう？」

「まあね。だけど、あれは特別な船なんだ。金で買えるような代物じゃない。……あの船はね、稲妻《いなづま》狩人だったあたしのひいじいさんが作ったのさ。名前をつけたのもひいじいさんだ」

「そういえば、どうして赤いサソリ号なんて名前にしたの？」

「どうしてって……赤いサソリの物語を知らないのかい？」

子供達はかぶりを振った。

「じゃあ、話してあげよう」

アバンザは砂の上に座って話し始めた。


昔々のことです。一人の女の子が砂漠をさ迷っていました。女の子は目が見えず、それで間違って砂漠に迷いこんでしまったのです。熱い太陽の日差しにさらされ、喉の渇きで倒れそうになった時でした。ふいに、さらさらという水音が聞こえてきました。

女の子は夢中で水音のするほうに向かい、そして大きなオアシスにたどりついたのです。オアシスには青々とした木々がおいしげり、中央の大きな泉にはこんこんと澄んだ水がわきあがっていました。

女の子はすぐさま泉に近づこうとしました。ところが、突然足元から恐ろしい声がしたのです。

「止まれ！　私の泉に近づくな！」

叫んだのは泉を守る大きな赤いサソリでした。女の子は一生懸命頼みました。

「お願いですから、一口だけでも水を飲ませてください」

「だめだ！　私の泉の水を、私以外のものが飲むことは許さない。喉が渇いたなら、そこらの果物で渇きを癒やせばいい」

ですが、果物はみんな高い木の上に実っていて、目の見えない女の子の手には届きません。女の子は何度もサソリに頼みました。一口なりと水を飲ませてくれと。そのしつこさに、赤いサソリはついに言いました。

「私の毒針で一刺しさせてくれるのなら、水を飲ませてやってもいい」

喉が渇いて狂いそうになっていた女の子は、とうとううなずいてしまいました。

サソリは素早く女の子の足首を毒針で刺しました。恐ろしい毒がたちまち女の子の体をかけめぐり始めました。

「いいだろう。水を飲むがいい」

サソリが言い、女の子は必死で泉に近づこうとしました。ですが、毒で体が動かず、泉にたどりつく前に死んでしまったのです。

赤いサソリは女の子の亡骸《なきがら》の上で踊りました。自分が一刺しすれば、女の子は水を飲む前に死んでしまう。サソリはそのことを知っていました。はなから水を飲ませるつもりなどなかったのです。

これに、天の神様は怒りました。神様は稲妻に命じました。

「あの性悪《しょうわる》な赤い虫をこらしめなさい」

稲妻はすぐさま赤いサソリに襲いかかりました。ですが、赤いサソリはすばしっこく逃げまわり、ついにはどこかに隠れてしまいました。しかし、稲妻は今でも赤いサソリを探しており、輝く槍を投げつけてやろうと目をこらしているのだといいます。


物語を聞き終えるなり、ファラは憤然とした声をあげた。

「ひどい話。女の子がかわいそう。でも、どうしてなの？　そういう物語があるのなら、私だったら赤いサソリなんて名前、絶対船にはつけないわ。どうして悪者の名前を船につけたの？」

「わからないかい？　稲妻は赤いサソリを追いかけている。そしてあたしら稲妻狩人はその稲妻を追っかけるのが仕事だ。稲妻が向こうからやってきてくれますように。赤いサソリという名には、そういう願いがこめられているんだよ。物語の中では悪者でも、あたしらにとっては縁起のいい名前なのさ」

納得のいかない顔をしつつも、ファラは黙りこんだ。今度はハルーンが口を開いた。

「でも、赤いサソリは結局逃げのびたんでしょう？　女の子は死んじゃったのに、悪いことをしたサソリが生きているなんて。変な物語ですね。普通はもっとちゃんと罰を受けるものだと思うのに」

「いや。サソリは十分罰を受けたさ」

アバンザは静かに言った。

「赤いサソリは何より大事にしていた泉を失い、さらには稲妻に命を狙われて、一生びくびくしながら生きることになったんだ。神様に呪われたから、誰も赤いサソリには手を差しのべない。誰もが赤いサソリを忌《い》み嫌う。……生きのびたからといって、本当に幸せかどうかはわからないんだよ、ハルーン」

「うーん。そうかなぁ」

首をひねる子供達に、アバンザは笑った。

「よしよし。それじゃ、もっと楽しい物語を聞かせてあげよう」

そう言って、アバンザは別の物語を話し始めた。今度のは、幸せな終わりを迎える物語だった。

11

翌朝、ぐっすりと眠っていたハルーンとファラの体を誰かがそっと揺さぶった。目を開けてみると、ソーヤがいた。しわだらけの顔には得意げな笑みが浮かんでいる。

「起きなさい。出発の時間だよ」

子供達の眠気が吹き飛んだ。

「じゃあ、修理が終わったんですね！」

「当然さね。ほらほら、急いだ。アバンザが待ってるよ」

ソーヤにせきたてられて家の外に出てみると、まだ夜明け前だった。ほんのりと東のほうが白んでいるだけで、暗い空にはまだ星がまたたいている。村は寝静まっていた。

ハルーン達は急ぎ足で船へ向かった。だが、船着き場に赤いサソリ号の姿はなかった。置いていかれたのかと冷たい恐怖を覚えたが、それはすぐにかき消えた。ぐーんと村の上空を旋回するようにして、見慣れたおんぼろ船がこちらに降りてきたのだ。

またたく間に赤いサソリ号はハルーン達の前にやってきた。昨日とは比べものにならないなめらかな下降だ。とりつけられたばかりの新しい四枚の翼は、力強く羽ばたいている。

船からはしごが降ろされた。どうやら着地はしないで、このまま出発する気らしい。お行きと、ソーヤが子供らの背を押した。「お世話になりました！」と、ハルーンはすぐさまはしごに駆け寄っていった。が、ファラはその場にとどまってソーヤに抱きついた。

「色々どうもありがとう……首飾りとか鳥とか」

「いいや。たいしたことじゃないよ。道中気をつけて。風と砂の守りがじょうちゃんにありますように」

ソーヤは優しくファラをはしごへと押しやった。

ファラが甲板に立つと、赤いサソリ号は上昇し始めた。ハルーンとファラはへりから身を乗り出してみた。遠ざかる地面では、ソーヤがこちらに手を振っていた。二人はぶんぶん手を振り返した。それから舵《かじ》をとっているアバンザのほうへ駆け寄った。

「船長！」

「おはよう、二人とも」

「びっくりしましたよ。来てみたら、船がなくて」

「驚かせてごめんよ。飛び具合を確かめていたんだ。やっぱりソーヤの腕は一流だ。動きが前と全然違うよ」

アバンザは心底楽しそうだった。いつもの倍は明るく、陽気ですらある。まるで船と一緒にアバンザも新しく生まれ変わったかのようだ。

その船はというと、すばらしい速さで飛び始めていた。もはや村は見えなくなり、山脈もどんどん遠ざかる。風を頬に受け、ハルーンが笑った。その笑いにつられるようにファラが、そして アバンザまでもが笑いだした。

朝日が昇ってくると、アバンザは舵をとりながら歌った。古い狩りの歌だ。歌詞はわからなかったが、その旋律《せんりつ》は勇ましくも美しい。

帆柱の上で見張りに立ちながら、ハルーンはその歌に聞き入っていた。いい気分だ。船は雲を切り裂くようにして走り、次々と砂丘を越えていく。このぶんならこれまでの遅れを十分に取り戻せるだろう。いや、きっとそれ以上だ。

ハルーンもアバンザも上機嫌だった。ただ一人、ファラだけが落ちこんでいた。自分が狙われているかもしれないという恐怖感が、心に重くのしかかっていたのだ。

そもそも、誰が私を閉じこめていたのだろう？　誰が私に、こんないやな輪を、いや、枷《かせ》をはめたのだろう？　その目的は何？　そして、私は誰なの？　青い血を持つ私は、誰？

だが、考えようとすればするほど、頭の奥が鈍く痛くなってくる。何かの力が、思い出させまいとファラを抑えつけてくる。ハルーンにもアバンザにも相談できず、ファラは一人でもんもんとしていた。

昼時になると、アバンザは舵を離れて厨房《ちゅうぼう》に入り、いつものように豪華な食事を用意してくれた。

「今日は天気もいいし、甲板で食べようか。おおい、ハルーン。降りておいで！」

アバンザの言葉に、ぼんやりしていたファラははっとして顔をあげた。ハルーンが、見張り台の上で手を振っているではないか。

「ハルーンったら！　あんな高いところに登って！　まだ怪我しているのに！」

「大丈夫だよ、ファラ。もう本当にたいしたことないんだろうさ。あんなに傷の治りが早い子は、あたしもお目にかかったことがないよ」

気をもむファラを、アバンザは笑ってなだめた。

一方、ハルーンは見張り台から降りようとしていた。この時、向こうの空に何かが見えたような気がした。そちらを何気なく見たとたん、ハルーンの体はこわばった。

激しく輝いている砂の地平線のかなたに、何かが浮かんでいた。ごくごく小さな、うごめくもの達。太陽の光を反射しながら飛んでいる。こんなにも離れているというのに、ハルーンはそれらがこちらを見ているのをはっきりと感じた。

心臓が不自然に鳴りだし、ハルーンは下にいるアバンザに呼びかけた。

「船長！　西南のほうから何か来ます！」

「鳥かい？」

「わからないけど……鳥じゃない！　蛇みたいだ！」

それらは明らかに赤いサソリ号に向かってきていた。横に這う稲妻《いなずま》のように雲をかきわけ、みるみる近づいてくる。すぐにその姿がはっきりと見えてきた。

「ああっ！」

ハルーンは思わず声をあげていた。ファラも悲鳴をあげ、アバンザの激しい舌打ちが空気を震わせた。

それはムカデだった。暗紅色の鎧《よろい》のような体をくねらせ、鋼《はがね》色の無数の足をうごめかせて、空中を滑ってくる。十匹はおり、その体の長さはそれぞれこの船と同じくらいあった。頭から突き出た二本の大鎌のような牙は、見る者に恐怖を覚えさせた。

彼らこそが世に名高いザムザ、ナルマーンの飛行部隊の中でももっとも機敏にして凄烈《せいれつ》な強さを誇る魔族だ。

ついに、ナルマーンからの追っ手が来た。

ハルーンは確信した。偶然この場にやってきたわけがない。あれは間違いなく追っ手だ。そしてファラも、彼らが自分を狙ってきたのだと、はっきりと感じ取った。

子供達は茫然として、一糸乱れぬ動きで近づいてくるザムザ達を見ていた。その金縛りを解いたのが、アバンザの叫び声だった。

「つかまって！　雲の上に出るよ！」

その叫びと共に、赤いサソリ号は急上昇した。吹き飛ばされないように、ハルーンは慌てて帆柱にしがみつき、ファラは甲板に這《は》いつくばってこらえた。

ぶんと、重たくて冷たい雲の中に入った。砂よりも細かな水滴がたちまち船と船にいる者達をぬらし、強烈な冷気が襲いかかってきた。ハルーンは歯を食いしばりながら、この冷たさでザムザ達の動きが鈍りますようにと願った。

ずいぶん長い間雲の中にいたが、ふいに雲が途切れ、ふたたび光が差してきた。いまや赤いサソリ号はもくもくとした白い雲の谷間を飛んでいた。四方に目をこらしたが、ザムザ達の姿は今のところ見えない。

ハルーンは急いで甲板に降り、うずくまって震えているファラに駆け寄った。

「ファラ！　しっかり！」

「お、終わった？　逃げられたの？」

「わからない。君は船室に行ってるんだ。ぼくが呼びに行くまで、出てきちゃだめだ。いいね？」

緊迫した声に、ファラは目を瞠《みは》った。ハルーンは一気に年をとり、強く厳しくなったように見えた。顔は恐怖に青ざめていたが、大事なものを守るために戦う大人の目をしていた。

その目に逆らえずファラは船室に駆けこみ、しっかりと戸を閉めた。それだけでは頼りなくて、椅子がわりの重たい樽《たる》を戸に立てかけた。それから寝台に腰かけ、ひざを抱えて丸まった。

冷たい汗をかいていた。おなかの中が気持ち悪くて、吐きそうだ。魔物に襲われた時とはまた違う、生々しい感触の恐怖が腹の底からこみあげてくる。どきどきと、胸を突き破りそうな動悸《どうき》が痛い。

生まれて初めて自分が本物の恐怖を味わっていることに、ファラは愕然《がくぜん》となった。

「怖い……」

つぶやいたとたん、涙がこぼれた。

ファラは声を殺して泣き始めた。

一方、甲板ではアバンザが全速力で船を走らせていた。ハルーンはアバンザのかわりに四方に目を光らせた。ザムザ達の姿は見えなかったが、ちりちりするような恐怖はまだ消えていない。まだどこかにいる。視線を感じる。この感触は……下から？

ハルーンは慌てて船べりに駆け寄り、下をのぞきこんだ。すぐ下の雲の中に、赤灰色の長い影がいく筋も見えた。

「船長！　下にいる！」

ハルーンが叫ぶのと、雲を突き破るようにして、三匹のザムザが飛び出してくるのは同時だった。

アバンザは神業《かみわざ》的な手腕を見せて、飛びかかってきたザムザ達をかわした。がしんと、三つの大あごが見事に空《くう》を噛《か》んだ。空振りだ。

だが、喜ぶ暇もなく四匹目と五匹目が飛び出してきた。

「ちいっ！」

アバンザは思いっきり舵を切った。船は落下するハトのように回転しながら、ザムザの必殺の大あごから逃れようとした。が、かわしきれなかった。五匹目の牙の先が船の尻に食いこんだのだ。

しっかとあごを閉じ、そのザムザは船の動きを止めようとしてきた。アバンザは振り払おうと、左右に船を揺らしたが、大鎌のごとき牙ははずれない。船の速度がほんのわずかだが落ちてきた。

それを待ち構えていたかのように、上から両脇から残りのザムザ達が姿を現し、船を囲みだした。

「ハルーン！　樽だ！」

アバンザの言わんとしていることに、ハルーンはすぐに気づいた。急いで船尾へと駆けた。そこには、水を入れた樽が三つ、太い綱で固定されていた。

ハルーンは小刀で綱を切りにかかった。だが、激しく揺れる船の上では、たったそれだけのことすら難しい。何度も樽から引き離され、指先を小刀で切りそうになりながらも、ハルーンは必死で作業に集中した。

ようやく、綱が切り離された。がたがたと揺れだした樽から飛び離れ、ハルーンは一番近くにあった帆柱に飛びついた。

「船長！　切りました！」

「ようし！」

アバンザが大きく舵をきった。すぐさま船の向きが変わった。今度は上昇したのだ。船は大きく傾き、甲板が地面と垂直になった。あらゆるものが、船から振り落とされていく。重たい樽も、次々と縁を乗り越えて、落ちていった。

直後に、ばりばりっと、何かが砕ける音がした。きっと、樽がもろにぶつかって、ザムザがはじきとばされたのだ。今の音は、ザムザに噛みつかれていた船尾の板壁が衝撃で壊れた音に違いない。

アバンザが船の向きを平行に戻し始めた。小躍りしたい気分を抑えて、ハルーンは船尾に駆け寄った。のぞきこんでみれば、案の定、あのザムザの姿は消えていた。だが、そのことをアバンザに報告しようとしたところで、ハルーンは立ちすくんでしまった。

赤いサソリ号は完全に囲まれてしまっていた。上下左右、そして後方に、ザムザの大牙が光っている。

アバンザはなんとかこの囲みから逃げ出そうと、必死になって船を飛ばしていたが、十二匹のザムザ達はぴたりとついてくる。囲みを崩そうと、逃げ道を探してもみたが、ザムザの陣は完璧で崩すところなど見つからなかった。

ぐうっと、上から大きなザムザが身を近づけてきた。よく見れば、大ムカデのような魔族の、両目に当たる青い部分には、小さな人間の頭がついていた。その二つの頭が口を開いた。

「止まれ！　ナルマーンの第四王子トルハンの名のもとに、止まれ！」

銅像が口をきいたかのような、金属的な声がハルーン達の耳を打った。速度を落とすことなくまっすぐ飛びながら、アバンザはザムザに叫び返した。

「断る！　あたしはナルマーンの民でもなければ、ナルマーン王に忠誠を誓った者でもない。あんた達の命令に従う義務はないはずだ」

ふいに右側にいたザムザがかっと口を開いた。牙と牙の間から粘液にまみれた石のようなものが飛び出してきた。それは赤いサソリ号の翼を軽くかすめて、雲の中に落ちていった。

ハルーンは息をつまらせた。とりつけたばかりの新しい翼に、異変が起きていた。ザムザの吐き出したものがかすめたあたりが溶け始めたのだ。ぶくぶくと泡をたてて腐食《ふしょく》していく。ハルーンの手のひらほどの穴を作ってから、腐食は止まった。

ハルーンはアバンザを振り返った。アバンザは死人のように青ざめていた。まるで自分の腕を食われたかのような顔をしている。

ザムザの声が上から降ってきた。

「次は船の腹を狙う。命惜しくば、子供を渡せ」

「おまえ達にくれてやるような子供はいないよ！　いったい、この子になんの用があるっていうんだ！」

「その子供ではない。もう一人の子供のほうだ。生贄《いけにえ》の、尊《とうと》き血を引く哀れな姫君だ。差し出せ！　我らに渡せ！　今すぐに！」

それは取引ではなかった。明確な命令であった。

どうしたものかと、ハルーンとアバンザが青ざめた顔を見合わせた時だった。船室に続く戸口から一羽の小さな鳥が飛び出してきた。

鳥はまるで矢のように雲の中へと飛びこんでいった。ハルーンやアバンザの目に映ったのはそれだけだった。が、ザムザ達の目に映ったものは違った。彼らは見たのだ。船から飛び出してきた小さな鳥が、どこまでも澄んだ青い輝きを放っているのを。

「おおおおっ！」

うめきのような声をあげて、ザムザ達はいっせいに船から離れ、小鳥が消えた雲の中へと飛びこんでいった。見る間に彼らの姿は見えなくなり、ただ傷ついた赤いサソリ号だけが残された。

「今のうちに急いで逃げて！」

小さな声に、茫然としていたハルーンとアバンザは我に返った。振り向けば、ファラが甲板に立っていた。

「ファラ！　船室にいろって言ったじゃないか！」

「ごめんなさい。でも、あの鳥を放さなくちゃいけなかったから」

「あの鳥は君のなの？　なんだったの、あれ？」

「ソーヤさんがくれたの。私の身代わりをしてくれる鳥なの」

「ソーヤさんが？」

ハルーンはもっと詳しく聞き出そうとしたが、アバンザがそれを切り上げさせた。

「なんであれ、話は後回しだ。二人とも手伝っておくれ。やつらが戻ってくる前に、ここから逃げるよ！」

それには子供達も大賛成だった。

短い戦いの間に、赤いサソリ号には新しい傷がいくつも加わってしまっていた。が、大事にいたるものは一つもない。これなら大丈夫そうだ。アバンザはずれてしまった針路を正し、そちらに向かって舵を切ろうとした。

この時、船の上にさっと影が差した。見上げれば、巨大な鳥がこちらに降りてくるところだった。

三人が身構える間もなく、鳥は甲板に降りたった。鉤爪《かぎづめ》のはえた足に踏まれ、甲板がその重みできしんだ。

大きな鳥だった。ラクダよりも大きい。その胴体は碧玉《エメラルド》色の羽毛におおわれ、ところどころに金や銀や紅の羽が宝石のようにちりばめられている。極彩色の彩りは目に痛いほどだ。

鳥が伏せていた顔をもたげた。驚いたことに、そこにあったのは人間の顔だった。陶磁器のように白い肌。整った目鼻立ち。唇は鮮やかな緑にぬれ、まぶたも翡翠《ひすい》色に光っている。

だが、瞳の色だけは違った。その色は、藍《あい》。美しいが、温かみをまったく欠いた色。黒がにじんだかのような、危険をはらんだ色だった。

12

鳥の体と人間の顔を持つ魔族はまっすぐファラを見、くいっと緑の唇のはしをつりあげて笑みを作った。作り物のような冷ややかな笑みだった。

「おひさしぶりでございます、姫君。いえ、そのお姿にまみえるのは初めてゆえ、お初にお目にかかりますと申しあげたほうがよろしいのでしょうね」

魔族の声は、聞く者にぞくぞくするような寒気を覚えさせるものだった。

「私はジャミラ。さきほどのザムザ達同様、かつてあなたのお父上にお仕えし、今は人間の奴隷に堕ちたものでございます。姫君にお会いできて、これほど嬉しいことはございませぬ」

口調は丁寧でも、そこには千の棘《とげ》と毒が含まれていた。こうした悪意とは無縁で暮らしてきたファラにも、この魔族が自分を嫌っていることはすぐにわかった。自然と胸の鼓動が速くなる。

「私を、つ、捕まえにきたのね？」

「……………」

「つ、捕まえて、ナルマーンに連れ戻すつもりなんでしょ？　どうして？　なぜ私は追われなくちゃいけないの？」

「……ご安心ください。ナルマーンにお連れするつもりはございません。今日は一人の魔族として、役目を果たしにまいったのです」

ジャミラはまっすぐファラを見て言った。

「姫君、お命をちょうだいいたします」

空気が凍りついた。

思いがけない言葉に、絶句していたファラだったが、ようやくかすれた声をしぼり出した。

「私をこ、殺すの？」

「はい。あなたは死なねばなりません。今、ここで」

きっぱりとジャミラは言った。

「ど、どうして？　どうしてなの？」

「人間のためではありません。全ては魔族のため」

ジャミラの声から毒が消え、初めて感情らしきものが宿った。

「ご存じないかもしれませんが、日蝕《にっしょく》は間近です。あなたが死ねば、多くの魔族が怒り、悲しみ、恐れ、絶望することでしょう。強い負の感情は、我ら魔族を弱くする。そこに日蝕の闇が訪れれば……我らは奴隷の身から解放されます。もはや我らは人間にさげすまれ、なぶられることはなくなる。憎き人間に復讐できるのです。姫君。どうか死を受け入れてください。あなたのお命で、あなたの民を解放してください。どうか！」

「わ、私の民？」

「苦痛は一瞬たりとも与えません。お望みなら夢魔を呼んで差し上げます。夢魔ならば、姫君を甘く美しい夢にひたらせたまま、ゆっくりと命を吸い出してくれるでしょう」

なんと答えたらいいかわからず、ファラはしばらく黙っていた。ジャミラの言っていることは半分もわからなかった。やっとのことで恐る恐る尋ねた。

「どうしてあなたは……私を姫君と呼ぶの?」

「それすらお忘れなのですか? ……ああ、そのむごい枷《かせ》のせいですね。本当に人間というものは! どこまで我らを辱《はずかし》めれば気がすむのか!」

怒りに目をたぎらせたあと、ジャミラはファラに向かってもう一度頭を下げた。

「あなたは青の王の娘。魔族の王の一人であり、ナルマーンで奴隷とされている魔族達の、まことの主《あるじ》であった方の、お世継ぎなのです」

「魔族の、王……」

立っていられず、くたくたと、ファラは崩れてしまった。目の前が揺れていた。頭の中にいっぱいに広がってきたのは、自分が流した青い血の色だった。

「私は、人間ではない、の?」

「姫君ともあろう方が、穢《けが》らわしいことを言われるものではありません。あなたは、本来なら我らが姫として、次の青の王として、多くの魔族に崇《あが》められるお方……ですが、それは過去のこと。今のあなたは、人間にむさぼられるだけの生贄《いけにえ》になり果ててしまわれた」

暗く悲しげな目で、ジャミラはファラを見つめてきた。

「あなたはもはや、魔族に害しかもたらさぬ存在なのです……あなたを連れ戻せと、私はナルマーンの王からじきじきに命じられました。その見返りとして、王は私に自由を約束しました。でも、命令に従うつもりはありません。私一人の自由よりも、この忌《い》まわしい鎖を断ち切るほうが大事ですから」

「………」

「私は命令や自分のために、あなたを殺すのではありません。これは誓って本当です。私の望みはただ一つ、辱められた魔族の自由と誉《ほま》れを取り戻すことだけなのです。姫君、おわかりください。あなたの死だけが、我らを解放してくれるのです。あなたの父上は、我らを見捨てました。それならばせめて、娘のあなたが我らに償《つぐな》ってくださるべき！　違いましょうか！」

「わ、わからない！　見捨てたなんて、私、そんなこと知らない！　そんなこと言われたって！　私は何も知らないんだもの！」

「知らないからと言って、逃げるのですか？　それは許されません！　姫君！　お願いでございます！　償いを！　我らの苦しみに終わりを！」

ジャミラの言葉は、ファラの心をえぐってきた。償ってくれと、責め立ててくる魔族の声が痛かった。この憎しみの声。この恨みのまなざし。こんな激しい感情をぶつけられるのは、初めてだ。

いや、初めてではない。

ファラは思い出した。数日前に襲ってきた魔物。あの魔物も、ファラを「青のお方」と呼び、強烈な憎悪をぶつけてきた。おそらくは、ファラを青の王と間違えたのだろう。

青の王は、いったい何をしたというのだろう。魔物にも魔族にも、これほど憎まれるとは。よほどの悪事を働いたとしか思えない。

そして、その娘だという自分。何も覚えていないのに、憎まれるなんて。追われ、襲われ、死ねと言われるなんて。ああ、もう全てがいやだ。いやだいやだいやだ。いっそジャミラの望むとおりにしたほうが楽になれるのではないだろうか。事情はわからないが、自分は憎まれているのだ。この世にいないほうがいいのかもしれない。死んで魔族達が救われるというのなら、そのほうがずっといいのかもしれない。

自暴自棄《じぼうじき》となって、ファラがふらふらと前に踏み出しかけた時だった。ぱっと手をつかまれた。

振り返れば、ハルーンが引きつった顔で手を握りしめていた。続いて、アバンザがファラの肩をつかむ。二人の無言の動作が、その手から伝わってくる温もりと警告が、ファラの頭にかかった霧を吹き飛ばした。

ファラは二人を見返した。自分にたくさんのものをくれた二人。特にハルーンはそうだ。

ハルーン。私を見つけて、私の運命を変えてくれた男の子。この子を最初に見た時、何かが自分の中で鳴り響いたのを覚えている。言葉に表せない感情があふれてきたのを覚えている。

まだ死ねないと、ファラは思った。私にはまだ役目がある。それが何かはまだわからないけれど。役目を果たすまで、生きていなくては。

ファラの瞳に燃えるような光が宿るのを見て、ジャミラが悲鳴のような声をあげた。

「姫君！　お願いです！」

「私は……生きたい」

「姫君！」

「私はまだ生きていたい！　生きたいの！」

ファラは心から叫んだ。口に出すと、生きたいという思いはより強い揺らがぬものになった。私はまだ何も知らない。何もかも知らないことだらけ。だからこそ思うのだ。魔族達が自由になる方法が、他にもあるのではないかと。自分の死以外に、手があるのではないかと。

そのことを必死でジャミラに訴えかけた。

「あなた達を助ける。あなた達を自由にすると誓う！　その方法はまだわからないけれど、どんなに時間がかかっても探して、やりとげてみせる。だからお願い！　今ここで殺さないで！」

石でさえ揺さぶられるような魂の叫び。しかし、それがジャミラの心に届くことはなかった。

ジャミラは落胆し、目を閉じた。

心のどこかでは期待していたのだ。この少女ならば、かつてジャミラが心から敬愛した青の王の血を受け継ぐ者ならば、父親の行いを悔い、自らの身を捧げてくれるのではないかと。だが、その期待は甘かった。所詮は裏切り者の子。自分のことしか考えていない、幼くて残酷で役に立たない子供でしかないのだ。

ジャミラの中で、むくりと何かが目覚めていった。それは裏切られたという怒りだった。次に目を開いた時、藍《あい》色の瞳には刃のごとく鋭い光が浮かんでいた。

「私達を自由にするから見逃せと？　ここで見逃し、別の敵があなたを手に入れるかもしれないという危険をおかせと？　それは無理です、姫君。あなたがまた人間の手に落ちてしまったら、今度こそ私達はおしまいです。一番確実な方法は、あなたがここで死ぬこと。……素直に命を差し出してくださらないのであれば、しかたありません。無理やりでも奪うまでのこと」

じりっと、ジャミラは一歩踏み出してきた。たったそれだけで、ジャミラの体はいっそう大きくなったように見えた。

ファラは必死で考えた。なんとかジャミラに思いとどまってもらわないと。そうだ。もしかしたらうまくいくかもしれない。一か八《ばち》かやってみよう。

ごくりとつばを飲みこみ、ファラは声をはりあげた。

「それでは……あ、青の王の子として、あなたに命令します。私から離れなさい」

自分は青の王の子。記憶も自覚もないが、ジャミラはそう言った。それならば、ジャミラはきっと自分の言うことを聞くはずだ。

はたして、ファラの命令にひるんだかのように、ジャミラの頭がたれた。命令がきいたのかと、ファラの心は高鳴った。と、くくくという奇妙な音が逆巻くように立ちのぼってきたのだ。

それはジャミラの含み笑いであった。

硬直している少女に、ジャミラはねっとりと笑いかけた。

「残念ながら、姫君、あなたの命令は私にはなんの力も及ぼさない。あなたは確かに青の王となられるべきお方で、見間違えようのない青き輝きを放っておいでです。だが、あなたには本来あるべきものがない。我ら全ての魔族の名前をお持ちではない」

「魔族の、名前……」

「そう。魔族にとっては命に等しい真の名。その名を束ねることによって、魔王は一族を守り、支配する。しかし、今のあなたは自らの名さえ奪われ、力を奪われ、人間に近い無力な存在になりさがってしまっている。魔族であれば教えられるまでもないことが、今のあなたには途方もなく未知のものでしかない。現にあなたは、私の真の名をご存じないのでしょう？　ふふふ。なんとも滑稽《こっけい》ですね。正当なる後継者に、魔族の名が備わっていないとは。こんなおかしいことがありましょうか！」

ジャミラはけたたましい笑い声をあげた。そして、その笑いをおさめた時には、うわべだけの慇懃《いんぎん》さをかなぐり捨てていた。両目は殺意と憎しみにぎらつき、美しい顔には黒い血管の筋が禍々《まがまが》しく浮かびあがっていた。

ジャミラは憎々しげにファラをながめた。

「おお、なんとあの方に似ていることか。その顔は私の怒りをかきたてる。我らを人間に売り渡した魔王の子。このジャミラがおまえに死を与えてやる！」

じりじりと、ファラとハルーンはあとずさった。だが、すぐに背中が帆柱にぶつかり、動けなくなった。アバンザはいつの間にか姿を消していた。船室にでも逃げたのだろうか？　前の時のように、助けに戻ってきてくれるだろうか？　だが、少しずつ迫ってくるジャミラを見ると、他のことは何一つ頭の中に浮かばなくなった。

三日月のような鉤爪《かぎづめ》に青い炎をまとわせながら、ジャミラはファラだけを見据えていた。隣にいる少年など目に入らない。この場に存在している意味のある者はファラ一人だ。ファラから発散される恐怖の匂いを嗅《か》ぎ、その目に様々なものが浮かんでは消えていく様を、我が目に焼きつける。

『この憎らしくも愛らしい贄《にえ》の子を殺したら、私は途方もない満足と、消えることのない痛みを覚えることだろう』

そんなことを考えながら、ジャミラはゆっくりと獲物を追いつめていった。

いよいよとばかりに、鉤爪がのっそりと持ちあげられ、ファラに向けられた。やめろと、ハルーンが前に飛び出しかけた。この時だ。ジャミラの口から悲鳴がほとばしった。

ジャミラの太い脛《すね》に何かが嚙《か》みついていた。黒光りする細長いそれは、ジャミラが蹴り飛ばす前に飛び離れ、さっとファラ達の前に立った。

ジャミラが吼《ほ》えた。

「おまえ、モルファか！」

「そうだ。思わぬ場所で会ったな、ジャミラ」

そう答えたのは、黒いトカゲであった。青と赤の鮮やかな翼が背中にはえており、小さな空色の目には知性がきらめいている。後ろ足ですっくと立ち、まったくひるむことなくジャミラと向きあうトカゲを、子供達はあっけにとられて見ていた。

ジャミラは嚙まれた足から血を流しながら、なぜだと叫んだ。

「セワード大臣の召使いであるおまえが、なぜここにいる！　それに私の邪魔をするとは。血迷ったか、モルファ！」

身も震えてくるようなジャミラの怒りに対し、モルファと呼ばれた小さな魔族は落ち着き払って答えた。

「いや、いたって正気だ、ジャミラ。私も、贄の子を探していたのだ。それは大臣の命令を受けてのこと。だが、あなたの邪魔をするのは、私自身の意思によるものだ」

「贄の子を助けると言うのか！」

「さきほどまでは、ジャミラ、私も青の王を憎み、姫君をお怨《うら》みしていた。だが、姫君は私達を自由にするとお誓いになったのだ。私はそのお言葉を信じるし、そうなった以上は姫君にお味方する」

「愚か者が！　最善の道がわからぬとは！」

いきりたつジャミラを、モルファは哀れむように見た。

「わかっていないのはあなただ、ジャミラ。姫君を殺したからといって、我々が本当に自由になれるわけではない。日蝕が間近なのをお忘れか？　このまま姫君を失えば、我らは闇にのまれ、無魂《むこん》し、汚らわしいものになり果ててしまうではないか」

「それでも人間に復讐はできる！」

「復讐のために無魂したほうがよいと？　……なんとかたくなな。我らの多くは、無魂したくない一心で、今の苦しみを必死で耐えているというのに。あなたは、あのカーザット王子のように

狭い見方しかできないのだな」

憎んでも憎み足らない人間に似ていると言われ、ジャミラの頭に血がのぼった。

「その侮辱、死をもってあがなえ！　贅の子もろとも死ぬがいい！」

ジャミラの口がかっと開き、そこから青い鋼《はがね》のような炎が噴き出してきた。

モルファがバッタのように跳ね、子供達を床に押し倒した。思いもよらぬほど強い力だった。倒れた子供達の上を、青い炎が通過する。炎はモルファの体をかすめ、後ろにあった帆柱にぶちあたった。帆柱は一瞬にして灰になってしまった。

次こそはずさないと、ジャミラは倒れている子供らにふたたび狙いをつけた。開いた口の中に青い炎が燃えている。それを吐き出さんとした時だった。

「ジャミラ！」

鋭い叫び声に思わず振り向けば、そこに女がいた。さきほどザムザ達相手に見事な舵取りを披露した女だ。闘志にみなぎった目をこちらに向け、その両腕は、どこから持ってきたのか、大きな木製の筒を抱えこんでいる。

筒の先をジャミラに向けながら、アバンザは子供達に叫んだ。

「目を閉じて伏せろ！」

そうしてアバンザは筒の口を開いた。

耳奥をかきむしるような唸りと共に、筒から光がほとばしった。かわす間もなく、光はジャミラの顔を直撃した。

「ぎえええええっ！」

いまや、ジャミラの全身に輝く稲妻《いなずま》がからみついていた。稲妻は容赦なくジャミラの体を焼いていた。生き物が焼ける臭いが充満していく。振り払おうとしたが、つるつるした甲板では思うように動けない。

気も狂うような激痛に我を忘れ、ジャミラは翼を広げて船から飛び出した。ところが、翼は広がりはしたものの、羽ばたくことはなかった。稲妻が動きを奪っていたのだ。

稲妻を巻きつけたまま、ジャミラは雲の下へと落ちていった。すさまじい悲鳴がみるみると遠ざかり、やがて消えた。

13

アバンザは物も言わずに舵《かじ》に飛びつき、ふたたび全速力で船を飛ばし始めた。

ハルーンとファラは息を殺しながら下の雲に目をこらし、耳をそばだてた。ジャミラが雲の下から悪夢のようによみがえってくるのではないか。羽ばたきが聞こえてくるのではないか。戻ってきた時の彼女の怒りを考えるだけで、足が震えた。

だが長い時間が過ぎても、そのような気配はなかった。

『逃げられたんだ……』

安堵《あんど》のあまり、体中の力が抜けそうになった。自分達の運の良さが信じられないくらいだ。この時、ううっと、小さなうめき声が聞こえてきた。

甲板に、あのトカゲのような魔族モルファが倒れていた。ファラは慌ててそちらに駆けより、そっとモルファを抱きあげた。モルファは赤子のように軽かった。

ファラはささやいた。

「なぜ助けてくれたの？」

「あなたが我々をお救いくださると、お誓いになったからです、姫。あのお言葉を聞いては、あなたを死なせるわけにはまいりませんでした」

モルファは嬉しそうに目をしばたたいてみせたが、その声は苦しげだった。様子がおかしい。見れば、体の一部が焼け焦げていた。さきほどのジャミラの炎にやられたのだ。

「大変！　怪我をしているのね？」

「薬箱を取ってくるよ」

駆けだそうとしたハルーンをモルファは呼びとめた。

「どうかおかまいなく。どうせ助かりません。ジャミラの炎は私の血管に入りこんでしまいました。じき心臓に届き、私を殺すでしょう。ですが、時はまだ少し残っている」

モルファは自分を抱いているファラをひたと見据えた。

「姫。お話がございます。本当に私達を助けたいと思ってくださるのであれば、私がこれから言うことをよくお聞きください」

「何か方法を知っているのね？」

「はい。おそらくは、これは姫のお命を救うただ一つの方法でもあります」

ファラとハルーンは身を乗り出し、全身を耳にしてモルファの言うことに集中した。モルファは話し始めた。

「姫君は、間違いなく青の王となられる方であらせられます。しかし、今のあなたは無力で、姿を変えることも空を飛ぶこともできません。このままではいずれは人間の手に落ちてしまう。ですが、魔族としての名を取り戻せば、あなたにかけられた全ての封印は断ち切られ、本来のお姿と力を取り戻せるはずなのです。そうなれば、あなたは新たな青の王。我らは自由になり、あなたのもとに馳せ参ずることができるでしょう」

「私が死ななくても、あなた達を助けられるのね？」

「……ジャミラですね、そんなことを言ったのは。そのことはお忘れください。姫君、あなたは決して死んではならないのです。どんなことがあろうと、決して！」

ここでモルファは激しくせきこんだ。細かな血の粒が四方に飛び散り、美しい羽根がごそりと抜けた。

苦しげに身を震わせながら、モルファはファラを仰《あお》ぎ見た。

「時間がないので、お名を取り戻す方法だけをお話しいたします。よくお聞きください」

あらゆるものの名前を知っている翁《おきな》がいるのだと、モルファは話した。時や場所に関わりなく、文字どおり万物の名前を記憶している翁。この翁こそが世界を創造しているのだと言う者もいる。

「その翁なら、私の名も知っているはずだと言うのね？　どこにいるの？」

「この大空のどこかに、空気の流れに逆らうようにして漂う巨大な石があります。笑わぬ顔と呼ばれていて、その名のとおり、人間の顔をしているのです。翁はその石の中にいます」

「笑わぬ顔だって？」

声をあげたのは、舵を握りながら話を聞いていたアバンザだった。顔色が変わっていた。

「あれに近づくのは不可能だよ」

「ええ。魔族であっても不可能です。笑わぬ顔に近づけるのは、この世でただ一種類の虫だけ。

まずはその幼虫を捕らえてください。ヤンカ国の都にいる虫です。普段は人の姿に化けていますが、見破った人間にはついてきます。うまく育てることができれば、幼虫はやがて成虫となって、あなたを笑わぬ顔へとお連れするでしょう」

では、その幼虫を見つけるにはどうすればいいのか？　モルファは詳しく話し始めた。

「幼虫はそれはうまく人間に化けているので、目で見分けることはまずできません。しかし、いくら人間に化けたからといって、虫としての本性を忘れたわけではない。ディーカ鳥だけが虫を見分けるのです。鳥が騒ぎ、そしてその鳥におびえる者がいたら、それが幼虫です。あなたはその虫を捕まえ、おまえの正体はわかっている、幸いの虫アッハームだと大きな声で叫ぶのです。そうすれば虫はあなたのもの」

だが、虫を手に入れたとしても、それで終わりではない。本当に難しいのはここからなのだと、モルファは血を吐きながら言葉を続けた。

「アッハームは自分の望みが叶えられることによって大きくなるのです。幼虫の頼みごとはなんでも叶えてやってください。たとえ、どんなに馬鹿らしく信用ならないことであっても。虫の望みに対して、そんなのは無理だとかできないなどとは、決して言わないように。その言葉は虫を殺します」

またしてもモルファがせきこんだ。せきが出るたびに、力と命もまた体から逃げていく。いよいよ最期の時が近づいてきたようだ。

光が消えつつある目で必死にファラを見つめ、モルファはやっと聞き取れるような声で、ナルマーンの王子達が血眼《ちまなこ》になってファラを探していることを話した。

「それにセワード大臣もです。セワードは、あなたを密《ひそ》かに自分のもとに連れてくるように、自分の配下に命じました。彼は、に、人間としては良い男ですが、もしかしたらナルマーンの王座を狙っているかもしれない。セワードの名のもとに、あなたの援護を申し出る者がいても、決してお信じになられぬように。それから……奴隷となった魔族の中には、王の仕打ちを憎むあまり、その矛先《ほこさき》を姫君にまで向けてしまっているものもおります。くれぐれも、お、お気をつけて」

「モルファ！　待って！　死んではだめ！」

「い、急いでください。なんとしても、日蝕の前に名を取り戻し、王におなりください。さもなければ、我らは……わ、我らは……」

「日蝕！　どうしてそんなに日蝕を気にするの？　日蝕に何があるの？」

「ああ、姫君……」

「教えて！　それに青の王は、私のお父様はいったいどんな悪いことをしたの！　どうして私は生贄《いけにえ》の子なの？　生贄って、どんなことをされるの？」

だが、ファラの問いに答えることなく、モルファの目が閉じられた。その体がぶるりと震えたかと思うと、小さな青い炎が噴きだしてきた。

炎はあっという間にモルファを包みこみ、燃やしつくしてしまった。あとには黒い灰がひと握り、ファラの手のひらに残っただけだった。

14

ファラは茫然として、手の中に残った灰を見つめていた。灰は、風を受けてみるみる散っていったが、ファラは散るのを止めようとはしなかった。まるで灰となったモルファが、自由になって飛んでいくように見えたからだ。

モルファ。命をかけて、ファラを助けてくれた小さな魔族。血を吐きながら、ファラが魔族に戻れる方法を教えてくれた。言葉をかわせたのは、ほんのわずかな間だけ。それでも、かけがえのない友を失ってしまったような痛みに、胸がきりきりとした。

だが、悲しみにひたってばかりはいられなかった。モルファは力をふりしぼり、できるかぎりのことを教えてくれた。でも、まだわからないことが多すぎる。混乱で、頭の中が真っ白になってしまいそうだ。

ふいに肩を叩かれ、ファラは我に返った。アバンザが心配そうにこちらをのぞきこんでいた。

「大丈夫かい？」

「え、ええ」

立ちあがり、ファラは少し驚いた。いつの間にか、赤いサソリ号は大きな砂丘の陰に停船していたのだ。

「ここは風が気まぐれに逆巻く場所で、匂いを拡散させてくれるんだ。しばらく安全だと思うから。……どうやら青の王のことを、詳しく知らなくちゃならないみたいだね」

ファラはうなずいた。

青の王。魔族達に恨まれている魔族の王。いったい何をしたのか。そして、その世継ぎであるという自分は、新たな王になって何をするべきなのか。

知らなくてはと、ファラは手を握りしめた。

「誰なら知っていると思う？」

「そりゃ、魔族のことは魔族に聞くしかないよ」

ハルーンが口をはさんできた。

「でも、自然の魔族にはめったに会えないんでしょう？　ナルマーンには魔族がたくさんいるけど、あそこには戻れないし」

顔を曇らせる子供達に、アバンザはにやりと笑った。

「ついておいで」

そう言って、アバンザは甲板を降り、船の厨房《ちゅうぼう》の前に立ったのだ。今まで決して中に入らせなかった厨房の扉に手をかけながら、アバンザは子供達を振り返った。

「最初はびっくりするかもしれないけど、まあ、すぐに慣れると思うよ。あっ……今はちょっと荒れてるかもしれないね。ちょっと後ろにさがっておいで」

子供達を後ろにさがらせると、アバンザは扉を開けた。

「アバンザ！」

怒鳴り声と共に、いきなり火の玉が中から飛んできた。間髪《かんはつ》いれず、アバンザは短刀で火の玉を払いのけたが、後ろにいたファラとハルーンはあっけにとられてしまった。

初めて目にする厨房は、ひどい状態だった。あちこちに料理の汁やら野菜やらが飛び散り、皿や壺《つぼ》も割れている。小麦粉の袋は破れているし、かまどでは鍋がひっくり返っている。そんな惨状の中、一人の女が仁王立ちしていた。

背の高い、小山のように太った女だった。真っ黒な肌の上にどぎついスモモ色の衣をまとい、太い手首には金の腕輪をいくつもはめている。爪は衣と同じ色に染めてあり、分厚い唇は真っ赤な紅が塗られて、てかてかと光っている。らんらんと光る目は薄紅色で、ちぢれた髪はなんとオレンジ色の炎だ。

何より驚くべきは、女の耳だった。女は象の耳をはやしていたのだ。大きな黒いひれのような耳が顔の両脇に広がって、ぱたぱたと動いている。

魔族だ。魔族が、この船に乗っていたなんて。

驚いている子供達など目に入らないのか、魔族の女はアバンザを睨みつけ、吼《ほ》えるようにわめいた。

「あんたの無茶な操縦のせいで、台所がめちゃくちゃだよ！　前からさんざん言ってるじゃないか！　狩りをする時は、前もってちゃんと教えといておくれって！　おかげで、仕込んでたスープがだいなしだ。香辛料の壺だって、ずいぶん割れちまったんだよ！」

「悪かったよ、モーティマ。でも、狩りをしたわけじゃないんだ。ナルマーンの飛行部隊に襲われたんだよ」

「ナルマーンの？……あんた何をやらかしたんだい？」

「どうやらあたしはとんでもないものを運んでいるらしいのさ」

そう言って、アバンザは脇にどいて、子供達を厨房に入らせた。モーティマと呼ばれた魔族は、ひっと息をつまらせた。

「あんた……なんだってその子達を連れてきたんだい？」

「事情が大きく変わったんだよ、モーティマ。あんたの助けが必要なんだ。もうわかってるだろうけど、男の子がハルーンで、女の子がファラだ。逃亡奴隷だと思ったから、助けてやろうと思ったんだけど……ファラはね、どうやら青の王の娘らしいんだよ」

「青の王だって！」

モーティマの顔が大きく歪み、その形相にファラは身を縮めた。ハルーンは思わず前に出て、ファラをかばった。

アバンザがなだめるような調子で言った。

「穏やかじゃないね。青の王って聞いただけで、どうしてそんなに怒るのさ？」

「怒るに決まってるさ！　青の王だって！　汚らわしい裏切り者だよ！　自分の眷族《けんぞく》を、奴隷として人間に差し出してしまったんだから！」

「人間に、差し出した？」

黙っていられず、ファラは前に飛び出した。

「お願い！　もっと詳しく教えて！　青の王は本当にそんなことをしたの？　だとしたら、どうして？」

「どうしてって……。まさか、知らないとでも？」

モーティマは口を閉じ、じろじろとファラを見つめた。

「ふうん。見たところ人間にしか見えないね。力の受け継ぎもしていないみたいだし……おや、驚いた。名前もないじゃないか。なるほどね。なんでもかんでも封印されているわけだ。それで何も知らないし、わからないってわけか」

納得したように、モーティマは息をついた。その目は少し穏やかになっていた。

「そういうことなら、一から教えて差し上げましょう。でも、父王の悪行を知るには、まずは魔族のことから知ってもらわなければ」

モーティマの話が始まった。


魔族には多様な種族がいるが、大きく三つの民にわかれているのだと、モーティマは言った。地に連なる白の民、火の力を持つ赤の民、空と水を愛する青の民。そして、それぞれの民を守る三人の魔王がいると。

「白瑪瑙《めのう》の岩屋におわす白の王、炎の玉座に座る赤の王、天空と水のはざまに憩《いこ》う青の王。この方々は、魔族の中でも特別な力と性質を持っておられます。すなわち、他の魔族の名を預かり、その魔族の魂を闇から守ることができるお力をお持ちなのです」

「闇から、守る？」

「我々はとてもはかない存在なのですよ、姫様。どんな強い魔力を持っていようと、怒りや憎しみ、悲しみといった闇にはもろく、すぐに魂を失ってしまう。……魂を失い、魔物となることを、我らは無魂《むこん》と呼びます。魔族にとって、無魂するほど恐ろしく恥ずかしいことはありません。ですから、多くの魔族が主《あるじ》を求めます。自分の魂を預かり守ってくれる王を求めるのです」

王にまみえ、自分の名前を預け、その王の眷族になることを「契約」と呼ぶ。

この世に生まれおちた時、魔族は皆、黒い目を持っているという。だが、契約を交わすと、王ゆかりの色に染まる。赤の王なら赤系の色に、白の王なら白系の色に。「ちなみに、あたしは赤の王の眷族です」と、モーティマは自分の薄紅色の目を指差しながら話した。魔力が強ければ強いほど、その色は濃いのだとも付け加えた。

ファラは、ジャミラの藍《あい》色の目を思い出した。あの濃い色を思うと、やはりジャミラの力は相当なものに違いない。

ハルーンはハルーンで、ナルマーンで見かけた魔族達がみな青に連なる色の目をしていたのを思い出した。彼らはやはり、青の王の眷族なのか。

ここで、アバンザが納得できないような顔で口を開いた。

「しかし……魔物になるのを避けるためとはいえ、自分から家来になるなんて。自由を捨ててしまうなんて。あたしにはちょっと考えられないね」

「人間の王と家来の関係と同じだと思っているんなら、そりゃ間違いだよ、アバンザ」

重々しくモーティマが答えた。

「確かに、どの王も、絶対的な力を配下の魔族達に対して持っているよ。なんてったって、魔族の命、真《まこと》の名を握っているんだからね。だけど、その力を使って支配することはないんだ。魔族同士の戦いにも関与しない。魔王は、ただ魔族を無魂から守るために存在するとされている。支配者というより、魂の守護者なのさ」

それだけに、魔族達の、王に対する感謝と尊敬の念は深い。どれほど気性の荒い魔族であろうと、おのれの王のためならば、喜んでその身を差し出す。たとえ命令されなくともだ。

「支配されないからこその、絶対的な服従。といっても、人間には理解できないかもしれないがね。とにかく、あたし達は自分の王を愛している。青の民も、かつては青の王を愛していたよ。心からね。……だが、青の王はその愛を踏みにじったんだ！」

ふたたびモーティマの目に怒りが燃えあがった。睨むようにファラを見ながら、モーティマは押し殺した声で話していった。

「数百年前、突然青の王の気配が地上から消え失せました。それはあたしも感じましたよ。我ら魔族は、お仕えする王に関係なく、なんらかのつながりがありますから。あの時は、いったいどうされたのかと、気をもみました。ことに、青の民達は、気が気ではなかったでしょう。……それからすぐのことでした。青の王の指輪を、なんと人間の若者がはめて現れたのです」

金の台座に、青の王の血で作られた宝珠をはめこんだ指輪。これこそ王の心臓であり、あまたの魔族の名前を預かっている証《あかし》でもある。当然、その指輪をはめているのは、青の王ただ一人であるはずだ。

だが、人間がそれを指にはめて現れた。そして魔力などひとかけらも持っていないにもかかわらず、その若者は魔族を支配した。若者がくだす命令に、青の民は誰一人逆らえなかったのだ。

青の王は消え、人間による支配が始まった。

奴隷として扱われながら、青の民は苦しみ、混乱した。

なぜ？　なぜ人間が王の指輪を持っている。なぜ、ただの人間が我らに命令できる？　青の王が正当に譲り渡さなければ、指輪を手に入れたからといって、その持ち主にはなれないはず。

考え悩んだ末、出てきた答えは一つ。青の王が、人間に自分達を売り渡したとしか考えられない。青の王は、眷族を裏切った。

その時以来、青の王の名は地に堕ちたのだ。

それでも、青の王を信じ続けるもの達もいた。もしかしたら、青の王はやむを得ない状況に追いこまれ、指輪を手放してしまったのかもしれない。それを偶然人間が手に入れ、なんらかの方法で魔族を操る方法を見つけたのかもしれない。

そう考えたのは、人間が青の王の世継ぎ、たった一人の姫君を、わざわざどこかに連れ去ったからだ

「見せしめとするなら、皆の前で殺すでしょう。また、人質だというのなら、そう告げるでしょ

う。ですが、人間はそうしなかった。ただ姫君の存在を隠してしまった。まるで大切な宝のように」

モーティマはファラの目をのぞきこんだ。

「もうおわかりですね？　それがあなたなのです。さらわれ、隠された魔族の姫君。……あるいは贄《にえ》の子とお呼びしましょうか」

「贄……」

びくりと、ファラは肩を震わせた。そうだ。そういえば、追っ手のザムザもジャミラも、贄の子と呼びかけてきた。モーティマはうなずいた。

「隠された姫君が、贄にされているのではないかという噂は、密《ひそ》かに語り継がれていましたよ。魔族でもない人間が、何代にもわたって魔族を操ってこられたのは、おそらく、青の王の世継ぎを利用しているからに違いないと。それがどういうからくりかは知られていませんが……。青の民の中には、贄の子のことをこう呼ぶものもいます。希望の子と」

「希望の子？」

「はい。世継ぎの姫君が無事でいるのであれば。たとえ今は人間の手によって、厳重に隠され利用されているとしても、いつかは王として目覚めるかもしれない。新たな真の王が誕生すれば、人間の支配は終わり、自分達は自由になれるかもしれない。だから、姫が王となられるその時まで、なんとしてもこの屈辱を乗り越えよう。……あなたの存在は、彼らの希望なのです」

重苦しい沈黙が満ちた。

灰のような顔色をしているファラに変わって、ハルーンがかすれた声をしぼりだした。

「でも、ジャミラは、さっき襲ってきた魔族は、ファラを殺そうとしたんだよ？　希望の子をどうして殺そうとするの？」

「姫君を、殺す？」

モーティマはけげんそうな顔をし、それから痛ましげな表情となった。

「そうか。そこまで追い詰められているんだね。……おそらく、そのジャミラって魔族の狙いは、大がかりな無魂だよ」

「無魂？　魔物になること？」

「そうさ。さっきも言っただろう？　魔族の魂は弱いって。ことに、日蝕《にっしょく》の闇は、あたし達を蝕《むしば》む。王に守られているものであれば、心配はないんだけど。それ以外の者、あるいは心に大きな悲しみや絶望を抱えているものは、ほぼ間違いなく無魂してしまう。……希望の子が死んでしまえば、青の民が受ける痛手ははかりしれない。もう二度と自由になれないかもしれないんだ。そんな絶望を抱えたまま、日蝕を迎えたら……」

狂気にとりつかれた魔物の一群によって、ナルマーンは半日もせずに滅びるだろうと、モーティマは断言した。

「そんな……」

ひどいとつぶやく子供達を、モーティマは悲しげに見た。

「あたしはそのジャミラという魔族を哀れに思うよ。無魂してでも、人間に復讐したいと思うなんて。誇り高い魔族が、そんな考えに取り憑《つ》かれてしまうなんて」

モーティマは口を閉じた。

しんと静まりかえる中、皆のまなざしがファラへと集まった。ファラは蒼白な顔をし、石のようにかたまっていた。

知りたいことはおおむねわかった。ジャミラの狙いも、モルファが決して死んではいけないと言ったわけも。だが、肝心のところは謎のままだ。どうして、青の王は、自分の父親は、大事な眷族達を人間に渡してしまったのだろう？　だが真実を知るのは、おそらく青の王だけだ。

ぶるりと武者ぶるいをしたあと、ファラはモーティマに目を向けた。

「モーティマ。青の王は今はどこにいるの？」

「それがわからないのです。突然姿を消して以来、行方知れずで……。だからこそ、この恐ろしい出来事がどうして起きてしまったのか、誰にもわからないのです」

「それじゃ……私の、お母様は？　お母様は青の王の妻だったのでしょ？　何か知っているんじゃないかしら？　ねえ、お母様がどこにいらっしゃるのか、知っている？」

モーティマの目が揺れ動いた。

「青のお妃《きさき》セザイラ様も、やはりご存じなかったはずです。王の気配が消えた時は、必死で御夫君の行方を探させたと、聞いておりますから。……姫君。あなたのお母上はすでにお亡くなりになっております」

こぼれんばかりに目を見開く少女に、モーティマはゆっくりと話した。

「人間が姫君を渡せと言ってきた時、セザイラ様は断固として拒んだそうです。命が尽きようとも、娘は渡さないと。あなたを守ろうとしたのです。ですが、力及ばず……」

「……そう」

ファラは泣きそうになるのをこらえた。

顔も思い出せないけれど、きっとお母様はすばらしい方だったのだ。きっと私を愛していて、だから命を投げ出してまで守ろうとしてくれたのだろう。そんな方を母に持てるなんて、私はとても、とても幸せだったんだ。だから今は泣いてはいけない。お母様のために泣くのは、全てが終わってからにしないと。

あふれそうになる涙を振り払い、ファラはモーティマに尋ねた。

「次の日蝕はいつなの？」

「半月後です、姫君」

「……もうすぐなのね。本当に時間がないんだわ」

それからファラはアバンザを見た。

「アバンザ。ヤンカって国まで、ここからどのくらいで行けるかしら？」

「風次第だけど、この船でなら二日後にはたどりつけると思うよ。……幸いの虫っていうのを探すのかい？」

「ええ」

ファラはうなずいた。自覚はないが、自分は青の王の娘なのだ。だとしたら、やはり王となるしかない。そして、魔族達を助けなくては。

それまでぼんやりと漂っていただけの心が、突然しっかりと地面に根付いたような気がした。責任を果たさなければという思いが芽生えてくる。

そのせいか、おもざしすら変わってきた。無邪気で愛くるしいだけだったのが、きりりと引き締まり、りんとしたものになりつつある。

そんなファラにまぶしいものを感じながら、ハルーンが進みでた。

「手伝うよ、ファラ」

「あたしもね。こうなったらとことん付き合うよ」

アバンザも胸を叩いて言った。ありがとうと、ファラは泣きそうになりながら二人の手を取った。

と、ここでモーティマが前に出てきた。

「姫君。あたしは赤の王の眷族ゆえ、表立ってあなたの助けをすることはできません。魔族が、別の眷族の事情に首をつっこむことは、禁じられているのです。そのかわり、この船の厨房の主として、これまで以上に腕を振るわせていただきます。あたしの料理で力をつけ、ぜひとも王におなりくださりませ」

そう言って、モーティマは初めて、うやうやしげにファラに頭を下げたのだ。

15

赤いサソリ号は針路を変更し、ヤンカ国の都に向かった。雲に隠れながらの危険な飛行を繰り返したおかげで、追っ手に見つかることなく大砂漠を抜け、翌日にはヤンカ国についていた。

ヤンカ国は非常に小さな国だ。が、海と大砂漠と大平原、三つの土地が重なりあう中心にあるため、交易場所として昔から栄えてきた。この国は全体が大きな市場のようなもので、およそここで手に入らないものはないと言われているほどだ。

海から運ばれる新鮮な魚とサンゴ。平原の民の工芸品と馬乳酒。砂漠の砂より作られる色鮮やかなガラス細工。ありとあらゆる国の絹織物に装身具。穀物や果物の砂糖漬け。書物や絵画。甲《かっ》冑《ちゅう》や武器。薬に毒。そして生き物。

他の品物と同様、ヤンカ国にはおびただしい数の生き物が集められている。羊やラクダといった家畜から、異国の獣や珍しい鳥、毒蛇や蝶、芸を仕込まれた猿や犬にいたるまで、なんでもいる。いないのは、一種類の鳥だけ。ディーカ鳥だけだ。

ディーカ鳥は牛のように大きな鳥だ。丈夫で力も強く、それでいて温和な性格で知られている。空を飛ぶことはできないが、太い二本脚で馬並みに走れるので、大平原のほうでは馬がわりによく使われている。そのたいして珍しくもない鳥が、ヤンカでは一羽も見当たらない。

じつは、ディーカ鳥は縁起の悪い鳥として、ヤンカの都への持ちこみがかたく禁止されているのである。鳥のくせに空を飛べないところが、不吉だというのだ。

だが、モルファの話では、ディーカ鳥だけが幸いの虫を見つけ出すことができるという。なんとしてもこの鳥が必要だ。

そこでハルーン達はヤンカ国に入る前に、小さな村に立ち寄り、村で一羽だけ飼われていたディーカ鳥を買った。老いぼれの、しょぼくれた目をした鳥で、餌を食べる時以外はほとんどじっとうずくまっていた。おまけに下痢ぎみだった。

ハルーンは大量の糞《ふん》の始末に追われながら嘆いた。

「こんなの買わなきゃよかった。半分死んでるよ、これ」

「あら、そんなことないわよ」

すぐさまファラが反論した。

「とても優しい目をしているわ。私、好きよ。ねえ、なんて名前にしましょうか？」

「知らないよ！　はらくだしとでも呼んだら？」

「そんなのだめよ。そうね。カヌールって呼ぶことにするわ」

「なんとでも呼べばいいよ。ああっ！　またもらしたな！」

とにかくディーカ鳥は手に入った。あとはどうやってヤンカの都に連れこむかだ。

アバンザの提案で、カヌールのみすぼらしい茶色の羽を白い染め粉で染めることにした。そうすると、ムーカ鳥そっくりになった。ディーカ鳥と見かけがよく似ていて、同じように空を飛べないムーカ鳥だが、羽の色が縁起のいい白ということで、ヤンカへの出入りが許されている。なんとも馬鹿馬鹿しい話だ。

ともかく、ファラ達は無事にカヌールを都に持ちこむことができた。白くなったカヌールに、ヤンカ国の人々は注意を払わなかったのである。

アバンザは市場の元締めと交渉して、小さな一画を一週間借り受けることに成功した。そこに小さな天幕を張り、全員で天幕に移った。もちろんカヌールも一緒だ。

この市場はもっとも人が集まってくる場所だ。ここで見張っていれば、いつかは目当ての幼虫が通りかかるかもしれない。天幕の前を通り過ぎていくあまたの人々を、三人は食い入るように観察し続けた。目で見分けることはできないとモルファは言っていたが、もしかしたらそれらしいのがいるかもしれない。

しかし、人間達が必死になって目をこらしているというのに、肝心のカヌールはうつらうつらと眠ってばかりで、頼りないことこのうえなかった。

そうして三日経ち、四日経った。五日目も無駄に終わった。

六日目には、三人はじりじりしていた。一番の気がかりは追っ手のことだった。いつまでもここにいてはまずい。この六日間、赤いサソリ号はずっとここの港につなぎとめられている。港に停泊しているすさまじくおんぼろな船のことは、すでにあちこちで噂になっていて、それが三人の不安をあおっていた。

贄《にえ》の子がおんぼろ船に乗っていることは、すでに全ての追跡者に知られているはずだ。そして、あの船はあまりにもよく目立つ。今にもここに追っ手が現れるのではないかと、三人の焦りは刻一刻と募っていった。心臓をゆっくりと締めあげられていくかのようだ。

いっそのことカヌールを連れて、道という道を歩いてみてはどうだろう？　一日もあれば都中を巡れるはずだし、いつここにやってくるかわからない幼虫を待っているよりは効果的なはずだ。

だが、ハルーンの提案は却下された。

「今のあたし達は落ち着きのなさが隠せない。そういうのは逆に人目につくんだ。今動きまわっても、怪しまれるのがせきのやまだ。このままとどまっていたほうがましだよ」

アバンザの言葉に、ハルーンはしぶしぶうなずいた。

それにしても、このカヌールがもう少ししっかりしていてくれれば。

ハルーンは恨めしい気持ちでカヌールを睨んだ。老いたディーカ鳥は今日もとろとろとまどろんでいた。染め粉をかけてから今日で六日目。最初は純白だった体も、今はところどころ茶色のしみが浮き出してきていて、さらにみすぼらしい様子になっている。ファラはかわいがっているが、ハルーンはこの鳥が全ての災いの根源としか思えなかった。

こんちくしょう！　もっときっちり目を開けろよ！

心の中で怒鳴りつけたその瞬間、カヌールがぱちりと目を開けた。と、これまでに見せたこともないような素早い動きで立ちあがり、天幕から通りに向かって頭を突き出したのだ。慌ててファラが首の縄を引っ張って止めようとしたが、カヌールは激しく抗《あらが》った。そしてどうしてもそれ以上進めないとわかると、大きく口を開けて鳴きたてた。

ぎーぎーというやかましいわめき声が、朝の市場に響き渡った。その鳴き声を浴びせかけられて、一人の女が凍りついたように立ちすくんでいた。

ぼってりとした中年の女だった。灰色の服に派手な色の帯を巻いて、頭に果物の入った籠《かご》をのせている。どこにでもいる果物売りに見えた。だが、その顔色は真っ青で、顔つきも尋常でなくこわばっている。

見つけた！

アバンザの合図で、ファラとハルーンは騒ぎ立てているカヌールを天幕の中に押しこんだ。カヌールの姿が消えると、かたまっていた女は息を吹き返したように体の緊張を解き、ついで顔を真っ赤にしてまくしたてた。

「まあ、なんですか！　まったく！　こんな迷惑な鳥をつないでおくなんて！　ひどいわ！　心臓が止まるかと思ったわよ！」

「これは失礼をしました、奥様」

アバンザが進みでた。

「これはまったくこちらの手落ちでございます。おわびに蜂蜜《はちみつ》酒をごちそうさせていただきます。どうぞこちらへ」

と、さりげなく女の腕を取った。女は振り払おうとしたが、かなわなかった。アバンザの手は鋼《はがね》のようだったのだ。そのことがわかるなり、女はいっそう声をはりあげた。

「放して！　おわびなんてけっこうよ！　いますぐ衛兵達に言いつけて、市場から追い出してやるから。手を放して！」

「そうおっしゃらずに、どうぞどうぞ」

言葉こそ丁寧だったが、腕の力はゆるめず、アバンザは暴れる女を天幕の中に引きずりこんだ。すかさずハルーンが入口のカーテンを引き、やじうまの目を遮《さえぎ》った。

「なんなのよ！　なんなのよ、あんた達！　誰か！　助けてちょうだい！」

「往生際が悪いよ。あんたが何者かわかっているんだ。人間じゃないんだろう？」

「なんのことよ！　失礼ね！」

「しぶといやつだね。……ファラ」

うなずき、ファラは女の前に進み出た。怒りとおびえが入り混じる女の目をのぞきこみ、大きな声で言った。

「おまえの正体はわかっている。幸いの虫アッハームだ！」

女の目がはりさけんばかりに見開かれた。と思うと、その顔にしわが寄り、体が一気にしぼみ始めた。

ふくれていた水袋に穴が開いたかのように、女はぐんぐんしぼんでいき、最後には服だけを残して消えてしまった。逃がしてしまったかと、ファラ達は一瞬、焦った。と、床に放り出された服がごそごそとうごめき、幼虫が這《は》い出してきたのだ。

アッハームの幼虫は、思い描いていたものとはまったく違っていた。大きさは人間の赤ん坊ほどもあり、顔も赤ん坊そっくりだ。ただしひどく醜《みにく》い。頭には毛は一本もはえていなかったが、額には二本の小さな角が突き出ていた。

全身は白くなめらかで、ところどころにオレンジ色の斑点がまたたいている。胴体にはむちむちとした手が四本はえていたが、足はなく、下半身はイモでふくれた袋のようにぼこぼことしていた。

手の一本で頭をがりがりかきながら、幼虫はファラ達を見上げた。

「ったく。この都にディーカ鳥なんか持ちこむなよ。違法だって、わかってんのかい？」

一瞬、どぎもを抜かれたものの、アバンザはすぐさま言い返した。

「虫のくせに違法だなんて言葉、よく知っているね」

「馬鹿にしないでもらいたいね。こう見えても、おいら、あんたよりもずっとずっと年上で、それだけ長い間人間になりすましていたんだから。この都のことならなんでも知っているし、言葉だって数カ国語話せる。本だって書けるくらいなんだぞ」

えへんと、幼虫はえばった。

三人は顔を見あわせた。なんとなく厄介そうな相手だと、全員が感じたのだ。三人の戸惑いなど我関せずと、幼虫はぶつぶつつぶやいている。

「ったく。ここの暮らし、けっこう気に入ってたんだけどなあ。ヤンカはいいところだったんだ。天敵のディーカ鳥は入ってこられないし、あちこちからいろんな人間が集まってくるからおもしろいことには事欠かなかったし。そこのちびっこのせいでだいなしだよ」

「ご、ごめんなさい」

「ごめんなさいって謝られてもなあ。だいたいさあ、見つけ方が穏やかじゃないよ。確かに見つけられた以上、あんたはおいらのご主人様ってことになるんだろうけど。どうせならもっと教養のある大人がよかったなあ。学者とか博士とか。おいらと高尚な話ができるようなさあ」

幼虫のぐちと皮肉に、ついにアバンザがくわっと怒鳴った。

「虫のくせにぐだぐだぬかすんじゃないよ！　一緒に来るのに文句があるのなら、そこの鳥にそのぶさいくな頭をつつかせるよ！　どうなんだい？」

ひえっと、虫のぶよっとした体が飛びあがった。本当にディーカ鳥のことが怖いらしい。

「わかったわかった。あんたらについていくよ。そのかわり、いますぐそのいやらしい鳥をどっかにやっておくれ。じゃないと、おいら、一歩だって動かないよ」

「いますぐ？」

ファラはカヌールを振り返った。カヌールはまだ羽を毛羽立たせて幼虫を睨んでいる。

「でも、ここに置いていくわけにはいかないわ。ディーカ鳥とわかったら、きっと殺されてしまうもの」

「そんなこと、おいらの知ったことか！　おい、あんた。おいらを成虫にしたいんだろ？　だったら、おいらの望みを叶えなくちゃだめだ。おいらの望みだ。いますぐ、そいつを、天幕の外に出すんだ！」

幼虫の激しい剣幕に、ファラはモルファの言葉を思い出した。なんであれ、幼虫の望みは叶えなくてはいけない。モルファはそう言っていたではないか。

しかたなく、ファラはカヌールを天幕の外に押し出し、人の少ない路地へ連れていった。鳥が不思議そうにこちらを見てきたので、ファラは涙がこみあげてきた。

「ごめんね」

綱を放してやると、カヌールは路地に落ちていたごみをつつき始めた。

ファラはそっとその場を離れ、鳥に背を向けて天幕に戻った。戻ってきたファラを見て、虫はにんまりとして四本の手をこすりあわせた。

「よしよし。それでいい。じゃ、とっととここを離れよう。おいらが派手に悲鳴をあげたからね。もうじき役人が衛兵を引き連れてやってくるはずだ。あんた達がどういう人間であれ、捕まったらまずいことになるんじゃないかい?」

確かにそのとおりだったので、三人はいっせいに立ちあがった。そしてそのままかたまった。これからいったいどうしたらいいのか。アバンザが、全員が思っていることを口に出した。

「この虫、どうやって船まで運ぶ?」

「虫とは失礼な。幸いの君とかアッハーム様と呼んでもらいたいね。おいらを探し求めるお偉いさんは、この世にごまんといるんだぜ?」

幼虫の憤慨は無視された。

「やっぱりこれじゃないの?」

と、ハルーンが大きな袋を取りあげてみせた。幼虫の目がつりあがった。

「言っとくけど、おいら袋になんか絶対入んないからね！」

「じゃ、どうするんだよ？　その姿は目立ちすぎるってわからないのかい？」

「おいらを布にくるみこんで、だっこすればいい。そこのいかつい姐《ねえ》さんが抱けば、赤ん坊にしか見えないよ」

「あたしがおまえをだっこするだって！」

アバンザが叫んだ。ぞっとしたような顔をしている彼女を、幼虫は意地悪げに見上げた。

「大丈夫さ。衛兵が怪しがってのぞきこんできたら、あぶあぶって、ちゃんとかわいく言ってやるから。な、お母ちゃん？」

「……次そう呼んだら殺す」

殺気のこもった声だった。睨みあいが始まりそうだったので、ファラとハルーンははらはらしながら「急いで！」と叫んだ。人々の雑踏に混じって、ざっざっざっという規則正しい足音が響いてきたのだ。これは訓練を積んだ兵士達の足音だ。ぐずぐずしてはいられない。

アバンザはいやいやながら幼虫を布でくるみ、抱きあげた。確かにそうすると、おくるみにくるまれた赤ん坊にしか見えなかった。

「さっ、行こう」

天幕の裾をめくって、ファラ達はこっそりとその場を抜け出した。

この直後に天幕に踏みこんできた兵士達は、思いがけない騒動に巻きこまれることになる。人を探してきょろきょろしているところに、カヌールが戻ってきたのだ。水たまりで水浴びをしてきたので、染め粉はきれいに落ち、茶色の羽がぬれて光っていた。

突然入ってきたディーカ鳥の姿に、生粋のヤンカ人で構成されていた部隊はあっという間に半狂乱におちいった。

「わああっ！　ディーカ鳥だ！」

「災いの鳥だぁ！」

彼らの叫びに、カヌールは負けず劣らず驚いた。哀れな老鳥は市場の通りに飛び出し、足が許すかぎりの速さで疾走し始めた。

たちまち大騒動が持ちあがった。ヤンカ人は悲鳴をあげて夢中でどこかに逃げようとし、それ以外の民はヤンカ人の慌てぶりに目を白黒させた。次々と屋台が壊され、天幕が引き倒された。品物が地面を転がり、人と人がぶつかりあう。もはや市場中が大混乱だ。

一方、走りに走ったカヌールは、やがてくたびれて小さな天幕の中に駆けこんだ。そこにはちょうどこの国を出ようとしていた大平原の一家がいた。彼らは突然やってきたディーカ鳥に驚いたものの、すぐにこの鳥が追われていることに気づいた。そこで鳥を自分達の荷馬車に乗せてやり、何食わぬ顔でヤンカ国を離れたのである。

こうしてカヌールは新しい優しい主《あるじ》を得て、余生を広々とした大平原で過ごすこととなった。カヌールにとってはとても幸せなことだった。

が、そんなことになるとは知らないファラは、赤いサソリ号にたどりついたあともカヌールのことを気にしていた。

「カヌール、大丈夫かしら。無事に逃げられたのならいいんだけど」

「あんたもしつこいなあ。平気だよ。この町の連中はおいらと同じくらいディーカ鳥を怖がっているから。本気で傷つける度胸があるやつなんて、いやしないよ。それより、これ、ほんとに船なのかい？　つぎはぎの風船にしか見えないんだけど？」

「文句があるなら、翼の先にくくりつけてやるよ。翼が動けば、いやでもちゃんとした船だってわかるだろうさ」

「ああっ！　なんだっておいら、こんなやつらに見つかっちゃったんだろう！　かわいそうだ！　あまりにもかわいそすぎる！」

「勝手にほざいてな。ほら、ハルーン。錨《いかり》を上げておくれ。とっととここを離れるよ」

とことん不機嫌な声でアバンザが唸った。

16

「この性悪《しょうわる》が！」

「痛い！　何するんだ、凶暴女！　わあああっ！」

この日も怒声と悲鳴があがり、甲板磨きをしていたファラとハルーンは慌てて舵のところに飛んでいった。そこではちょうどアバンザが幼虫をつかみあげて、ぶんぶん振りまわしているところだった。振りまわされる幼虫の口からは、数カ国語の悪態がいっぺんに吐き出されている。

またかと、子供達はうんざりした目を見かわした。

アバンザと幸いの虫アッハーム。この二人の相性は最悪だった。知りあってもう五日になるというのに、いっこうに仲良くなる気配はなく、むしろ関係は刻一刻と悪化していた。アバンザは幼虫を鼻もちならない性悪だとののしり、幼虫はアバンザを粗野で乱暴者と見下していた。おかげで喧嘩《けんか》が起きない日はない。

しかし、喧嘩の原因は全て幼虫にあった。

幼虫は人の神経を逆なでする天才だった。傲慢《ごうまん》にしてわがまま、気まぐれにして皮肉屋。今ではハルーンもファラも幼虫の顔を見るだけで、どこかに逃げ出したくなる。だが、小さな船の中に逃げられる場所はない。帆柱の上にも、幼虫は器用に這《は》いのぼってきてしまうのだ。

そうして手当たり次第に誰かを捕まえては、望みを言ってくる。それらはささいなことであったり、馬鹿馬鹿しいことであったり、とんでもないことであったり。まさに気まぐれの極致だ。その全てに、三人は我慢し、従わなければならなかった。

今や赤いサソリ号そのものが幼虫に支配されていた。船に乗ってすぐに、幼虫は針路を決める権限を自分に譲れと要求してきた。望みを叶えてもらうやいなや、ああしろこうしろと、舵《かじ》を握るアバンザに得意げに指図するようになった。

あっちに行かせたり、こっちに行かせたり。ぐるぐる同じところを何度も回らせたかと思えば、もと来た方向に引き返させる。まるでとりとめがなかった。ファラ達が追われていることを説明しても、耳を貸そうともしない。

虫の気まぐれに合わせて船を動かさなければならないことに、アバンザは怒り心頭だった。我慢ならなくなると、幼虫をつかみあげては振りまわした。

今もアバンザはわめいた。

「もう勘弁ならない！　今すぐ船から放り出してやる！」

「へ、へん！　やれるもんならやってみろ！　おいらが必要なくせに！　そんなことできっこないや」

「できるともさ！　ヤンカに戻って、また新しく虫を探せばいいんだ。次の虫がどういう性格をしてるか知らないが、少なくともあんたよりはましだろうさ」

アバンザが本気で言っていると気づき、幼虫の全身が青白くなった。幼虫をつかんだまま船べりに近づこうとするアバンザを、慌てて子供達は引きとめた。

「ちょ、ちょっと待ってください、船長！　それはまずいですよ！」

「とめないでおくれ。今日という今日はこいつの息の根を止めてやる！」

「今度はなんだっていうんです？」

「このくそ虫、あの雲の中に入れと言うんだ！」

アバンザが指差したはるかかなたに、暗い色の雲の群れが見えた。明らかに妖《あや》しげな気配を放つ雲だ。

「雲に入って、ただそれだけ？」

「それだけなものか！　あの雲に入って、稲妻《いなずま》を狩るところを見せろっていうんだよ。冗談じゃないよ。あんた達も乗っているというのに。そんな危ないことができ……」

「船長！」

「船長、だめ！」

子供達の悲鳴に、アバンザはあやういところで言葉をのみこんだ。「だめだ」とか「できない」という言葉は、幼虫の前では禁句だった。断りの言葉を言えないということも、三人の苛立ちの種になっていた。

アバンザは腹立ちまぎれに幼虫を甲板に投げ出した。幼虫は、痛いだの苦しいだのわめいたが、誰も手を差しのべてこないので、すぐに泣きごとをやめて、ふてくされた。

「で、どうなのさ？　おいらの望み、叶えてくれるのくれないの？　何度も言うけど、おいらは望みが叶えられなきゃ飢えちまうんだよ。おいらが死んでもいいっていうのかい？　そうなったらファラは笑わぬ顔にはたどりつけない。つまり魔族には戻れず、いつかは追っ手に追いつかれて死ぬってことだ。そのへんのこと、そこの凶暴女はわかってんのかね？」

「おい、黙れよ」

たまりかねてハルーンがいさめたが、すぐに後悔するはめになった。幼虫の目が光ったのだ。

「今おいらに黙れって言ったのかい？　よし、決めた。ハルーン。あんたは今晩は食事抜きで過ごすんだ」

「なんだって！」

「朝までぐうぐう腹ペコでいること。それがおいらの望みだ」

「ああ、もう！」

ハルーンにまで害が及んだので、アバンザは降参した。

「わかったよ。あの雲の中で稲妻を狩ってやる。……覚えているがいい」

「へん。もう忘れたね」

憎まれ口で答えて、幼虫はさっさと帆柱を登っていってしまった。その帆柱を蹴りつけたあと、アバンザは両手で顔をおおった。

「くそ！　あいつには我慢がならない！　この五日間がまるで百年にも思えるよ。ファラ、あいつはいつ成虫になるんだい？」

「えっ？　わ、私に聞かれても……」

「いいかい、ファラ」

　妙にすわった目つきになって、アバンザは少女の目をのぞきこんだ。

「この五日の間に、あたしらはずいぶんあいつの言うことを聞いてやったと思うんだ。ところが、あいつはちっとも大きくなっていない。最初に会った時のままだ。もし望みがまだまだ足りなくて、あと一年もかかるとかなんとか言うのなら……あたしは自分でも気づかないうちに、あいつの頭を踏みつぶしてしまうかもしれないよ」

「ぼくもそうしちゃうかも」

　ハルーンもひかえめに付け足した。困り果てたファラは二人の顔を交互に見つめた。

　それしか言えず、ファラはわっと泣きだした。少女の涙に、アバンザとハルーンは我に返った。

「アバンザ、お願い。ハルーンも」

　二人はやつあたりしたことを強烈に悔いた。

「悪かった。ごめんよ……もう少し我慢してみる。努力するから」

「ごめん、ファラ」

　しかし、ファラはなかなか泣きやまなかった。泣きやめなかったのだ。積もりに積もったものがはじけてしまっていた。

　幼虫はファラにはあまり無理難題を押しつけてこなかった。一応主人ということで、遠慮しているらしい。しかし、その分ファラは幼虫に振りまわされる他の二人を見るはめになる。結局、一番苦しんでいるのはファラだった。

申し訳なさに涙が止まらず、ついにファラは船室のほうに駆け去った。

重いため息をつきながら、アバンザは灰色の雲に向けて舵をゆっくりときった。その顔を見上げながら、ハルーンが恐る恐る口を開いた。

「船長……大丈夫ですか？」

「何がだい？」

「気分が悪そうだから。虫が乗ってからずっと」

「当たり前だろ！　あの腐れ虫に四六時中命令されているんだよ？　自分の船にいるっていうのに、これじゃまるで奴隷だ！　息がつまる！」

憎々しく吐き捨てるアバンザを、ハルーンはじっと見つめていた。アバンザはぷいっと顔をそむけた。

「なんだい？　言いたいことがあるなら、早くお言いよ」

「……どうして、船長はぼくらを助けてくれたんですか？　最初からずっと、ぼくらの味方だったでしょ？　詳しい事情も聞かず」

「助けられたことが不満かい？」

「いえ、そうじゃなくて……どうしてこんなによくしてくれるのかなって思って」

アバンザは唇をきゅっと引き結んだ。

前を向いたまま、アバンザはゆっくり話し始めた。

「あたしはずっと自由の民だった。稲妻狩人の一族に生まれて、誰にも縛られず、冒険と自由を楽しんできた。……だけど一度だけ、それを穢《けが》されたことがある。奴隷商人に捕まったんだよ」

十三歳だったアバンザは奴隷として、とある国の貴族の家に売りとばされた。もちろん、誇り高い狩人の娘が、おとなしくしているはずがない。何度も逃げようとし、そのたびにひどい折檻《せっかん》を受けた。必死で追いかけてきた家族がアバンザを見つけなければ、死んでいただろう。

家族の力でふたたび自由にはなれたものの、アバンザは変わった。自由を穢すものを激しく憎むようになったのだ。

「奴隷ってものに、どうしても我慢できない性分になってしまったのさ。あたしがこれまでに助けた逃亡奴隷は、十人や二十人じゃきかない。小さな村を襲おうとしていた奴隷狩りを、撃退したこともある」

鎖の重みや、魂が死んでいくようなあの無力感は忘れられないと、アバンザは吐き捨てた。

「あたしの主人だと名乗った連中のまなざしもね。信じられないほど冷たくて、ぞっとした。自分に値がつけられて、目の前で金がやりとりされて……あの屈辱ったらなかったよ。……ナルマーンが嫌いになったのもそれからだ。あちこちにいる奴隷に、虫けら扱いされている魔族達。一度、奈落に落とされたあたしの目には、あの都は輝いて見えなくなったのさ」

ほろ苦い笑みを浮かべて、アバンザはハルーンを振り返った。

「最初に助けた時、あんた達はナルマーンの奴隷だと言っただろ？　だから、手を貸そうと思ったんだよ。昔の自分と重なってね。……他に聞きたいことは？」

「あ、あります。モーティマのことです。魔族なのに、どうしてこの船に乗っているんですか？」

アバンザはうなずいた。

「彼女も奴隷なのさ。でも、こっちはもっと厄介でね。魔法によって縛られてるから、あたしじゃどうしてやることもできないんだ」

モーティマは十年ほど前、魔術師に呼び出され、むりやり小瓶の中に閉じこめられてしまったらしい。以来、小瓶から呼び出されては、主人の命令をこなしてきたのだとか。だが、その主人が死に、封印の魔法が解けぬままにあちこちを転々とし、偶然にもアバンザの手に渡ったのだという。

「最初に小瓶から出てきた時は、そりゃもう荒れててね。用事を早く言え、そして早く小瓶の中に帰らせろって、すごい剣幕で怒鳴ってきて。こっちはもうびっくりさ。酒でも入れようかと思って買った小瓶から、あんな魔族が出てきたんだから」

事情を聞き出すのに少しかかったものの、アバンザはモーティマに心から同情した。そして約束したのだ。モーティマを縛っている魔法を解いてくれる魔術師を、必ず見つけてみせると。

最初はなかなか信用しなかったモーティマも、アバンザが本気だと知って、心を開くようになった。そして、魔法が解けるその時まで、アバンザの役に立ちたいとまで言いだしてくれたのだ。

「で、火の魔法が使えるって言うから、厨房《ちゅうぼう》を預けることにしたのさ。今じゃここの厨房はモーティマの城だよ。勝手に入ると、ものすごく怒るんだから」

「そうだったんですか」

「ああ。あの腐れ虫も、モーティマには手を出さないつもりらしいね。厨房のほうには行こうともしないもの。……ちょっと残念だね。モーティマにこんがり焼かれりゃいいのに」

「……そうなったら、ぼくらでそれを食べるんですか？　幸いの虫の丸焼きを？」

「うーん。そりゃ絶対ごめんだね」

顔を見あわせ、二人は笑いだした。ようやく気分が明るくなってきた。

「モーティマは赤の王の眷族《けんぞく》だって言ってましたよね？　自分の王様に頼んで、自由にしてもらうことはできないんでしょうか？　魔王なら、人間がかけた魔法くらい、簡単に解けると思うんだけど」

「あたしもそれを言ったんだけどね。モーティマがいやがるんだよ。うかうかと人間に捕まったなんて、赤の王だけには知られたくないそうだ。ひどい屈辱なんだとさ」

「魔族もけっこう大変なんですね」

「そのようだね。とにかく、ファラにしてもモーティマにしても、早いとこ自由になれるといい。あたしはほんと心からそう思っているんだ……ハルーン」

アバンザの声が微妙に変わり、ハルーンはどきりとした。

「は、はい、船長？」

「……あんたはファラが王になるまで、そばについて力になってあげるんだろう？」

「はい。……変ですよね。あの秘密の塔で出会った時から、この子の力になりたいって、助けたいって、それしか頭に浮かんでこなくて」

「じゃあ、あのろくでもない虫が成虫になって、ファラが魔王になれたら？　その時はどうするんだい？　きっと魔王になったファラは強いだろう。人間のあんたの助けは、もういらなくなるんじゃないか？」

ハルーンは目を丸くして、少し考えこんだ。

「うーん。そうか。そういうこともあるんですよね。……そのことは、ファラが魔王になってから考えようと思います」

きっぱりとした返事に、アバンザは大きく笑った。

「潔《いさぎよ》いね。そういうのって好きだよ。……ねえ、その時のことだけど、よかったらこの船の見習いとして、このままあたしのもとに残らないかい？」

「ぼ、ぼくを？　ぼくを見習いにしてくれるんですか？」

「ああ。あたしはこれまで一人でやってきたけど、あんたなら弟子にしてもいいと思ってね。ああ、返事は今すぐじゃなくていいから。ちょっと考えておいてほしいだけさ。ほら、ここはもういいから。ファラを見てきておやりよ」

「は、はい！　ありがとうございます！」

顔を紅潮させながら、ハルーンは立ち去った。その足取りは羽のように軽やかだった。

くすりと笑ったあと、アバンザはやがて身を起こし、船を飛ばし始めた。その顔はまた暗いものになっていた。

この五日間、ずっと幼虫の言うままに舵を動かしている。自分で船を飛ばしている実感がないことが、アバンザの苛立ちと憂鬱《ゆううつ》を濃くしていた。虫の指図によるとりとめのない動きが、逆に敵を混乱させ、あざむいていたことなど、知る由もなかった。

使命と復讐心をたぎらせたものが、血の色に染まった空を飛んでいた。そのものは疲れて傷ついていたが、翼を休めようとは微塵《みじん》も思わなかった。心にあるのはただ一つの思いだけ。その激しい執着心が全てだった。

匂いを嗅《か》ぐために大きく息を吸いこんだ。

夜に備えて身づくろいをしているフクロウの匂いがした。

腐った犬の死骸と、それをむさぼるウジ虫の匂いがした。

熟れた果物の匂い。草の匂い。乾いた土の匂い。どこかで灯されている火の匂い。北の山脈から流れてくる雪の匂い。そしてくだらないことに必死になっている人間達の匂いと、獲物を探して徘徊《はいかい》している泥棒達の息の匂い。

様々な匂いが鼻に滑りこんできたが、それらは全て無視した。

探しているのは、非常に特徴のあるぼろぼろの翼船だ。この船は匂いまで古びており、たとえ千隻の船が空を通過したあとであろうと、嗅ぎ間違えることはまずありえない。

実際、これまでに何度となくその匂いを捕らえはしたのだ。が、船まではたどりつけなかった。船は奇妙な動きを繰り返し、匂いをかき乱しては行方をくらましてしまうのだ。船の行き先を予想して待ち伏せをしても、現れたためしがなかった。

何かが船を、贄《にえ》の子を守っていた。何かの存在を強烈に感じた。まったくもって腹立たしいことだが、それはいつもこちらの一歩先を読んでいる。

悔しさがふくれあがり、激しい叫びとなってほとばしった。だが、その叫びを終える頃には、ふたたび冷静さを取り戻していた。

自分の邪魔をするものは、こちらの考えをまるで読みとっているかのようだ。なんとなくそう思った。それならば、打つ手は一つだけ。守護者がなにか考えつくよりも速く飛べばいいのだ。次に船の匂いを嗅ぎつけたら、何も考えずにそちらに向かおう。もはやあれこれは考えまい。ただ飛ぶこと。それだけに徹しよう。

『今度は逃さない』

決意のつぶやきを繰り返しながら、獲物の匂いを探して西へと向きを変えた。今、風はそちらから吹いていた。


恐るべき追跡者が西に向けて飛び立ったのと同じ頃、浅い眠りからゲバルが目覚めた。心地よい目覚めではなく、悪夢から逃れてのものだった。

じっとりとしたあぶら汗を、ゲバルはぬぐった。

今ゲバルは小部屋の中にいた。部屋は明るく、居心地よさそうに整えられている。寝台は上等だし、三度の食事も手のこんだものだ。だが、ここはまぎれもなく牢だった。ゲバルを閉じこめる牢なのだ。

　ゲバルは天井を見上げた。上のほうの梁《はり》には、二匹のほっそりとした魔族がいた。大きな猫のようにも、細い少年のようにも見える不思議な姿をした魔族達だ。その青い目は、片時もゲバルから離れない。

「まだなのか？　まだ王子達は誰も戻らないのか？」

　思わず呼びかけたが、魔族達は答えてくれなかった。

　ゲバルは疲れ果てていた。もう何日もぐっすり眠れていない。いや、眠るのが怖かった。目を閉じ、暗闇の中にひたろうとすると、すぐさま夢が這い寄ってくるからだ。

　いつも同じ夢だった。扉の向こうにいるものが必死に呼びかけてくる夢。その生々しい声。魂をかきむしるような悲しみと怒り。

　自分がいつまで耐えられるか、ゲバルは自信がなくなってきていた。悪夢に蝕《むしば》まれ、自分の命が徐々にすりへっていくのが、はっきりと感じとれる。指にはまったままの指輪、抜けてくれない青い指輪が、ゲバルの命をすすっているのだ。

　それはぞっとするような恐怖だった。

　こんなもの、早く投げ出したい。王子の誰でもいい。早く戻ってきてくれ。そうしたら、私は自由だ。自由になったら、即座にこの呪わしい都を離れよう。どこか遠くの土地で、新たな暮らしを始めるのだ。

　その希望に、ゲバルはすがりついていた。だが、その希望すら、むなしいものに思えてきてしまう。

時折、無意識のうちに手が動いて、自分の喉を握りつぶそうとすることもあった。だが、死ぬことすら許されない。すぐに見張りの魔族達が降りてきて、ゲバルを押さえつけるからだ。

「助けてくれ。誰か助けて」

泣きながらゲバルは目を閉じた。暗闇がひたひたとまぶたの奥から忍び寄ってきた。

17

雲の近くにまでやってくると、アバンザはいったん船を止めた。狩りは、稲妻《いなずま》が見えやすい夜のほうがいいのだ。そこで早めの夕食をとることになったのだが、虫に夕食抜きを言い渡されたハルーンは加われなかった。

おいしそうなごちそうが次々並べられていくのを見ているのはせつなくて、ハルーンは船室に逃げこんだ。動くなと命じられなかったのがせめてもの幸いだ。

と、こっそりファラがやってきた。

「ファラ?」

「しっ!」

甲板のほうを気にしながら、ファラは隠し持ってきたパンと焼き鳥の串を取り出した。

「ほら、これ。食べて」

「どうしたの、それ?」

「隙を見て持ってきたの。虫のことなら大丈夫。今アバンザが喧嘩《けんか》をしかけて、気をひいてくれているわ。さ、見つからないうちにこれを食べて」

パンは焼き立てで、香草をまぶした鳥はこんがりと飴《あめ》色に焼けていて、どちらもそれはおいしそうだった。ハルーンの胃袋がぎゅっと引きつれた。

が、ハルーンは食べ物からあとずさりをした。

「ありがと。でもやめとくよ。これを食べたら、虫の望みが叶えられなかったことになる。そうなったら、あいつ死んでしまうかも。それじゃ困るだろ。大丈夫。空腹には慣れているから。心配しないで、甲板に戻りなよ」

ファラはうつむいた。

「ごめんなさい。あなたもアバンザも、私のためにすごく我慢してくれて」

「いいから。ほら、もう戻って」

ハルーンは笑っていたが、ファラはいっそう落ちこんだ気分となった。

少女は手つかずの食べ物を持って、のろのろと甲板に戻った。戻って、ぎょっとした。幼虫が腕を組んで待ち構えていたのだ。

幼虫は皮肉そうに醜《みにく》い顔を歪めた。

「生意気小僧はあんたの差し入れを受け取らなかったってわけだね」

「……知ってたの？」

「はん。このアッハーム様がこんな見え透いた手に引っかかるわけないだろ。それにしても、あの凶暴女に喧嘩をふっかけさせるなんて、あんまりじゃないかい？　あいつ、最後は本気になっておいらを振りまわしたんだぞ。ったく。おお、痛い」

これみよがしに首を回したあと、幼虫は意地悪げに目を光らせながらファラを見やった。

「ところで、前々から思ってたんだけど、あんた、おもしろい首飾りをしているね。ちょっとはずして見せておくれよ」

「えっ？　これはだ、んんんっ！」

だめと言いかけ、ファラは慌てて口を手でふさいだ。必死で幼虫を納得させる言葉を考える。

「もう何度も話したでしょ？　私は贄《にえ》の子で、命を狙われているって。私には見えないけれど、この足首の枷《かせ》はいつも黒い煙みたいなものを放っているんですって。この首飾りはそれを見えなくさせるお守りなの。これをしていれば、敵に見つかりにくくなるのよ。だから、はずすわけにはいかないわ。お願いだから、何か別のことを望んでよ」

だが、幼虫はまったく聞く耳を持たない。四本の手をせわしげに差しのべてきた。

「へえ、そんな不思議な力を持っているのなら、ぜひとも手に取って調べなくちゃ。ほら、ぐずぐずしないで渡しておくれよ」

「……あなた、私の話を聞いていないの？」

「あんまりね。ほら、早く。おいらのご主人ともあろうあんたが、おいらを飢えさせるっていうのかい？」

「……………」

「大丈夫だって。すぐに返すからさ。早く見せてくれよ。それとも、その首飾りをくれと望んだほうがいいのかな？」

おどされ、ファラはしぶしぶ首飾りをはずし、幼虫に手渡した。

「ほんとにすぐに返してよね」

「わかってるって。ちょっと黙っておくれよ。なるほどねえ。こいつは上物だ。ミラザートの純銀でできている。彫りこまれた呪い文字もきれいで強力。ふんふん」

幼虫は首飾りをひっくり返したり、鎖のはしをちょっぴりなめたりしたあと、ようやくファラに返してくれた。ファラは急いで首飾りを首にかけた。

大丈夫。ほんのちょっとの間だけだったもの。誰にも見つかりはしなかったはずよ。

不安で波立つ心に、必死で言い聞かせた。

だが、それは間違いだった。

ちょうどこの時、一匹の小さな魔族が赤いサソリ号の近くを飛んでいたのだ。蝙蝠《こうもり》のような姿をしたこの魔族は、すぐに船から放たれる黒々とした気配に気づいた。

魔族はそっと船に近づき、そして小さな人影をそこに見出した。青い輝きを内から放つ、蜂蜜《はちみつ》色の肌をした少女。その足首からは、ぶすぶすと、まるで音が聞こえてきそうな勢いで、黒い煙のようなものが立ちのぼっている。

魔族はすぐさま翼をひるがえして、日の暮れかかった空を飛び始めた。このことを主人に伝えなければ。

同じ頃、赤いサソリ号からずっと離れた荒野を、猛牛のように突き進む一団があった。奇妙な一団だった。半分は甲冑《かっちゅう》を着こんだ兵士、もう半分は異形《いぎょう》の魔族だ。兵士達は魔族の背に乗っており、彼らの進軍はまさしく風のようであった。

その先頭はカーザット王子その人であった。戦車を走らせる王子の目は、焦りと苛立ちで光っていた。

贄の子が行方不明になったと知った時、カーザットは誰よりも早く行動した。その日のうちに手勢を率いて、王宮を飛び出した。そうして何日もかけてナルマーン中をひっかきまわし、建物という建物、道という道、はては下水の中まで調べまわした。だが、そこまでしても贄の子は見つからなかった。

ここにいたって、ようやくカーザットは「もう贄の子はナルマーンにいないのではないか」という考えにたどりついた。

そこで今度はもっと慎重になって、まわりの様子を探ってみることにした。すると、驚くべきことがわかった。なんと、自分が王宮を留守にしている間に、父王と、双子の弟王子ジラームとギラームが死んだというのだ。悲しみは覚えなかったが、弟達の死には驚いた。あの二人の息の根を止めるのは自分だと思っていたからだ。

ナーシル王子とトルハン王子は姿を消していた。それを聞いた時、カーザットはいやな予感を覚えた。トルハンはともかく、ナーシルのことは気になった。あの悪賢い弟は、自分が見当はずれな場所を探している間に、獲物の行き先を突き止めたのではないだろうか。

焦りのあまり、めまいがしてきた。が、カーザットはかろうじて踏みとどまった。

『待て待て。まだ出遅れたわけではない。俺が父上から賜《たまわ》ったのは、最強の部隊だ。ナーシルにしろ、トルハンにしろ、俺を出し抜いて贄の子を手に入れたとしても、それを守りきることはできん。そうだ。奪えばいいのだ。なんだったら、贄の子の血だけでも先に手に入れ、都に飛んで帰ればいい。血さえあれば、正当な王になれる』

それに、嬉しい知らせもあった。ゲバル将軍が指輪の預かり人にされ、密《ひそ》かに幽閉されたというのだ。それを聞いた時は、思わずにやりとした。

もともとゲバルのことは気に食わなかった。自分と年が近いことや、兵士や民に人気があるところ、武人のくせに思慮深いところが鼻についた。何よりいまいましかったのは、父王のお気に入りであったことだ。

『父王は常に王家のことを考えられるお方。たかだか臣下にお心を許すはずもないというのに。それを嫉妬するとは、俺も愚かだったな』

とにかく、これで競争相手は二人となった。トルハン、そしてナーシル。どちらにも王の座を渡すつもりはない。そんなこと、決して許しはしない。

すぐさま自分の部隊を整えなおし、カーザットはナルマーンを飛び出した。同時に手持ちの偵察用魔族をありったけ放った。弟や弟の部隊、贄の子を見つけたら、すぐに報告せよ。そう命令をくだし、自分はひたすら西へと戦車を走らせた。何日も何日も。

すでに部隊は疲労困憊《ひろうこんぱい》していた。魔族達ですら、体の動きが鈍ってきている。しかし、カーザットだけはいささかも疲れを見せなかった。疲れを上回る焦りが、体に力を与え続けていたのだ。

「殿下！　お願いでございます！　しばしお休みを！」

誰かが後ろから叫んできた。カーザットは聞こえなかったふりをして、戦車を引く魔族に鞭《むち》をくれた。鹿に似た魔族の体は、すでに鞭のあとだらけだ。が、その赤い傷口を見ても、王子の心に哀れみが生まれることはなかった。

ふいに誰かが横に並んできた。部隊の隊長サンターンだった。カーザットの右腕とも言われる男の顔は疲れでやつれ、黒いくまができていた。サンターンは必死で嘆願してきた。

「お願いでございます。止まってください。もはや兵士達は限界に来ております。このままでは死んでしまいます。王子もお休みにならなければ。食事と天幕を用意させます。どうかしばしご休憩を！」

カーザットは後ろを振り返り、サンターンの言葉が事実であることを知った。部下達はみんな倒れそうになりながら魔族にまたがっていた。中には気を失って、頭をぐらぐら揺らしている者もいる。

カーザットは激しく舌打ちしながら、止まれと号令をくだした。土煙をたてて、一団は止まった。戦車を彼らの前に止めながら、王子は兵士達をののしった。

「腑《ふ》抜《ぬ》けどもめ！　役立たずめ！　貴様ら、それでもナルマーンの精鋭か！　恥を知れ！」

その怒鳴り声にも、兵士達は反応しなかった。本当に疲れきっているのだ。王子はふたたび舌打ちし、サンターンに言った。

「やつらに食事をとらせろ。半刻だ。半刻経ったら、出立するぞ」

「お言葉ですが、それではとても足りません。彼らをごらんになってください。過労で死にかけております。魔族も休ませてやらなければ」

「魔族に気づかいなど無用だ」

「そうはいきません。彼らが弱っていては、いざという時に力を発揮してもらえません。どうか半日のご辛抱を」

「半日だと！　明日の朝に発てというのか！　狂ったか！」

怒声と共に鞭がしなった。顔を打たれたサンターンだったが、それでもひるまず王子に向き直った。

「殿下。よくお考えになってください。一晩休息をとれば、彼らはまた殿下の望むままに進軍できるのです」

「しかしナーシルが！」

「ナーシル殿下はひ弱な方です。長い行軍に耐えられるはずもありません。おそらく休み休み進んでいることでしょう」

カーザットの頭に、ナーシルがばら水の風呂に入り、冷たいシャーベットや水菓子を運ばせている姿が浮かんだ。しぶしぶ王子はうなずいた。

「確かにおまえの言うことも一理ある。だがトルハンは？　やつのことはどうだ？」

「トルハン殿下はご自分の身を守らせるために、兵力を温存させる方です。遠征に無理をさせることはないと思われます。怪我もしておいでですし。それに比べ、殿下は昼夜を問わずほぼ休みなく進み続けられました。今やあなた様のほうがずっと先におられるはず。偵察部隊もまだ一匹も戻ってきておりませんし、ここは彼らの報告を待ってから動いたほうがよろしいかと思われます。いかがでしょう？」

サンターンの言葉はいちいちもっともだった。

王子は苦りきった顔をしつつも承知し、一行はそのまま野営の支度に入った。

一匹の魔族が偵察から戻ってきたのは、夜もふけた頃のことだった。真っ暗な空を横切ってやってきたその魔族は、カーザットの天幕へと飛びこんだ。寝台でまどろんでいた王子であったが、魔族のはたはたという羽音にすぐに飛び起きた。

「ナシュか。どうした？　何か見つけたのか？　見せてみろ！」

ナシュと呼ばれた魔族の、大きな水色の目が光りだした。と思うと、王子の前に青い空と一隻の翼船《つばさぶね》の幻が浮かびあがってきた。

王子は食い入るようにナシュが織りあげる幻を見つめた。

幻の空を飛んでいくのは、帆柱が一本欠けた、古いぼろぼろの翼船だ。赤いサソリの飾りがついている。その甲板の上に誰かがいた。なかなかきれいな顔をした、蜂蜜色の肌の少女だ。なにやらおびえたようにあたりを見まわしている。やがて、何か小さなものから首飾りをひったくって首にかけた。

カーザットは歓喜のうめきをもらしていた。あれだ。あれだ。あれが贄の子なのだ。やっと見つけた。ナーシル達に先を越されたわけではなかったのだ。嬉しさのあまり、カーザットの手は震えた。

はやる心を抑え、カーザットはナシュに尋ねた。

「これが贄の子なのだな？　どこにいた？　案内できるか？」

ナシュがうなずくのを見るなり、王子は外に飛び出した。

外では兵士達が寝転がり、泥のような眠りについていた。そんな彼らに、カーザットは雷鳴のごとき大声をとどろかせた。

「起きろ、腰抜けども！　出立だ！」

飛び起きた兵士達が見たのは、口が耳元まで裂けたかのような笑いを浮かべた王子の姿だった。

18

「いいね。これから雲の中に入る」

重々しくアバンザが口を開いた。

彼女はキリイモリの皮で作った奇妙な服を着ていた。頭の先から足のつま先にいたるまで、すっぽりと体を包みこんでいる。紫がかった灰色の皮は、非常に丈夫であるばかりか、ぬれると滑りにくくなり、ぺたぺたと吸着力が出てくるため、雲の中での作業にはうってつけなのだ。

神妙な顔で話を聞いているハルーンとファラも、アバンザと同じ服を着ていた。

「あたしがさっき話したことを絶対に忘れるんじゃないよ。必ず命綱をつけておくこと。あたしの指示に従うこと。帆を張ったら、すぐに帆の下から離れること。稲妻《いなずま》を見かけたらすぐに知らせること。稲妻はとても速い。遠くで光ったかと思うと、次の瞬間には目の前に来ているんだ。ちょっとの油断が命取りになる。それから……」

「おいおい。説明はもうたくさんだよ。このままじゃ朝になっちまう。とっとと中に入ろうよ!」

きいきい騒いだのはもちろんアッハームの幼虫だ。こちらはキリイモリの皮で作られた頭巾《ずきん》で身をくるんでいた。

幼虫を無視して、アバンザは子供達を見つめた。

「この服はある程度は稲妻の力と熱をそいでくれる。でも過信はするんじゃない。稲妻は速くて凶暴なんだからね」

それだけ言うと、アバンザは話を切りあげ、舵《かじ》へ向かっていった。

さあ、いよいよだ。ハルーンは息を吸いこんだ。危険だとわかっていても、わくわくしていた。空腹さえ忘れてしまう。憧れの稲妻狩りに加われるなんて。夢みたいだ。その興奮はファラにも伝わってきた。

「じゃ、行くよ」

アバンザの声と同時に、赤いサソリ号はどっしりと重たげな雲の中に飛びこんだ。

これまで入ったことのある雲とは違い、この雲の中は暗くて、非常に強い風と妖気が渦巻いていた。大粒の水滴が絶えまなく吹きつけて、滝の中にでも入ってしまったかのようだ。

視界は最悪だったが、あちこちでごろごろと唸り声のようなものが聞こえる。まるで獣が潜んでいる巣の中のようだ。

ファラは怖くなって、アバンザを振り返った。そして啞然とした。

舵を握るアバンザは顔つきが変わっていた。いままで見たこともないような、鋭く楽しげなまなざしで前を見ている。狩人の顔だと、ファラは思った。

赤いサソリ号は強風が吹きすさぶ雲の中を慎重に進んでいった。奥に進むにつれて、風はますます乱れていった。今ではまるで嵐のようだ。ほんのわずかでも手元が狂えば、たちまち逆巻く気流にのみこまれてしまうだろう。おまけに、どこまでも続く青黒い雲の渦は、こちらの感覚を少しずつ鈍らせてくる。

そんなめまいを起こしそうな中で、アバンザはしっかりと舵を操って、油断なく四方に目をくばっていた。

と、その目がふいに鋭さを増した。

「いたよ！」

叫ぶと同時に、舵をきった。舳先《へさき》が向いた方向で、雲のふくらみがかすかに光っていた。まっしぐらにそちらに向かいながら、アバンザがハルーン達に命じた。

「帆をおろせ！」

ハルーンとファラは命綱をつけて一の帆柱に飛びついた。強風に邪魔されながらもなんとかよじのぼり、てっぺんのほうで小さく折りたたまれている帆のもとにたどりついた。そうして帆を縛っている縄を切り、これまで一度もおろしたことのなかった帆を解き放ったのだ。ざあっと、音をたてて帆が下に落ちていき、風を受けてぱんと広がった。

帆は白い金属の糸を編みこんで作られたもので、白く輝くその中央には真っ赤なサソリの紋章が躍っていた。

「ひょうっ！　かっこいいじゃないか！」

アバンザの横にいた幼虫が感嘆の叫びをあげ、アバンザはにやりと笑い返した。この幼虫が自分を喜ばせるようなことを言ったのはこれが初めてだ。たぶん二度とはないだろう。

帆柱を降りてきたハルーン達は、急いで帆の下から離れた。そうしろとアバンザに厳しく言われていたからだ。

帆が張られるのを見届けると、アバンザは一気に速度を上げ、さきほどから光っている雲のふくらみへと飛びこんだ。

中に稲妻がいた。銀色の大きな稲妻だ。ぎざぎざの、目に痛いほど鋭い光を放っている。稲妻は驚いたように身を起こし、それから怒りの唸り声をあげた。その輝きがいっそう力を増す。とぐろを引きのばし、稲妻がこちらに飛びかかってきた。一瞬にしてこちらに迫る。だが、アバンザはすでに船の向きを下に変えていた。船の腹を食い破ろうと飛び込んできた稲妻は、次の瞬間には帆の中に入っていた。まさに絶妙な舵さばきだ。

網の中に飛びこんでしまったうなぎのように、稲妻は慌てて帆から逃れようとした。ところが、その長い体は帆にべったりくっついてしまい、引き剝《は》がすことができない。この金属の帆には、稲妻だけに効果のある特殊な粘り気があるのだ。稲妻にとっては蜘蛛《くも》の巣のようなものだ。

蜘蛛の巣にはりついた羽虫さながらに、稲妻は自由になろうと暴れまわった。

「はぐれが落ちてくるよ！」

アバンザの警告と共に、ばらばらと蛇のようなものが甲板に落ちてきた。

それは小さな稲妻だった。帆に引っかかった稲妻から剝がれおちたものだ。ぴかぴかした輝きが、甲板の上で跳ねるにつれて失せていく。

「ハルーン！　ファラ！　さっさと捕まえるんだ！　一匹だって無駄にするんじゃないよ！」

アバンザの声が飛んできた。ハルーンは長いはさみ棒を持って、一匹のはぐれ稲妻に近づいた。暴れる稲妻をなんとかはさみ棒で捕まえ、木の筒を持って構えているファラのところに戻る。

ハルーンがはぐれ稲妻を筒の中に押しこむと、すかさずファラが口を閉じ、きっちりと封をした。これでもう稲妻はどこにも行けないし、鮮度が落ちる心配もない。

稲妻を誘い出し、うまいこと帆にはりつけて、落ちてくるはぐれをいただく。数ある稲妻狩りの中でも、もっとも安全と言われる「帆包み」というやり方だ。

ハルーンとファラは次々とはぐれ稲妻を拾い集めていった。上ではひっきりなしに大稲妻が暴れて、はぐれを振り落としてくるため、ほんのわずかも油断はできない。一度、ファラの腕の上にはぐれが落ちてきた。びしりと、強い衝撃を受けたが、皮の服のおかげで火傷《やけど》ができるほどの痛手は受けなかった。

様子をじっと見ていたアバンザだったが、頃合いを見計らって子供達に呼びかけた。

「そろそろ逃がすよ！」

アバンザは舵の真横にとりつけてある金属の輪をぐいっと引っ張った。すると、帆全体に特殊な液体が流れ、稲妻に対する粘着力を失った。

すぐさま稲妻は帆から飛び離れた。そのまま逃げるかと思いきや、船のほうに向き直ってきた。あちこち身を削られたため、体は小さくなっていたが、そのかわり発散される輝きは猛烈なものと化していた。激しい怒りにかられているせいだ。

「つかまれ！」

そう叫ぶなり、アバンザは全速力で船を飛ばし始めた。十分にはぐれを集めたら、稲妻を逃がしてやり、自分もすかさず雲から脱出する。この脱出に失敗して命を落とす狩人も多い。何しろ、自由になった稲妻はたいてい怒り狂って追いかけてくるからだ。

今回の稲妻も追いかけてきた。逃げきれる自信があった。右へ左へと舵をきりながら、アバンザは稲妻の攻撃をなんなくかわしていった。この稲妻はまだ年若い銀色だ。飛び方が雑で、攻撃の動きが読みやすい。青や金、それに赤といった、もっと年を経た稲妻は、悪賢い上に素早いので、逃げるのもはるかに難しくなる。

もっとも厄介なのは漆黒《しっこく》の稲妻で、これは捕まえるのも難しければ逃げきるのはもっと難しいと言われている。そのかわり、黒い稲妻から作り出される雷光石は、最高の緑の閃光《せんこう》を放つのだ。

『出くわしたのが銀でよかったよ。黒だったら、狩りどころじゃなかったろうね。まあ、これなら無事に逃げきれるだろうさ』

長年の勘がそう言っており、いつの間にかアバンザは歌まで口ずさんでいた。

が、初めて稲妻狩りに参加した子供達のほうは、しつこく追いかけてくる稲妻に震えあがっていた。何度も稲妻の牙が船をかすめるものだから、生きた心地がしなかった。

早く、早く雲を抜けてくれ！

稲妻は雲から出ては生きられない。ときたま勢いあまって雲から飛び出し、地上に落雷するものもいるが、そういうのはすぐに息絶えて、空気に溶けてしまう。どんなに怒り狂っていようとも、この稲妻とて雲の外までは追いかけてこないはず。だから急いで！

あまりに激しく船が動いたものだから、舵のところにいた幼虫がはじきとばされた。そのまま甲板をずるずると滑っていく。

「ひえぇえっ！　助けてぇぇ！」

長々しい悲鳴に、ハルーンが幼虫の危機に気づいた。わずかにためらったものの、意を決して立ちあがった。

今にも体が吹き飛ばされそうな強風の中、船べりや綱をつかんで伝い歩きしながら甲板を突っ切り、ついに幼虫をつかみあげた。そのままそばにあった帆柱のところに駆け寄り、幼虫を片腕で抱いたままもう片方の手を帆柱に巻きつけた。

ハルーンの腕の中で幼虫はぶるぶる震えていた。醜《みにく》い顔は透き通るような水色となっている。

ハルーンはこれまでの数々の仕打ちを忘れ、幼虫を優しく揺すってやった。

「大丈夫。大丈夫だよ」

そうささやいた時、耳元で響いていた轟音《ごうおん》が一気に止んだ。体に打ちつけてくる雨も止んだ。

見上げれば、月が輝いている。稲妻と同じ銀色の、だが比べものにならないくらい優しい光だ。

後ろを振り返ると、遠ざかっていく雲が見えた。外側がぼんやりと光っているのは、あの稲妻のしわざだろう。ハルーン達を取り逃がしてしまったことを悔しがっているに違いない。

だが、どんなに怒っても悔しがっても、稲妻は追いかけてこられない。狩りは無事に終了したのだ。

よかったと息をついた時、腕の中から不機嫌そうな声が上がった。

「おい、いつまでおいらを抱きしめているつもりだい？　気色悪いから、とっととおろしてくれよ」

ハルーンはうんざりしながら幼虫を放してやった。まったく。こっちは危険をおかして助けてやったというのに。でも言っても無駄だとわかっていたので、黙っていることにした。

ところが、思わぬことが起きた。放されたあと、幼虫はハルーンをじっと見上げてきたのだ。

「なんだよ？」

「礼を言わなくちゃいけないと思ってね。ありがとさん、ハルーン。お礼に……」

「お礼？　お礼ってなんの？」

「馬鹿だなあ。もちろん助けてもらったお礼さ。おいら、恩にはちゃんと報《むく》いる虫なんだ」

それは知らなかったと、ハルーンは心底驚いた。この幼虫にそんな義理堅いところがあるなんて、思いもしなかったからだ。

目を瞠《みは》っている少年に、幼虫は重々しく言った。

「命を助けてくれたお礼に、おいらはあんたに望む。これから一週間、毎日夕食を抜かすこと」

「へっ？」

「一週間、夕食を食べないことを、あんたに望む」

一瞬ぽかんとしたあとで、このまま船の外に放り出してくれようかと、ハルーンは本気で考えた。なんでこいつなんかを一瞬でもかわいそうだなんて思ったんだろう。自分の甘さが悔しくてしかたなかった。

地団駄を踏んでいる少年にはもうかまわず、幼虫は気取った様子で、ファラのところに向かった。

ファラは稲妻を閉じこめた筒を数えていた。全部で九本ある。アバンザも舵から離れてやってきて、ざっと筒を見るなり言った。

「ずいぶんあるじゃないか。よくやったね。はぐれが腕に落ちたみたいだったけど、怪我はしてないかい？」

「大丈夫よ。ちょっとしびれただけ。すごかったわ！　すごく怖かったけど、でも楽しかった！　胸がどきどきしたわ！」

ファラは興奮しきった様子でしゃべった。目がきらきらしていた。

「ふん。あんなものが楽しいなんて、どうかしているね」

皮肉たっぷりに言う幼虫に、アバンザがわざとらしく言い返した。

「おや、おまえ。生きていたのか。姿が見えないから、てっきりどこかに吹き飛ばされたと思って、心配してたんだよ」

「……言ってくれるじゃないか。ほら、そのでっかい太い足をどけてくれよ。捕まえた稲妻とやらが見えないじゃないか」

幼虫は水晶をはめこんだ小窓から筒をのぞきこんだ。中では小さな稲妻が暴れまわっていた。

「ひょう。元気がいいなあ」

「ああ。稲妻は活《い》きがよくなくちゃ売り物にならないんだよ。こいつはまだ幼くて、一番価値のない銀色だけど。町や都に持っていけば、金貨二枚にはなるだろう」

「ということは、筒九本で金貨十八枚ってことね。わあ、私達、お金持ちねえ！　売りに行くの？」

「ああ。船の修繕費がほしかったところだからね。金貨十八枚あれば、あちこち直せる。ああ、ハルーン。早くこっちにおいで。……どうした、ぶすくれた顔をして？」

「別に。なんでもありません」

ハルーンは幼虫を横目で睨みつけたが、幼虫は知らん顔だった。というよりも、並べられた稲妻の筒をじっと見つめて、何やら考えこんでいるのだ。アバンザもそれに気づいた。

「おまえ！　また何かたくらんでいるだろう？」

「あ、わかる？」

にまっと幼虫が笑った。いいことを思いついたと言わんばかりの顔に、他の三人はおののいた。アバンザなど一歩あとずさりをしたほどだ。

「今度はなんだ！　言ってみろ！」

「言わないよ。まだその時期じゃないし。とりあえずここを離れて休もう。おいらくたくただよ。体はびしょびしょだし、寒いったらありゃしない。今夜は地上で眠りたいね。地上に降りることを、おいらは望む」

それは幼虫が望んできたことの中でも、もっともまともな望みだった。この時ばかりはアバンザも文句を言わずに従った。

19

一晩ゆっくり地上で休んだあと、赤いサソリ号はふたたび空に舞いあがった。目指すは近くにあるスラバの町かと思いきや、そうではなかった。幼虫がまたしても望みを突きつけてきたのだ。

今日は北に向けてゆっくり船を走らせること。それが望みだった。アバンザ達としては早く稲《いな》妻《ずま》を売って、船の修理代を手に入れたいところだというのに。それを知ったうえでのいやがらせだろう。

だが断るわけにもいかず、赤いサソリ号は今、ハエが止まるほどの速度で、スラバとは正反対の方向に進んでいた。こんなにゆっくり飛んだことはかつてないのではないかというのろさだった。ほとんど浮いているだけの状態だ。

ハルーンはうんざりして船べりにもたれかかった。少年は風を切って進むのが好きだった。こんなにのろくては体が腐ってしまいそうだ。おまけに今夜も夕食は抜き。まったくいまいましい虫め！

その虫はというと、帆柱の上でご機嫌に歌っていた。なんの歌か知らないが、恐ろしく調子っぱずれだ。さきほどからずっと続いている歌声に、誰もがまいっていた。それでも黙れとかうるさいとか怒鳴る者はいなかった。歌っている間は少なくとも安全だ。とんでもない望みを言われずにすむと思えば、このひどい歌声も極上の調べに思える。

ずきずきする頭を休めようと、ハルーンは下を見た。

今、赤いサソリ号は広大な森の上を飛んでいた。この森の上空に差しかかってからもうずいぶんになるが、果てはまだ見えない。おそらく今日中に森を越えることは無理だろう。少なくともこの速度のままではまず無理だ。

森は陰鬱《いんうつ》で、木々の枝は隙間なくかぶさりあい、深い影を生み出していた。これほどの木があるというのに、生き物の気配はまったくなく、鳥が飛んでいる姿も見当たらない。この森に比べれば、大砂漠のほうがよほど美しかった。

気も滅入るような暗緑色の絨毯《じゅうたん》が果てしなく広がっているような光景に、ハルーンはすぐに見るのをやめてしまった。だが、もし注意深く目をこらしていたとしても、森の中で何が起きているかを見ることはかなわなかっただろう。深々とおいしげった枝ぶりの下、太い幹の間を縫うようにして、カーザット王子の一団がぴったりと自分達のあとについてきているとは思いもしなかったのだ。

赤いサソリ号から少し離れ、一団は音もなく尾行していた。最初に船を発見したのは明け方だから、ずいぶんと長く尾行を続けていることになる。発見してすぐに襲いかからなかったのは、翼船《つばさぶね》の上にいる贄《にえ》の子を無傷で捕らえる手段がなかったからだ。

カーザットの部隊にはむろん飛べる魔族もいた。が、いずれも大柄で、荒々しいものばかり。

破壊にはたけていても、生け捕りには向いていない。子供をさらえと船に差し向けても、はずみで殺しかねなかった。

それに、なんといっても贄の子は空の上にいるのだ。戦闘になった場合、船から放り出されないともかぎらない。そんな危険は断じておかすことはできなかった。王子は生きている贄の子を所望していた。日蝕《にっしょく》が訪れるその時まで、生贄《いけにえ》の心臓は脈打っていなければならない。そうでなければ用をなさないのだ。

そこで王子が考えたのは、夜になるまで待つことだった。夜になったら、闇にまぎれて船に近づき、鉤縄《かぎなわ》を引っかけて地面に引きずりおろすのだ。船が地上に降りてしまえば、もう贄の子が転落死する危険はない。傷つけることなく手に入れられるはず。

上空を飛んでいく船を追いながら、王子は武者ぶるいをした。すぐ目の前にいる獲物に手出しができないのはなんとも歯がゆいが、それも夜になるまでの辛抱だ。

贄の子を捕まえたら、すぐに都に戻り、王の指輪を手に入れる。あの青い宝石に、贄の子の血と自分の血を混ぜたものをしたたらせ、指にはめるのだ。それが魔族の主《あるじ》となるための儀式。そうして名実共に、自分はあらゆるものの勝者になる。そうだ。歴史の書物を書かせる時、学者どもにこう書かせるとしよう。偉大なる王カーザットの栄光は全て、この夜から始まったのだと。

その想像は王子の体を熱くたぎらせた。

やがて待望の夕暮れが訪れた。沈みゆく太陽から茜《あかね》色の光がさあっと広がっていく。陰鬱だった森も、この時ばかりは美しく染まり、輝いて見えた。が、それはまたたく間に薄れていき、すぐさま青い闇が忍び寄ってきた。

夜が近づきつつある中で、のろのろと進んでいた翼船が羽ばたきを止めた。どうやら今夜はそのままそこにとどまるつもりらしい。好都合だと、カーザット王子はにんまりとしてから、後ろに控えている兵士達を振り返った。

「完全に暗くなったら、空を飛べる魔族に乗って船に向かえ。明かりは使うな。全ての鉤縄を引っかけるまでは、絶対に気づかれないようにしろ。作業を終えたら、合図しろ。いいな？」

兵士達は無言でうなずいた。

さて、赤いサソリ号では、船を止めさせたアッハームの幼虫が皆を甲板に呼び集めているところだった。ハルーンとファラとアバンザがいやいや集まってみると、いつの間に持ち出したのか、幼虫の前には稲妻の筒が並べられていた。九本、全てそろっている。全員がいやな予感を覚えた。

はたして、幼虫はまたしても望みを言ってきたのだ。それはとんでもないものだった。

「この筒を全部開けて、中の稲妻を外に出すことを望むよ」

全員がぽかんとした。何を言われたのか理解できなかったのだ。ようやくアバンザが恐る恐るといったふうに口を開いた。

「おまえ……自分が何を言っているのか、わかっているのかい？」

「もちろん」

涼しげに幼虫は答えた。

「おいら稲妻が見たいんだ」

「稲妻なら昨日十分に見たじゃないか！」

「あんな雲の中じゃ風や雨が激しくて、じっくり稲妻をながめるどころじゃなかったよ。一度なんかあやうく船から落ちそうになったしさ」

「だからって……せっかく集めた稲妻を捨てろなんて……今ここで外に出したら、稲妻はすぐに消えてしまうんだよ？　そんなもったいないことをしろって言うのかい？」

「まさにそのとおり。すぐに消えるのなら、なおさら見なくちゃ。ああ、真の美は一瞬の中にありけり。ほら、三人とも筒を持つんだ。どうせなら派手に散らさなくちゃね。おいらの合図でいっせいに封を開けること。中の稲妻が出ていったら、すかさず次の筒を開けるように。わかった？」

「……あんたのどこが幸いの虫なんだ。災いの虫とでも改名したらどうだい？」

アバンザの悪態も、子供達の非難のまなざしも、幼虫はどこ吹く風である。

「文句ばっかり言ってないで、とっととやりなよ。ほら、もう真っ暗になったんだから。稲妻見物にはもってこいだろ？　急いだ急いだ」

陽気にせきたてられて、三人はのろのろと筒を手に持った。アバンザがどんよりとした顔で子供達に言った。

「いいかい。筒をしっかり持って、口を地面のほうに向けるんだ。目は閉じておいたほうがいい。狭い場所に閉じこめられていた稲妻は、飛び出してきた時にすごい光を放つんだ。目がくらんで、筒を上や仲間に向けてしまったら、大変なことになるから」

「はい……」

子供達もしょんぼりと答えて、三人は船べりに立って、筒の先を下に向けた。

「かまえて！　いっせ〜の〜せっ！」

幼虫の合図に、三人は目を閉じ、いっせいに筒の封を開けた。ちょうどこの時、いくつもの影が森から飛び立ち、船の真下へと近づいてくるところであった。ハルーン達は知らず知らずのうちに、接近してくる魔族と兵士達に筒を向けていたのである。

どばーん！　鼓膜《こまく》が破れんばかりの轟音《ごうおん》と共に、白い光が炸裂した。あまりに激しい衝撃に、ハルーンはあやうく筒を取り落とすところだった。耳の奥がぐわんぐわんした。目を閉じていても、強すぎる光がまぶたをちくちく刺してくる。

思わずよろめきそうになったが、しっかりと踏ん張って稲妻が完全に外に出ていくのを待った。それから恐る恐る目を開いた。三本の稲妻のしっぽがちらりとひらめいて、消えていくのが目に映った。ハルーンの目には、こぼれていく金貨の最後のきらめきのように映った。

「ぼやぼやするな！　次だ次！　行け行けぇ！」

轟音でしびれている耳に、幼虫の甲高い叫びがかすかに響く。ハルーンはため息をつきながら、次の筒に手を伸ばした。

こうして稲妻は次々と解き放たれていった。自由になった稲妻達は、最後の輝きと咆哮《ほうこう》をほとばしらせながら、下方へと飛び散っていく。そのたびにわきあがる轟音と閃光《せんこう》のおかげで、三人が下であがる悲鳴や稲妻に打たれて落ちていく魔族や兵士の姿に気づくことはなかった。

やがて最後の稲妻が自由となり、そして消えた。あたりは静かになっていた。閃光が消えた今となっては、眼下には真の暗闇しか見えない。

がっくりとしている三人に、興奮しきった様子で幼虫がきいきいわめいた。

「ふうっ！　最高に気持ち良かったなあ！　びりびりしたよ！　ああ、満足満足。じゃ、そろそろ行こうか。アバンザ、船を出すんだ。今夜は雲の上に出て、星を数えながら眠りたい。おいらの望みだ。さあ、全速前進！　あ、そうだ。ハルーン。おいらおしっこしたいから、おいらの体を支えててくれない？」

「お、おしっこくらい、いつだって自分でしてるじゃないか！」

「今日は思いっきり飛ばしたい気分なの。おいらの望みだ。ほら、だっこ！」

命令され、ハルーンはいやいや幼虫を抱きあげ、船の外へと突き出した。幼虫はご機嫌で用を足し始めた。不愉快な音と悪臭にさらされたハルーンは、そのまま手を放しそうになるのを必死で我慢しなければならなかった。

一方、船の真下の森の中では、カーザットが怒りに震えていた。

王子の飛行部隊は船から放たれた稲妻に直撃されたのだ。焼け焦げた彼らの体はなすすべもなく落下し、木々に貫かれ、あるいは地面に叩きつけられた。地上にいた仲間の上に落ちてきたものも多かった。カーザット自身、あやうく落ちてきた魔族に下敷きにされかけた。

部隊は壊滅的な打撃を受けてしまった。今や王子の周辺には焼け焦げた肉の臭いと苦痛のうめきが充満している。

カーザットは蒼白になりながら空に浮かぶぼろ船を見上げた。まさか気づかれていたとは。いや、考えてみれば、初めからこれは罠だったのだ。尾行してくれと言わんばかりの、あののんびりとした飛行。そしてさきほどの狙いすました襲撃。カーザット達が動くのを知っていたからこそ、ああまで正確に攻撃を仕掛けてこられたのだ。敵の隙をつくつもりが、まんまと罠に引っかかってしまったわけだ。

屈辱が王子の正気を失わせた。もはや贄の子のことなど頭から吹っ飛んでいた。

いますぐ石弓であの船を撃ちおとせ！

そう号令をくだそうとした時だった。何やら耳障りな笑い声と共に、臭くて生温かい液体が降ってきたのだ。液体は王子の顔と肩にたっぷりと降りかかり、その臭いに王子はせきこんだ。

その隙に上空にとどまっていた船が動きだし、見る間に上昇し始めた。追いかけたいとどれほど切望しても、それはかなわないことだった。もはや空を飛べる魔族は残っていなかったのだ。

絶望と怒りの雄叫《おたけ》びをあげる王子を残して、贄の子を乗せた船は見えなくなった。

20

ハルーンはがばっと飛び起きた。夢から突然現世に戻ってきたためか、胸がどきどきいっている。落ち着きを取り戻そうと、必死で深く息を吸った。

このところ、また夢を見るようになっていた。あの扉の夢だ。闇の中に閉じこめられ、救いを求めて光の扉を見ているという、不思議でそして苦しい夢。

最近の夢ではその扉に変化が起きるようになっていた。ハルーンの目の前で、光が少しずつ薄れ、扉が闇に溶けてなくなっていくのだ。

この扉が完全に消えた時、誰かが向こうから現れる。そのことをハルーンは知っていた。それが何よりも恐ろしかった。

今日は消えた扉の向こうから、誰かがこちらに入ってくるのを見た。青い光を放つ少女だった。黒い髪に水色の瞳。蜂蜜《はちみつ》色の肌。きれいな顔は、不安に彩《いろど》られている。

それはファラだった。

恐怖にしめつけられ、「だめだ」とわめいたところで、目が覚めたのだ。

ハルーンは頭を抱えこんだ。いったい、どうしてこんな夢ばかり見るんだろう。

光が消え、欠けていく扉。闇。そして扉の向こうから現れるファラ。何か大切なことを意味しているとしか思えない。扉が欠けるのを見るようになったのは、ごく最近からだ。あの光景を思い出すだけで、いやな気分になる。

『ええい！　なんで弱気になってるんだ！　たかが夢じゃないか。そんなこと気にしていたら、ファラを守るなんてできっこない。もう思い出すもんか！』

そう体に力を入れた時、腹のあたりがぐぐうっと音をたてた。とたん、ハルーンはへたばっていた。今夜も幼虫の望みで夕食にありつけなかったのだ。これで四日連続だ。

ハルーンは食べざかりだ。昼食をたっぷりつめこんでも、日暮れになればじわじわと腹がすいてくる。真夜中になった今では、空腹がさかんに胃袋をかきむしっていた。朝まではまだまだ時間があるし、この状態では眠ってやりすごすこともできそうにない。

ハルーンは隣の寝台を見た。ファラがぐっすりと眠っている。その枕元にはアッハームの幼虫がだらしなく寝転がって、いびきをかいていた。しゃぶりかけのあんず飴をしっかりと握りしめているのが、なんと憎らしいことか！

飴を奪ってやりたい。むらむらとこみあげてきたものがあったので、ハルーンは急いで船室を出た。そっと戸を閉め、甲板へと出る。

夜の空の空気は身にしみるほど冷たかった。かーんと、音をたてそうだ。

澄みきった空気を一吸いしたハルーンは、思わず首をかしげた。腐肉のような臭いが、わずかにだが空気に混じっていたのだ。気のせいかとも思ったが、やはり臭う。とてもいやな臭いだ。

それに、こんな上空で嗅《か》ぐような臭いではないはず。

不安が胸をかすめ、ハルーンはアバンザを起こしに行った。

船長室で寝息をたてているアバンザを、ハルーンは軽く揺さぶった。

「船長、起きて。何かが近くにいます」

アバンザは跳ね起きるなり、物も言わずに甲板に駆けあがった。ハルーンが甲板についた時には、アバンザはすでに舵《かじ》のところに立って、まわりを警戒していた。

「何か見たのかい?」

「いえ、何も。そうじゃなくて……臭いがするんです。肉が腐ったみたいないやな臭いがうっすらと……感じませんか?」

アバンザはしばらく空気を嗅いでいたが、かぶりを振った。

「何も臭わないと思うんだけど……」

「本当です。本当に臭うんです」

ハルーンは必死で訴えた。同時に不思議に思った。この臭いがわからないなんて。船長は鼻がつまっているに違いない。

アバンザの鼻が悪いわけではなく、空腹のせいで自分の嗅覚が研《と》ぎ澄まされているとは、ハルーンは夢にも思わなかった。

アバンザはそれ以上何も言わずに、ただちに船を飛ばす準備に入った。羽ばたきが始まり、船が動き始めた。

早く。早くここから離れて。

ハルーンの祈りが叶い、船がなめらかな飛行に入りかけた時だった。雲の下のほうで青いものがかっと光った。

何かを考えるよりも早く、アバンザは直感で動いていた。舵を大きく切ったのだ。右へ大きく傾いた赤いサソリ号の腹の下から、青い火柱が噴きあがってきた。船の腹を突き破るはずであった炎は、翼の一枚を灰にするだけに終わった。

がくんと、赤いサソリ号は均整を崩した。アバンザは舵を引き戻し、三枚の翼でなんとか飛行を続けようとした。

「よくよけた」

冷たい声が下から立ちのぼってきたかと思うと、黒い影が雲下から現れ、強い腐臭を漂わせながら船の横に並んだ。

それはジャミラだった。稲妻《いなずま》にからみつかれて落下していった、翼を持つ魔族。堂々たる貫録と極彩色の混じった碧玉《エメラルド》色の羽毛におおわれていた体は、しかし今は世にも無残な様子となっていた。

体のあちこちが焼け焦げ、羽毛がところどころ大きく抜け落ちていた。翼は奇妙な形にねじ曲がり、羽ばたくたびに不自然な音をたてている。片足はもげかけていた。落下した際に、尖った岩にでもぶつけたのだろう。今では皮一枚でかろうじてつながっている状態で、だらんとぶらさがっている。

ジャミラがこちらを向いた時、ハルーンは悲鳴をあげていた。作り物のように美しかった顔の半分は、真っ赤にただれて、ぬらぬらと光っていた。もう半分は白く美しいままだ。鮮やかすぎるほどの赤と白の対比は、一種の壮絶な美しさをかもしだしていた。

何事かと甲板に飛び出してきたファラと幼虫も、ジャミラを見て立ちすくんだ。ジャミラは幼虫を見るなり、乾いた笑い声をたてた。

「幸いの虫がこの船を守っていたとは。なるほど。なかなか追いつけないはずだ」

「ジャミラ……」

震えながらも、ファラは呼びかけた。

「ジャミラ、お願いだから見逃して」

「姫君。あなたもわからないお方だ。その幸いの虫を成虫にして、笑わぬ顔の中にいる翁《おきな》を訪ねるというのですか？　それはいつです？　いつその幼虫は大人になるのです？　そんなことは誰にもわからない」

「でも！」

「すでにカーザット王子の手勢もこの近くにまで来ている。もはや一刻の猶予もならないのです。もうじき日蝕《にっしょく》の日がやってくる。日蝕前に王子に捕まれば、あなたはナルマーンに連れ戻され、王子が魔族の主人となるのに一肌脱ぐことになる。そうなれば、私達はまた奴隷のまま。そうなることを望むのですか？」

「でも、そうならないかもしれないわ！　私が王になれば！」

「そんなことは不確かなこと」

ジャミラは繰り返しそう言った。

「確実なのは私が今ここであなたを殺すこと。それで全ては終わるのです。青の眷族《けんぞく》は狂気の中に解放され、憎い人間達を屠《ほふ》りつくす。……抗《あらが》うつもりであれば抗いなさい。でも、今度は逃がしませんよ。お仲間共々、この空で葬《ほうむ》って差し上げます」

すうっと、ジャミラが息を吸いこんだ。

アバンザは慌てて船の方向を変え、そのまま速度を上げようとした。が、翼を一枚失ったために思うように速度が出ない。口の中に炎をため、ジャミラがすぐにあとを追ってきた。このままでは確実に追いつかれてしまう。

今必要なものは守りの盾よりも身軽さだ。

覚悟を決めて、アバンザは自分の足元に這《は》い寄ってきていた幼虫に声をかけた。

「性悪虫。前のサソリ像の背中に黄色く塗ったつまみがある。そいつを右に回しておくれ」

「なんでおいらが？　自分でやればいいじゃないか」

「やかましい！　今私は手を離せないから、おまえに頼んでいるんじゃないか！　助かりたかったら、さっさと回すんだよ！」

アバンザの剣幕に、この貸しは大きいぞと文句を言いながらも、幼虫は船の前にはりついているサソリの飾り物へと這っていった。

この間、ハルーンとファラはアバンザに習っていた石弓を構えて、ジャミラに向けて矢を浴びせかけた。が、そのことごとくをジャミラはかわしてみせた。冷たい笑みを浮かべながらだんだんと近づいてくるのが恐ろしかった。

アバンザが焦って怒鳴った。

「早くしろ、性悪虫！」

「うるさいな！　今やっているってば！」

ようやく幼虫は船首にたどりつき、身を乗り出してサソリの背中についていた黄色いつまみを回した。たちまちからくりが動き、船の全体をおおっていた稲妻を遮断するための厚い外皮が、ばりんと剝《は》がれおちた。

重たい殻を脱ぎ捨てるかのように、散らばる外皮から一回り小さくなった赤いサソリ号が飛び出した。飛び散った外皮の破片は、あとを追うジャミラの体のあちこちを傷つけた。

が、ジャミラは少しもひるまなかった。外皮を脱ぎ捨てた赤いサソリ号はさきほどよりも速く飛んでいる。逃がしてなるものか。

ジャミラが火を吐いた。強烈な威力をはらんだ青い火は、今度は船の尻の部分をごっそり食い破った。船が大きく揺れた。その隙をついて、ジャミラは今までを上回る風を翼の下から生み出した。

そうして、船に体当たりを食らわせたのだ。

正気を失ったフクロウのように、ジャミラは何度となく体当たりを食らわせた。もげかけていた片足が完全に千切《ちぎ》れ、傷口から血が噴きだしたが、それに気づいてもいないようだ。その目には狂気の色があった。

続けざまの攻撃に、船は激しく揺さぶられ、そのたびに破片が飛び散った。一枚の翼が折れ曲がり、横腹がへこんだ。

ついにはジャミラは船につかみかかってきた。船尾に鉤爪《かぎづめ》を食いこませ、そのまま力任せに振りまわし始める。ジャミラの怪力に船は引きずられた。

アバンザは冷たい恐怖にとらわれた。もはや舵がきかない。このままでは空中でばらばらになってしまう。なんとかしてジャミラのもとまで行き、あの足を切り落としてやりたいところだが、こう揺れるのではそれもかなわない。振り落とされないようにするのがやっとだ。

ファラとハルーンも船にしがみついていた。もはや矢を放つどころではない。

と、すぐ真上から悲鳴が響いてきた。

「助けてくれええっ！」

悲鳴の主は幼虫だった。なんと帆柱からたれていた綱にからまり、ぎりぎりとしめつけられていたのだ。このままでは幼虫の体が引きちぎられてしまう。

ほどいている暇がないとわかると、ハルーンはナイフを抜いて、幼虫のすぐ上のところで綱を断ち切った。落ちてきた幼虫はファラが受け止め、ふたたび床に伏せて次の衝撃に備えた。

このあと、思いもよらないことが起きた。幼虫をからめ捕らえていた綱。それまでぴんと張られていたものがいきなり断ち切られたため、綱は鞭《むち》のようにしなって後ろに飛び、なんとジャミラの顔を打ちすえたのだ。

思わぬ一撃に、ジャミラは船尾からはじきとばされた。空中でもがいている魔族を見て、アバンザの目が光った。今ならできる！

アバンザは舵をきった。じたばたとしつつも船は旋回した。

次にジャミラが顔をあげた時、その目に映ったのは自分に向かってくる赤いサソリ号の、尖った舳《へ》先《さき》だった。

舳先がジャミラの体を貫いた。

ジャミラは信じられないと大きく目を瞠った。その目が焦点を失い、空をさ迷い、そしてファラの上に落ちた。

ファラと目が合うなり、ジャミラの気抜けした顔がふたたび引きつった。焦りと憎しみをかきたてるように目をつりあげ、これが最後とばかりに大きく口を開けた。だが、そこから吐き出されたのは炎ではなく、血だった。

おびただしい血潮で自分をぬらしていきながら、ジャミラは舳先から自由になろうともがいた。が、そのあがきは傷口を広げただけだった。

ジャミラがもう一度ファラを見た。光が消えゆく目に、もはや憎しみはなかった。

「……っ」

何かを告げようとするかのように緑の唇が震えた。が、声を発する前に、ジャミラはがくりと頭をたれていた。その体から最後の息が抜けていくのを、ファラはまざまざと見た。なぜか涙があふれた。

ジャミラを貫いた赤いサソリ号は、そのまま地上へと落ちていった。アバンザは必死に船の体勢を立て直そうとした。が、舳先に串刺しにされたジャミラの重みに引っ張られる。みるみる地面が近づいてきた。このままでは激突してしまう。アバンザはありったけの力で舵を引き、ほんの少しだけ船の頭をもたげさせることに成功した。そのおかげで赤いサソリ号の落下の速度はぐっと和らぎ、その直後に着陸したのだった。

激突を免《まぬか》れたとはいえ、その勢いはすさまじかった。どーんという強い衝撃に、ファラは大きく投げ出された。

気がつけば、草の上にあおむけで倒れていた。空中にはふわふわと無数の緑色のものが舞っていた。碧玉《エメラルド》色の羽根だった。

ファラは身を起こそうとした。とたん、全身に激痛が走った。頭も首も足も背中も、どこもかしこも痛かった。痛まない場所がないくらいだ。息をするだけで、ずきんずきんと頭の奥がうずいてくる。痛みをまぎらわそうと目を閉じ、浅く呼吸を繰り返した。

やがてあちこちで破裂しそうだった痛みが、少しずつ鎮まってきた。ファラは恐る恐る腕を動かした。大丈夫。なんとか動く。ひざを立ててみた。ずきりと痛んだが、しばらくそのままにしておいたら消えた。

ようやく体を起こし、そして吐いた。吐き終えると、だいぶ気分がすっきりしていた。涙をぬぐいながらファラは立ちあがり、そして地面に横たわる赤いサソリ号を目にした。

赤いサソリ号は悲惨なありさまだった。竜骨が中心でぽっきりと折れて、わきから腹にかけてざっくりと裂け目ができていた。翼はひしゃげて、無事なものは一枚もない。

碧玉色の羽根が雪のように舞う中で、赤いサソリ号は瀕死《ひんし》の状態で横たわっていた。また大空に戻れる日がはたして来るのだろうか。いや、きっと大丈夫だ。アバンザがきっと手をつくし、元どおりに直すに違いない。自分も必ずそれに手を貸そう。

ファラは固く心に誓った。

それにしてもこの無数の羽根はいったいどこから来ているのだろう。ファラは船の先端に目を向けた。

船の先端は大地に突き刺さるような形で止まっていた。舳先は完全に地面にめりこんでいる。盛り上がった地面から緑の翼がのぞいており、ファラは思わず顔をそむけた。

恐るべき襲撃者であったとはいえ、ジャミラを憎む気持ちは起こらなかった。考えてみれば、ジャミラに憎しみを感じたことは一度もない。感じたのは恐怖と悲しみと、そして哀れみ。本来なら自分の眷属であったはずの相手の死を、ファラは心から悼《いた》んだ。

と、ばきばきと板を踏み砕く音がした。振り返れば、船にできた裂け目からアバンザとモーティマが出てくるところだった。アバンザは額に深い傷を負い、足を引きずっているが、顔色はそれほど悪くない。モーティマは全身小麦粉まみれで、真っ白だった。

続いてハルーンが出てきた。あちこちに傷を負い、わき腹を痛そうに押さえているが、こちらも命に別条はなさそうだ。肩にはアッハームの幼虫がしがみついていた。

仲間達を見て、ファラは息が抜けていくような安堵《あんど》を覚えた。

「ハルーン。アバンザ……」

「ファラ！」

無事だったのかと、手を握りあった。それ以上の言葉は必要なかった。皮肉屋の幼虫でさえ、この時ばかりは何も言わなかった。ファラを見てちょこりと微笑《ほほえ》んだだけだ。

しかし、夜明けが近づいてくると、喜びは徐々に引いていき、かわりに現実が身に迫ってきた。アバンザは苦しそうに自分の船を見つめた。大事な船のこんな姿を見るのは、身を切り刻まれる思いだ。その無残な傷を見るほどに、頭の中がまとまらない。これからどうする？　どうしたらいい？

今、一行は広々とした平原の真っただ中にいた。あたりに人家はまったく見当たらない。この船を工房に運ぶには、船の運搬用の荷車と、馬が少なくとも十五頭は必要だ。それをどこから調達してくるべきか。いや、それ以前に、もしここで追っ手に見つかってしまったら。ここには身を隠すものが何一つないというのに。

次第に明るくなる空がアバンザを不安にさせた。

まずは必要なものをできるかぎり持ち出して、町か村を探そう。幸い、金なら少しばかりある。いざとなったら、耳飾りにしている雷光石を売ればいい。とにかく、いったんここを離れよう。傷ついた船を置いていくのは断腸《だんちょう》の思いだったが、他にしようがなかった。

アバンザはハルーンと一緒に壊れた船の中に入り、モーティマの小瓶や油の壺《つぼ》、火打石、石弓などを持ち出した。と、外で見張りをしていたファラが二人を呼んだ。緊張した声だ。

アバンザ達が外に出てみると、ファラは南のほうを指差していた。

「あれ、何かしら？」

南から濃い土煙が立ちのぼっていた。それがぐんぐんこちらに近づいてくる。やがて煙を引き連れるようにして、武装した一団が見えてきた。

それは力強い魔族にまたがった兵士達だった。彼らの手には、見間違いようのないナルマーンの旗印がはためいている。先頭で戦車に乗っている人物は身分が高いらしく、遠目からでも宝石がきらめいているのが見えた。

ついに追っ手が来てしまったのだ。

しかも、現れたのはその一団だけではなかった。西のほうからは人間だけで編成されたナルマーン正規軍、さらには北東の空と東からはそれぞれ魔族の一群が突き進んできたのだ。四つの軍団はみるみる横に広がり、墜落した赤いサソリ号に向かって包囲をせばめ始めた。

21

「嘘だろ……こんなのって……」

ハルーンがうめき、ファラは声もなく立ちすくんでいた。

アバンザは悔しさに唇を噛《か》みしめた。今ほど船が必要だと思ったことはなかった。この大軍を目にしたとしても、船さえ無事なら恐れなど少しも抱かなかっただろう。必ず逃げのびてみせただろうに。もはやこれまでなのか。どこかに逃れるすべはないのか。天はこの哀れな娘をお見捨てになるというのか。

この時、足元にいた幼虫が声をはりあげてきた。

「おいらは望む」

アバンザも子供達もあっけにとられて幼虫を見下ろした。こんな時にいったい何を考えているのだろう？　自分達が絶体絶命の危機にあることがわからないのだろうか？

「こんな時にか？　あとにおし！」

「今じゃないとだめなんだよ」

幼虫の声は不思議と静かだった。これまでとは違い、そこにわがままや気まぐれの気配はなかった。幼虫は珍しく真剣だった。その真剣な表情のまま、幼虫は望みを口にした。

「この船に油をかけて、火をつけるんだ。この船を燃やすことをおいらは望む」

その場はしんと静まり返った。全員が凍りついていた。

燃やす？　この赤いサソリ号を？　半壊したとはいえ、修理すればまた空を飛べるかもしれない船を？　何度となく自分達を救ってくれた、老兵のごとく武骨で頼もしい船を？

子供達は激しいむかつきと拒絶感に襲われた。が、アバンザが受けた衝撃はそんなものではなかった。

この船は、アバンザにとって船以上のものだった。商売道具であり、家であり、相棒だ。何より、この船にはアバンザの家族の歴史と思い出がつまっている。船に刻まれた傷や修理した跡の一つ一つが、アバンザにとっては先祖から受け継いできた遺産であり、愛すべきものなのだ。

それを燃やす？　だめだ。とてもできない。自分の手で燃やすことも、他の手で燃やされることも到底許せない。これだけはだめだ。

断るために口を開こうとした。

「だめよ。できないわ」

そう言ったのはアバンザではなく、ファラだった。

ファラは顔を蒼白にしながらも、幼虫を見つめていた。どんなことがあっても、この望みを叶えてやることはできない。

ファラの顔を、幼虫は真正面から見返していた。その顔からすうっと色が薄れていったかと思うと、幼虫は恐ろしいうめきをあげて地面に転がった。身を丸めては伸ばし、オレンジ色の液を吐き散らす。

ファラが慌てて抱きあげたが、幼虫の痙攣《けいれん》はおさまらなかった。その体がみるみるしぼみ始めた。演技などではない。本当に死にかけているのだ。

「ああ、どうしよう！」

びしゃりと、水がはねるような音がした。見れば、アバンザが壺《つぼ》の中の油を船にぶちまけていた。

「アバンザ！」

ファラの悲鳴に、アバンザがこちらを振り返った。悲壮な顔をしていたが、そこに迷いはなかった。

「あんたが魔族の王になったら、一番にあたしに新しい船を造っておくれ」

そう言うなり、アバンザはかがみこんで火打石を打ちつけた。火花が飛び散り、油に燃え移った。火は恐ろしい勢いで燃え広がり、たちまちのうちに船全体を包みこんだ。

翼船《つばさぶね》が落ちるのを見て、カーザットはしめたと思った。今まで手の届かぬ場所にいた獲物がようやく地面に降りてきたのだ。これを見逃す手はない。すぐさま戦車を走らせ始めた。部下達がそのあとに続く。

夜明けの光が広がっていく中、王子の部隊は殺気立ちながら平原を突っきっていった。落ちた船が少しずつはっきりと見えてきた。どうやら墜落した衝撃で、船は半壊してしまったらしい。だが、船のそばにはちらちらと動く人影がある。贄《にえ》の子は無事のようだ。それこそ、何より大事なことなのだ。

さらに速度を上げようとした時だ。すぐ後ろを走っていたサンターン隊長が大声をあげた。

「殿下！　西をごらんください！」

言われるままに西を見た。思わず手綱を引き絞っていた。

そちらから武装した一団が馬に乗ってやってくるところだった。彼らのまとう甲冑《かっちゅう》にはいやというほど見覚えがあった。そして先頭の、大きな輿《こし》の上に乗った人物にも。

「トルハン！」

トルハンはカーザットを認め、憎悪をこめた笑みを向けてきた。輿から降りるそぶりも見せなかった。カーザットのこめかみが脈打った。

「貴様、なんのつもりだ！　兄である俺の行く手を阻むばかりか、挨拶もしないつもりか！」

「申し訳ないが、兄上」

トルハンが言葉を返してきた。その声にはいささかの乱れもなかった。

「私は今腕が不自由でね。兄上に骨を折られたせいで、動くのが非常に面倒なのだ。無礼は許していただきたい」

「許してやるから、その場に止まれ。道を俺に譲るのだ！」

だが、トルハンはかぶりを振った。

「道は譲らぬ。譲ったら、私の負けになってしまうからね。ここは戦場だと私は考えているのだ。愛しい兄弟の間でも、戦いは熾烈《しれつ》なもの。そう教えてくれたのは他ならぬ兄上だ」

包帯を巻いた腕を少し掲げて見せながら、トルハンは兄を睨みつけた。

「私を止めるならやってみろ、カーザット。私の軍は三百。兄上の部隊は、魔族がいるとはいえ五十に満たない。それに見たところ、あんたの部隊は疲れきり、傷を負っている者もいるじゃないか。それに比べ、私の兵士達は力がみなぎっている。戦うかね、愛しい兄上？　負けるとわかっていて、なお私に挑むかね？」

嘲笑《あざわら》われて、カーザットの顔は朱を注いだようになった。その顔を見て、トルハンは胸がすくような思いを味わった。カーザットのあの悔しがりようを見られただけでも、ここに来た甲斐《かい》があるというものだ。兵士の数がトルハンを強気にさせていた。

このまま進み、贄《にえ》の子を手に入れて日蝕《にっしょく》前にナルマーンに戻るのだ。今度こそ父王に認めていただき、王としての全てを譲っていただくのだ。

父王が何日も前に亡くなっていることを、トルハンはまだ知らなかった。こういうところが抜けていると言われる所似《ゆえん》なのだ。

得意満面でトルハンが兵を進めようとした時だった。一人の兵士が慌てた様子で駆け寄ってきた。

「申しあげます！　北東の空より魔族の飛行部隊がやってまいります！」

「飛行部隊？　カーザットのか？」

だとしたら、カーザットの援軍ということになる。まずいなと、たちまちトルハンの弱気が脈打ちだした。

一方、カーザットも同じ報告を部下から受けていた。目をこらしたカーザットは、その部隊の先頭にいるのが、よく見知った男であることに気づいた。その上を、銀毛の、黒い翼を持つ大きな猿が守るように飛んでいる。

カーザットは吼《ほ》えていた。

「貴様！　セワード！　ナルマーンを離れてここで何をしている！　引き下がれ！　王子の命令だ！」

だが、セワードも、セワードが率いる魔族達も止まらなかった。思ってもみなかった屈辱に、カーザットの顔はさらに赤くなった。

「き、貴様ら！　王子の命令を無視するのか！」

「申し訳ございません、カーザット殿下」

セワードが返答してきた。その声は静かだったが、平原のすみずみにまで届くほどよく響いた。

「ですが、そのご命令には従えませぬ。ご無礼ながら、先に進ませていただきます」

「待て！　どこに行くつもりだ！」

「………」

「贄の子が狙いか？　愚かな！　下賤《げせん》な血が混じった大臣風情《ふぜい》が王になどなれるものか！　初代王より続いてきた嫡流のみが、翡翠《ひすい》の玉座にはふさわしいのだ！　貴様はナルマーンの王にはなれぬ！　決して！」

「殿下……」

　哀れむようにセワードは王子を見つめた。

「確かに私は贄の子を望んではおります。ですが、王位を手に入れるための生贄《いけにえ》としてではありません」

「何？　いったいなんのことだ？」

「……その子供は、希望の子でもあるそうです。全ての偽《いつわ》りを正す希望の子。ゆえに、我々はその子を傷一つなくナルマーンに連れていくために、ここに出向いたのです」

　カーザットは言葉につまった。思いもよらぬとはこのことだ。

「何を言っている？」

「あなたには想像もできぬことが起きようとしているということです。どうなるかは、まだ私にもわかりません。しかし、変化が起きるのです。その鍵となるのが贄の子。我々はどんなことをしても、あの子供を連れていきます。それを邪魔なさるとおっしゃるのであれば……王子といえども容赦はできかねます」

「し、臣下の分際で無礼な！　その首をはねてくれるぞ！」

「……殿下。戦ったとしても、勝敗は明らかです。無用な流血は避けようではありませんか」

「黙れ！　下賤な裏切り者の言葉など聞かぬわ！」

　カーザットは口から泡を飛ばして、知っているかぎりののしりと呪いを吐き散らした。その見苦しさにセワード達が顔をしかめた時だ。後方にいた魔族がセワードのそばにやってきた。

「セワード様。東より魔族の部隊がまいります。おそらくナーシル殿下の配下のものかと」

「ナーシル殿下の？」

セワードはいやな予感を覚えた。

都を発つ際、セワードはナーシルに嘘の報告をした。ナーシルの望みを叶えるために、自分は魔族部隊と共にナルマーンを発つと。ナーシルはその言葉に満足し、贄の子探索をセワードにまかせきりにしていたはず。なのに、今なぜその配下の魔族達がここに来たのか。胸がざわついた。

「彼らの目的を聞いてまいりましょう」

ズマという名の魔族が翼を羽ばたかせ、東からやってくる魔族達のもとに向かった。彼らの上までやってくると、ズマは声をはりあげた。

「同胞達よ。何ゆえ殺意をまとって進軍してくるのか？　誰の命を受けてここにまいったのか？答えてはもらえまいか？」

返答は手荒いものだった。一頭の魔族が長い尾を振るい、ズマを地面にはたきおとしたのだ。

突然のことに、ズマはなすすべもなかった。

地面に叩きつけられたズマを、雄牛によく似たたくましい魔族が押さえつけた。顔見知りの魔族だった。

「ゴンザ……な、なぜこんなことを……」

「申し訳ない、ズマ。しかし命令なのだ」

「命令？　ナーシル殿下のか？」

「そうだ。あの王子は最初からセワード大臣を見張らせていたのだ。彼は大臣の謀反の心を見抜いていた。そのうえで、大臣をけしかけたのだ。全ては、謀反人達を表面に浮かびあがらせるため。そしてそれは成功した。……我らの使命は三つ。贄の子を無傷でナーシル殿下のもとに連れていくこと、セワードを見つけ次第、捕らえること、そしてナーシル殿下に敵対する勢力を残らずたいらげることだ」

「待て！　あんた達は知らないのだ！　セワード様は我々を自由に……」

だが、ゴンザは最後まで話を聞かなかった。残念だとつぶやきながら、ゴンザは巨大なこぶしをズマの腹にめりこませた。骨が折れる音がして、ズマは苦痛の闇の中に引きずりこまれた。

『セワード様！　逃げてください！』

その一言はとうとう声に出すことはできなかった。

だが、ズマが地上に落とされるのを、セワードはちゃんと見ていたのだ。セワードの顔色が変わった。ナーシル部隊の目的をはっきりと悟ったのである。

『まずいことになった。相手は魔族。数もほぼ同じだ。それにカーザット殿下やトルハン殿下もいるし……ナーシルめ！　やはり一筋縄ではいかぬやつだ！』

こうなったら一刻も早く贄の子を連れて、この場を脱出しなくては。だが、今飛び出せば、必ずやカーザット殿下かトルハン殿下、あるいはナーシル殿下の部隊が邪魔をしてくることだろう。どうしたらいいものか。

四つの部隊は互いに牽制《けんせい》しあい、身動きのとれない状態になっていた。三つ巴《どもえ》ならぬ四つ巴だ。

この時、ふいに前方に火の手が上がった。なんと、墜落した船が燃えているではないか。

反目も何も忘れ、四つの部隊はいっせいに走り始めた。なんとしても贄の子を我が手に！

だが、炎上する船まであと少しというところで、何か目に見えないものが炸裂《さくれつ》した。突風が巻き起こり、駆けつけようとしていた者達は魔族も含めて、後ろにはじきとばされた。

草の上に放り出された彼らは、あっけにとられた。炎を背にして、何かがむくむくと広がっていく。

それは巨大な翅のようであった。

22

赤いサソリ号はまたたく間に炎に包まれ、激しく燃えあがった。

何もかも燃えていた。帆柱も、赤く塗られたサソリの飾り物も。毎日磨いた甲板も、アバンザの舵《かじ》も。

悲痛な思いで、アバンザとハルーンとファラはそれを見ていた。モーティマはいなかった。見るのがつらいと、小瓶の奥に逃げこんでしまったのだ。

三人の目には涙があふれていた。炎の熱気がこちらの頬や髪を焦がしそうだったが、後ろにさがることは考えられなかった。赤いサソリ号は燃えているのだ。その火を少しでもわかちあいたい。

アバンザとハルーンの心にあったのは、大事なものを失うという悲しみと苦痛であった。が、ファラの心にあったのは、アバンザと赤いサソリ号に対する申し訳なさと、自分に対する苛立ちだった。何もできず、人に迷惑ばかりをかけている自分が憎かった。どうしてこんなことになる？　いったいどうして？　どうして？

アバンザにはいくらあやまっても足りない。ハルーンの怪我を見るのがつらかった。わけのわからない憎しみがあふれてくる。

この時、ふいに腕がしびれてくるのを感じた。腕に抱いている幼虫が重くなってきたのだ。目を下に向け、ファラは小さく叫んでいた。

青白かった幼虫が真っ黒になっていた。柔らかかった体は石よりもかたくこわばり、ぐんぐん重くなってくる。持っていられず、ファラは幼虫を落としていた。どすんと、地が震えた。そのまま幼虫は地面に少しずつ沈んでいき、半分ほどめりこんだところで、ようやく止まった。

もはや幼虫は生き物には見えなかった。さながら黒い石から彫り出した像のようだ。ファラは恐る恐る手を伸ばして触れようとした。その時だ。ばきばきと、突然激しい音をたてて、幼虫の黒い背中に亀裂《きれつ》が入った。

凪なき風がうわっとはじけた。風はファラ達を後ろに倒し、赤いサソリ号の火を消し、こちらに疾走してきていた敵軍をなぎはらった。

目をしばたたかせながらファラ達は起き上がり、そして見たのだ。

大きな生き物が、幼虫の小さな体から這《は》い出してくるところだった。ありえないほど大きな頭が、鱗《うろこ》のはえた背中が、鉤爪《かぎづめ》のはえた太い足が、幼虫の殻《から》から出てくる。

ようやく全身が現れた。

その生き物はトカゲによく似ていたが、それよりもずっと力強く優美だった。長くしなやかな体は、生命そのもののように輝く茜《あかね》色の鱗におおわれていた。四本の短い手足にはそれぞれ鉤爪がはえた六本の指がそろっている。鉤爪は夢見るような水色だった。二本の長い触角はまるで冠のように額を飾っている。

姿を現した時、その生き物の背には二枚のしおれた翅《はね》がついていた。と、翅が開き始めた。しわしわとしぼんでいた翅が見る間に引きのばされ、大きく広がっていく。

開いていく翅は分厚く、たっぷりと鱗粉《りんぷん》がかかっていた。そこには赤紫、金、黒、白、鮮やかなすみれ色と翡翠《ひすい》色が絶妙に配置され、どんな匠《たくみ》や絵師にも描き出せないようなすばらしい模様を生み出している。広がりきった翅は、赤いサソリ号よりも大きかった。

目を瞠《みは》るような変化を遂げた幸いの虫は、ぶるりと体を揺すると、目を開いた。深い叡智《えいち》と喜びに満ちあふれた黄金の瞳が、足元にいる人間達を見下ろした。

虫は竜のような頭をうやうやしげに下げた。冠のような触角がきらきらと輝いた。

「我が君、そして誠実な友の方々」

幼虫だった時の耳ざわりな甲高い声ではなく、繻子《しゅす》のように柔らかい、心地よい声だった。

「よくぞ心を決めてくださった。この困難の時に、この苦痛の時に、あなた方は迷いながらも正しい道を選択なさった。おかげで私は真《まこと》の幸いの虫になることが叶いました。ああ、数々の望みを叶えてくださった方々よ。これよりは私があなた方の望みを叶えましょう。まずは小さなご主人。あなたは何を望まれますか？」

幸いの虫はファラをじっと見下ろしてきた。ファラは口を開いたが、なかなか声が出てこなかった。やっとここまでたどりついたのに。いざとなると、頭の中が真っ白になってしまって、言うべき言葉が見つからない。

まごついているファラを見て、ハルーンがかわりに言った。

「ぼく達を笑わぬ顔のところへ連れていってほしい。ファラの本当の名前を取り戻したいんだ」

「承知いたしました。では、私にお乗りください」

幸いの虫は身をかがめてきた。その長い首に、アバンザはまずファラ、次にハルーンを押しあげてやった。だが自分は乗らずに、数歩後ろにさがった。

「あたしは行かない」

「アバンザ!」

「行けないんだよ、ファラ。まだ赤いサソリ号は燃えつきていない。船の最後を見届けるまで、船長のあたしがそばを離れるわけにはいかない。さあ、あたしにかまわず行くんだ」

そう言われて納得できるはずもない。敵に囲まれた中に、アバンザだけを残していけるわけがない。アバンザを説得するために、ファラは幸いの虫から飛び降りようとした。それを幸いの虫が押しとどめた。

「我が君。この勇敢なる船長はここに残ることがさだめのようです。ですが、どうぞご心配なく」

幸いの虫は自分の尾を引っかくと、茜色の鱗を一枚引き剝《は》がした。大人の手のひらほどもあるそれを、アバンザに渡した。

「どうぞこれをお持ちください。幸いの虫の鱗を持つ者に、危険が及ぶことはありません」

「ありがと。心強いお守りだ。それにしてもあんた、すごい変わりようじゃないか……どうやら性悪《しょうわる》虫は卒業したみたいだね」

アバンザの言葉に、幸いの虫は豊かに声を響かせて笑った。

「ええ。どうしてあれほど性悪でいられたのか、思い返すと自分でも不思議な気持ちがします。ですが、あなたとの喧嘩《けんか》はなかなか楽しかったですよ。何しろ命がけでしたからね」

いたずらっぽく目をぱちぱちさせると、幸いの虫は二枚の翅を大きく広げた。

ほんの数回羽ばたいただけで、幸いの虫は空の高みにいた。子供達を首にまたがらせ、虫はまっすぐ東に向かって飛び始めた。草原が見る間に遠ざかっていった。空を飛べる魔族達が追いかけようとしてきたが、無駄な試みだった。幸いの虫に追いつけるものはこの世にいないのだ。

あっという間に全てを引き離し、幸いの虫は風よりも速く誇らかに飛び続けた。広々とした空はいまや幸いの虫のものであった。

子供達は何も言わずに、ただ幸いの虫の首にしがみつき、目を閉じていた。めまぐるしく変わっていく景色についていけなかったからだ。

二人とも、感じ取っていた。何も考えずに誰かに寄りかかっていられるのは今だけだと。こうして安心して目を閉じていられるのは今だけだと。ならばその今をしっかりと噛《か》みしめよう。これから先に何が起きるかは考えまい。沈黙と暗闇を、その時の子供達は何よりもいとおしんだ。

そのままどれほど飛び続けただろうか。二人が身を預けている鱗の下から、柔らかく声が響いてきた。

「もうすぐですよ」

目を開けてみれば、真っ黒な入道雲が前にそびえていた。雲は見るからに恐ろしげな妖気を発散させ、不気味に唸り声をあげている。中ではさぞや強い風が吹き荒れているに違いない。

不安にかられている二人に、何かが巻きついてきた。それは幸いの虫の長い触角だった。子供達は首からもぎはなされ、虫の前足の上におろされた。

「ここから先はこうして運ばせていただきます」

大事そうに前足を閉じあわせたあと、幸いの虫は雲の中に飛びこんだ。

幸いの虫の肢の中は静かで暗かったが、雲の中に入るなり、指のわずかな隙間から身を切り裂くような鋭い風が吹きこんできた。どろどろと体に響くような雷鳴もだ。外のすさまじさが伝わってきて、子供達はぞっとした。あのまま虫の背中にいたら、絶対に風に吹き飛ばされていたに違いない。

しかし、強風も妖気の渦も物ともせず、幸いの虫は悠然と突き進んでいく。

吹きこんでくる風を無理やりかきわけ、ハルーンとファラは隙間から外をのぞいた。最初は真っ黒な雲の渦しか見えなかった。が、やがてこの黒雲の主《ぬし》が見えてきた。

それは黒い石の顔だった。人間の顔でありながら、そこには人間らしさというものがまったくなかった。冷ややかとかいかめしいとかではなく、表情というものがないのだ。唇をかたく引き結んでいるが、そこに意思はない。

異様であった。そして異様に巨大だった。幸いの虫でさえ、この顔の前では豆のように小さく見える。

アバンザが言っていたとおり、いや、それ以上にすさまじい存在だった。なぜこのように巨大なものが空に浮いているのか、まるで想像がつかない。

幸いの虫が近づいていくと、顔のあちこちで休んでいた黒い稲妻《いなずま》が次々と身を起こし、襲いかかってきた。ハルーン達が見たこともないような大きな稲妻ばかりであったが、幸いの虫は少しも慌てなかった。迫ってくる稲妻に向けて、翅を二、三度羽ばたかせただけだ。

その翅からきらきらと鱗粉《りんぷん》が飛び、稲妻達にかかった。するとどうだ。稲妻達の動きがぴたりと止まったではないか。縛りつけられたかのように空中に静止している稲妻達の間を、幸いの虫は優雅にすり抜けた。もはや邪魔するものは何もなかった。

そうして笑わぬ顔のすぐ前にまでやってくると、自分の体よりも大きな分厚い唇に、幸いの虫は触角でそっと触れた。と、固く引き結ばれていた唇がゆるみ、開き始めた。

ぎぎぎぎぎっと音をたてて、笑わぬ顔は口を開いていった。開かれた口の奥には、真っ黒な虚空が広がっている。ほんのわずかな光もない、真の暗闇である。

だが、迷うことなく幸いの虫は虚空へと飛びこんだ。がしりと、背後で唇が閉じあわされる鈍い音がした。


気がつけば、空が見えた。空は暗かったが、胸がすくような透明感があった。その空の下には、月色の砂でおおわれた輝く砂漠が広がっており、その砂漠の上にハルーンは立っていた。隣にはファラが立っていたが、幸いの虫は見当たらなかった。

子供達は手をつないだまま、どこまで続いているかわからない月色の砂漠を見つめた。

しんしんと、冷たくも澄んだ匂いがした。地下深くより湧き出してくる湧き水の匂い。朝の上空の大気の匂い。あるいは月夜に立ちこめる霊気の匂いとでも言ったらよいのだろうか。

例えられるものが見つからず、子供達はただ胸いっぱいにその匂いを吸いこむしかなかった。吸いこめば吸いこむほど、体の中に冷たさが満ちていく。でも、それは恐ろしいものではなく、どこか神聖な感じがした。

それにどうしてここはこんなにも明るいのだろう。ほんのりとした淡い光が足元から立ちのぼってくる。ハルーンは砂をすくいあげてみた。砂は一粒一粒がほのかに光っていた。ようく目をこらせば、中では白い炎のような光がちかちかとまたたいている。

「きれい……」

「うん」

思わずそのまま懐《ふところ》の中に入れ、自分のものにしてしまいたくなるような美しさだった。しかし、そうするかわりに、ハルーンは慎重に砂を地面に戻し、一粒も残さないように、指や手のひらをたんねんに払った。そうしなくてはいけないように思えたのだ。

この砂漠の砂は、一粒だって自分達のものではない。ではいったい誰のものなのか。

はっと子供達は振り返った。

少し離れた砂丘の上に、背の高い、風格に満ちた顔立ちをした老人が立って、こちらを見下ろしていた。

老人は優しげでありながら威厳に満ち、カモシカのように若々しくありながら巌《いわお》のごとく年古《としふ》りていた。夜のように黒い肌で、純白のひげと髪をなびかせている。瞳は、光の加減によって様々な色に変わってゆく、深い銀灰色だった。まとっているゆったりとした衣は、鮮やかな深紅と黒に染められていた。

子供達は吸い寄せられるように老人のもとに近づき、その足元にひざまずいた。そうせずにはいられない何かが、老人にはあったのだ。

わしは翁《おきな》だと、老人は微笑《ほほえ》みながら言った。

「わしは翁。世界の双子の弟。自らの名を持たず、万物の名を預かる者。また、ここは銀名《ぎんめい》の砂漠。空に浮かびながら、地に属する場所。子供達よ、よく訪ねてきてくれた」

老人は、まずファラを立ちあがらせた。

「娘や。おまえの名はなんというのだね？」

「私は……」

名乗ろうとして、少女は言葉につまった。名前がわからなかった。ついさっきまで使っていた名前がどうしても思い出せない。

必死で思い出そうとしている少女の手を、老人がそっと取った。赤子の手のようにすべすべしているのに、獅子《しし》のように力強い手だった。

不安のあまり泣きだした少女を、老人は優しく抱きしめた。

「ここでは偽《いつわ》りの名前を名乗ることはできないのだよ、娘や。おまえが使ってきたのは、偽りの名なのだ。そして、わしはずっとおまえの真の名を預かっていたのだよ。おまえが訪ねてきてくれたおかげで、やっと返すことができる」

老人は砂丘のかなたを見据え、ひゅううっと口笛を吹いた。口笛は短かったが、高らかで美しかった。

それから老人は少女に目を戻した。神秘的な銀灰色だった瞳は、今は楽しげな金茶色になっていた。

「この銀名の砂漠にある砂は、全て名前が結晶化したものなのだ。忘れられた名前、奪われた名前、そして持ち主がこの世を去り、もはや必要とされなくなった名前。そうした名前は全てここに流れ着き、こうして小さな砂となる。外の世界では、わしがあらゆる名前を生み出していると言う者もいるらしいが、とんでもない。わしは名前の守り手。ここにやってきた名前を記憶している者にすぎないのだ。そら、おまえの名前がやってきたよ」

老人が微笑んだ。

砂漠の向こうから、小さな光がこちらに飛んでくるところだった。それはきらきらと光をまきながら、老人のまわりを蛍のように飛び回った。老人は手を広げてそれを捕らえると、つかまえた光を少女に差し出した。

一粒の砂がそこにあった。この砂漠を作りあげている砂となんら変わらない、内から光を発する小さな一粒。しかし、少女にはすぐにわかった。それが自分のものであること、自分にとってかけがえのないものであることが。

老人の顔を見上げると、老人はうなずいた。

「お取り。おまえのものだ」

少女はそっと砂を指でつまみあげ、大切に自分の手のひらに移した。砂は大きく輝くなり、少女の中に吸いこまれていった。そして、少女の姿はその場からかき消えたのだ。

一部始終を黙って見つめていたハルーンは、少女が消えるのを見て焦りの叫びをあげ、思わず老人にすがった。

「あの子は……どこに行ったんですか?」

「自分の運命のもとにだ。心配しなくてもいい。おまえも、すぐにそこに行くことになる。さて、息子や。おまえはなんという名であったかな?」

少年は名乗ろうとして戸惑った。

名前が思い出せなかった。

23

あきれるばかりに大きな広間に、少女は気づけば立っていた。

大広間は静まり返っていた。螺旋《らせん》に彫刻がほどこされた幾千もの柱も、はるか上にある天井も、果てしなく続く床も、何もかもが生気のない灰色だ。いったい、どうしてこのような陰気なものが造り出されたのか。

いや、違う。最初からこうだったわけではない。そうだ、思い出した。

かつて、この大広間は千の松明《たいまつ》を灯《とも》したよりも明るかった。床と天井には、あらゆる色のタイルで美しいモザイクがほどこされ、月光貝をはめこまれた柱は内から光を放っていた。青い鬼火を灯した燭台《しょくだい》の飾りや、門を守っていた竜達の真珠をちりばめた首輪など、細部にいたるまで思い出すことができた。

思い出すはずだ。ここは青の王の宮殿。少女がかつて暮らしていた場所なのだから。

だが少女の思い出と、今目に映る光景はあまりにもかけ離れていた。次々とわきあがってくる記憶と現実との違いが、少女を苦しめた。

この大広間では毎晩のように宴《うたげ》が催された。集まった数々の魔族は自由と誇りを言祝《ことほ》いで、舞いと歌を披露したものだ。そうだ。あのジャミラの姿もあった。彼女は生き生きと目を輝かせながら、見事な鳥の舞いを見せてくれたではないか。

今、この場所は完全に死んでいた。全ての色を失い、音楽は消え、空気さえも死んでいた。どうしてこんなことになったのだろう。輝きと歓びに満ちあふれていたこの大広間に、いったい何が起きたというのだろう。

それを思い出そうと、少女はがらんとした灰色の広間を進んでいった。

やがて玉座が見えてきた。すばらしい彫刻をほどこされた石の玉座。その前には青い結晶のかたまりが不自然に置かれていた。全てが灰色に染められた中で、その結晶だけは不吉なほど青く見えた。

それを見たとたん、鼓動が速くなった。かつての記憶がまた一つよみがえる。思い出したのは母の、青の王妃セザイラの顔だった。

あの日、地上からふたたび人間が青の宮殿にやってきた。青の王の力を受け継ぎ、魔族達に服従を求めてきた人間だ。

恐ろしい人間は、王妃セザイラに向かって命令した。青の王の娘を引き渡せと。それを聞いた王妃は、これまでに見せたことのない形相となった。怒り、憎しみ、悲しみ、そして混乱と愛情。それらが入り混じった王妃の顔は、これまでになく近づきがたく、恐ろしく、壮絶なまでに美しかった。

王妃と人間は何やら大声で怒鳴りあい始めた。初めて目にする母のすさまじい剣幕と怒鳴り声に、王女はすくみあがった。家臣の魔族達もだ。

人間。盟約。魔族。支配。生贄《いけにえ》。日蝕《にっしょく》。そんな言葉が二人の口から次々に出てきた。幼かった王女にはまだ理解できないことであったが、話の内容がよくないことだということはわかった。

やがて言葉では決着がつかないとわかったのか、王妃は突然青い雌獅子《めすじし》に姿を変え、人間に襲いかかった。その巨大な前足が人間の体を引き裂くかに見えた。だが、人間は避けようとするそぶりさえ見せなかった。冷ややかに獅子を見つめ、一言王妃の名をささやいたのだ。

たったそれだけで勝敗は決まった。次の瞬間、王妃はもとの姿に戻っていた。敗者として床に這《は》いつくばって……。

見事な金髪をふりみだし、屈辱と恐怖に青ざめている王妃セザイラ。その王妃を見下ろす人間の目は限りなく冷たかった。

「奴隷の分際で主《あるじ》に逆らった愚かな女よ。報《むく》いとして、その無様な姿を永久にここにとどめるがよい」

そう言って、人間はそばにいた魔族達に、王妃に呪いをかけるように命じた。命を握られている魔族達はその命令に逆らえなかった。

彼らは血の涙を流しながら、よろよろと立ちあがった王妃に呪文を放った。王妃はあっという間に青い結晶に閉じこめられてしまった。

王妃を片づけると、人間は王女に目を向けた。

幼い王女は茫然としていた。声をあげることも泣くこともできず、変わり果てた母をただただ見つめるその姿はあまりに痛々しかった。だが、人間は優しさのかけらもなく王女を見下ろし、王女の名前を唱えたのだ。

王女はたちまち全ての力と記憶を失い、闇の中に落ちた。そして次に気づいた時には、小さな部屋の中にいた。その部屋では、ただの贄《にえ》にすぎなかった。ハルーンという少年にファラと名づけられ、外に逃げ出すまで、かぎりなく堕ちた存在でしかなかったのだ。

今こそ全てを思い出した。全ての過去の出来事が心と魂にぴたりとはめこまれ、一つとなる。そこに最後の鍵である、真の名前が加わった。

少女はそっとその名をつぶやいた。

「ラジェイラ……」

足首の枷《かせ》がはじけとんだ。

見る間に少女の体が変化し始めた。きゃしゃだった体に力がみなぎり、顔立ちはいっそう高貴で繊細なものへと変わる。黒かった髪と水色の瞳は、目も覚めるような青へと変わった。海と空を一つにしたかのような崇高な色だ。

背中からは大きな翼がはえた。七色の光をはじく水色の翼である。変わらなかったのは蜂蜜《はちみつ》色の肌だけであった。

本来の姿へと戻った魔王の娘、次なる魔王となるべきラジェイラ王女は、陰惨な出来事の記憶に苦しめられながら、青い結晶へと近づいていった。

はたして、結晶の中には王妃がいた。その美しい顔に威厳と悲しみと敗北をにじませ、わずかに体を傾けるようにして閉じこめられている。その目は虚空を見つめていた。

「お母様……」

王女のささやきが、その場を満たしていた静けさをそっと押しやった。そしてその時を待っていたかのように、王妃を閉じこめた結晶にぴしっとひびが入った。

めきめきと、ひびは広がり、あっという間に全体を網目状におおいつくす。

一呼吸後、鎚《つち》を打ちつけられたかのように、結晶は砕け、がらがらと崩れていった。中にいる王妃もろともに。

そうして床の上にできあがったのは、一山の青い砂であった。

長い間、残酷にも敗北の姿をとどめられていた青の王妃セザイラは、今、我が子の声によってやっと解放されたのだ。

一握りの砂をラジェイラはそっとつかみあげた。砂は冷たく、ざらざらとして、そこに母を思い出させるものはなかった。あの温もりも優しい気配も、全てはとっくの昔に葬り去られたもの。

王女の中に一気に感情の波が盛りあがってきた。それは冷たい怒りであり憎しみだった。その憎しみを向けるべき相手はただ一人。多くの魔族を守り束ねるべき王でありながら、その役目を放棄した者。夫でありながら、また父親でありながら、守るべき家族の絆《きずな》を打ち砕いた者。

青の王。父親にして憎むべき裏切り者。

ラジェイラは高ぶる感情のままに叫び声をあげていた。それは激しい呼びかけであった。

なぜ！　どうして！　あなたは民を思う名君であり、愛情深い夫であり子供思いの父親であったはず。それがなぜ、一族と家族を切り捨てるようなことをしたのですか！　どうしてそんなことができたというのですか！　理由があるのなら、出てきて話してください。私は知りたい……あなたを殺す前に！

長く満ちていた沈黙を押し破るように、叫びは大広間をゆるがした。そして、それに応えるように、あることが起こった。

突然、ラジェイラは強烈な力が自分を引き寄せるのを感じた。引きずられる。どこかへ。行かなければならない、どこかへ。ああ、この力に逆らってはならない。

本能的に感じ取り、ラジェイラはその力に身をゆだね、目を閉じた。川の流れに乗っているかのように、自分が運ばれていくのがわかる。

やがて流れが止まった。

目を開けたラジェイラは、自分がどこともしれない大きな部屋に立っていることを知った。がらんとして、装飾といったものはいっさいない。

だが奥には、大きな扉があった。いったいどのような材質で作られているのか、扉は自らまばゆい光を発していた。力強く、輝かしい。まるで太陽そのものだ。扉が発する光に照らされ、部屋は昼間の砂漠のように明るかった。

ラジェイラが扉に見入っていると、ふいに後ろに気配を感じた。振り向き、ラジェイラは息をのんだ。

男が立っていた。背の高い男だったが、やせおとろえ、頬もげっそりとこけていた。肌の色は土気色《つちけ》で、目の下には深いくまができている。何日も眠っていない人間の顔だ。

男はしきりに手をもみしだいて、ぶつぶつと何かつぶやいていたが、ようやく少女に気づいて、目を向けてきた。その目には狂気が満ちていた。

「贄の子？　贄の子か？　やっと牢から出されたと思ったら、ああ、そういうことか！　助かった。血をよこせ！　この忌《い》まわしい指輪をはずすために、血を！」

よろよろと、両手を突き出して男が近づいてきた。その左手には青く輝く指輪がはまっていた。

青の王の指輪だ！　私の指にあるべきもの！

ラジェイラの視線に気づくと、男はさっと手を隠して、後ろにとびすさった。目がぎらぎらと光りだしていた。

「だめだ。これは渡さない。私のものだ。こんなに苦しんだのだから。殺してやる！　みんな殺してやる！　指輪は私のものだ！」

渡さないと絶叫し、突然男が肉薄してきた。男のあまりの形相と、人間とは思えないほどの素早さに身がすくみ、ラジェイラは魔力で身を守ることも空中に逃れることもできなかった。

大きな手がラジェイラの喉をつかんできた。ぎりぎりと、伸びた爪が柔らかい肌に食いこんでくる。ぬるりと、血が流れ出すのをラジェイラは感じた。ふいに放り出された。男が踊っていた。その両手の指先は、青い血でぬれていた。

「贄の血だ！　血だ血だ血だ！　これで救われる！　逃げられる！　いや、王になる！　みんな殺す！　このゲバルを馬鹿にした王家の者どもを、今度こそ殺してやる！」

狂喜しながら、男は血にぬれた手で指輪に触れようとした。そこへ突如、一人の少年が現れた。まるで空中から現れたかのようなその少年は、男の胸に軽く触れた。とたん、男が後ろに吹き飛んだ。背中から壁に叩きつけられ、がっくりと頭をたれて、動かなくなる。

ラジェイラは目を瞠った。この少年の着ている服には、いやというほど見覚えがある。

「ハルーン？　ハルーンなの？」

ラジェイラの呼びかけに、少年が振り返った。

ハルーンではなかった。まったく見知らぬ少年だった。

気品に満ち、同時に雄々《おお》しくもある、彫りの深い顔立ち。豊かな髪は青く、瞳の色もまた深い青だ。背中にはラジェイラよりも大きな翼がはえている。様々な青や紺碧《こんぺき》や水色の羽におおわれた翼で、その美しさは目もくらむばかりだ。

あっけにとられて、ラジェイラは少年を見つめた。いったいぜんたい、どうしてこの少年をハルーンだと思ったのだろう。いや、やはりハルーンだ。ハルーンの気配も感じ取れる。

押し寄せる混乱の中で、ラジェイラは少年を見つめた。少年のまなざしの奥に、ハルーンではない魂が垣間見える。知っている魂だ。だが、誰かはわからない。けれどせつないほど懐かしく感じる。

「ハルーン、ではないの？」

ためらいがちに尋ねるラジェイラに、少年は微笑んだ。

「ぼくの名はバルバザーンというんだよ」

「でも……ハルーンの気配がするわ。あなたは……いったい何者なの？」

「……それに答えるのはあとにしよう。とにかく、今はぼくを信じてほしい」

信じてと言われて、ラジェイラはうなずいていた。ためらいはなかった。

ハルーンにはずっと何かのつながりを感じていた。このバルバザーンと名のる少年には、さらに強固な絆《きずな》を感じる。それが全てだった。言葉や説明など今は必要ない。

魔族としての本質を取り戻したラジェイラの五感は冴え渡っており、彼女は自分の直感を信じることにした。

「私はこれからどうすればいいの？」

「まずは指輪を取って。王の指輪を」

うながされ、ラジェイラは完全に気を失っている男に歩み寄った。指輪を取る時に、思わずラジェイラは男の顔をのぞきこんでしまった。

あのすさまじい形相と指輪への執着は本当に恐ろしかったのに。どうしてだろう？　こうして目を閉じた男は、とてもまともな、安らいだ顔をしている。まるで別人だ。

不思議に思いながら、ラジェイラは指輪に手をかけた。するりと、なんの抵抗もなく、指輪が抜けた。指輪の石が一瞬輝く。喜びを抑えきれないかのように。

ラジェイラは少年を振り返った。

「血をたらしたほうがいいの？」

「なぜ？　君は正当なる世継ぎだ。そんな小細工は必要ない。ただはめればいいんだ」

バルバザーンに言われるままに、ラジェイラは指輪をはめた。次の瞬間、短く悲鳴をあげていた。指輪から、強烈な力が流れこんできたのだ。

力はみるみるうちに王女の体を満たし、すみずみにまで行き渡っていった。もっとも重要なものは王女の心臓へと向かい、そこに落ち着いた。

そうして青の王に属する魔族、その全ての真の名が、ラジェイラのものとなったのだ。

うやうやしげに、バルバザーンがひざをついた。

「おめでとう。これで君は新たなる青の王。一族の魂を守る者となった」

この時が来るのをずっと待っていたと、バルバザーンはささやいた。それから倒れている男のもとに行き、その肩にそっと触れた。男の姿がかき消えた。目を瞠るラジェイラに、バルバザーンは大丈夫だと言った。

「安全なところに移しただけだから。彼はもともと、指輪と一緒にここに呼び寄せられてしまっただけだからね。……彼は十分に苦しんだ。これ以上は気の毒だ。これから起こることは、人が見るべきではない」

「まだ何かあるの？　日蝕の前に、私は王になった。もう魔族達は安全だし、それに……みんな自由になれたのではないの？」

「そのとおりだよ。もう眷族《けんぞく》のことは心配いらない。彼らは今頃、新たな王の誕生を祝い、自由になれた喜びの声をあげているはず。……でも、これで終わりじゃない。君の助けをずっと待っていた人がいるんだ。青の王としての、最初のつとめが君を待っている。この扉を開けなさい、ラジェイラ」

「扉を、開くの？　私が？」

「それが君の役目なんだ。君は王になったのだから」

ラジェイラは扉に向き直った。巨大な扉だ。何で作られているにしろ、手で押したくらいではびくともしまい。何より、扉からは強烈な魔力が感じられた。太陽の印。封印。光と希望。表面にほどこされた彫刻から、そうしたものが読みとれる。

いったい中には何があるのだろう？

どうやって扉を開いたらいいのか、バルバザーンに聞こうとした。その時、頭の中にすさまじい声が響き渡ったのだ。ラジェイラは知る由《よし》もなかったが、その声こそ、代々のナルマーン王を苦しめ、指輪の預かり人となったゲバルをも打ちのめした声だった。

「早く私のもとに来てくれ！　ああ、希望の子よ！　この苦しみから救ってくれ！　扉を開いてくれ！」

強く激しい哀願のうめき。ラジェイラはこれ以上聞いていられなかった。声の主は恐ろしいほどの苦しみの中にいるのだ。相手が誰であれ、救ってやらなくては。

哀れみが胸からあふれ、声となってほとばしった。

「今まいります！」

叫ぶなり、ラジェイラは扉に触れた。重いはずの扉が苦もなく動き、ゆっくりと開いていく。

24

扉の向こうには闇があった。光の及ぶことのない、真の暗闇だ。その闇の中に何かがいた。身の毛もよだつような気配を発する何かが。

躊躇《ちゅうちょ》しているラジェイラの横をすり抜け、バルバザーンが恐れげもなく中に踏みこんだ。

「バルバザーン！」

「大丈夫だよ。闇はまだ眠っている。まだしばらくは目覚めないから」

おいでと、少年は手招きしてきた。

ラジェイラは闇に踏みこんだ。少女が入ると、扉は元どおり閉じあわされた。

光の扉を背後とし、ラジェイラは暗闇へ進んでいった。悪臭がする。悪夢の臭い。闇そのものの体臭だ。それに足元が妙に柔らかく、歩きにくい。まるで何か弾力のあるものが床にしきつめられているかのようだ。

いざとなったらここを焼き払ってくれよう。ここは存在してはならないものに満ちている。そんなことを思いながら、ラジェイラは先を歩くバルバザーンのあとをついていった。

やがてバルバザーンが立ち止まり、手のひらに炎を灯《とも》して、上にかざした。青い光に照らし出され、わずかに闇が押し広げられた。

闇の中に一本の木があった。真っ黒なぬるぬるとした幹が何本もからみあい、一つとなり、異様な大樹としてその場に根をおろしている。枝は天井をおおい、根は床を埋めつくしていた。自分がなんの上を歩いてきたか、これでわかった。あの柔らかいものは、この大樹の根だったのだ。

ラジェイラは近くにあった太い根をまじまじと見つめた。黒い樹皮はどことなく透き通っていて、中をどろどろとした液体が血のように流れているのが見える。その液体は少し青かった。

「君が見るべきものは下にはない。上を見るんだ」

バルバザーンの声がした。

ラジェイラはいやいや顔を上げ、じっくりと大樹を見ていった。下から上へと視線を走らせていく。なんとも奇怪でおぞましい姿をした木だ。この世のものとはとても思えない。しかも生々しいばかりの妖気と邪気を発散している。息づかいさえ聞こえてきそうなほどだ。見ろ、幹の中に顔まである。

そこまで来て、ラジェイラは髪の毛が逆立つのを感じた。

「ああ、まさか！」

大樹の中に、青の王その人がいた。

王はからみあう枝の中に捕らえられ、完全に封じられていた。かろうじて、顔の半分が表に出ているにすぎない。探し求めてきた青の王の、あまりにも変わり果てた姿に、ラジェイラの心臓は破裂しそうだった。

ラジェイラの記憶の中では、父は美しさと勇猛さと優しさを兼ね備えた王で、何よりも愛情深い父親だった。幼かったラジェイラにはいつも笑顔しか見せず、何かというと抱きしめてくれたものだ。

それが今はどうだ。かつては青く輝いていた髪は、黒い樹液に穢《よご》れ、べったりとはりついてしまっている。たくましさを感じさせた浅黒い肌は、今は透き通るほどに白い。死を思わせる、不吉な色だ。

青の王は眠っていた。しかし、眠りは浅いらしく、息づかいは苦しげだった。閉じたまぶたがぴくぴくと動いているのは、夢を見ているからに違いない。おそらくは悪夢を……。

ラジェイラの目から熱い涙がしたたった。

「無魂《むこん》……してしまったのね」

魂を闇に食われ、狂気に支配され、魔物に堕ちる無魂は、誇り高い魔族にとって、最悪の恥であり恐怖。多くの魔族を無魂から守るために、魔王は存在するはず。その王が、まさか無魂していたとは。

いったいなぜ？　何があったというのか？

答えを求めて視線をさ迷わせ、やがて木の根元にたたずむバルバザーンに行きついた。バルバザーンはあいかわらず静かな目をしていた。青の王の惨状を見たはずなのに、驚きも落胆もそこにはない。

ラジェイラは、この少年は全てを知っているのだということに気づいた。涙をぬぐい、睨みつけるようにしながら尋ねた。

「青の王はずっとここにいたの？」

「そうだよ。ずっとここで眠り続けてきた。自分に封印をほどこし、いつの日かやってくるだろう救い主を待っていたんだよ」

「どうすれば、解放できるの？　あの木から引っ張りだす方法は？」

「ラジェイラ。王が望んでいる救いはそんなものじゃない」

バルバザーンの淡々とした話しぶりに、ラジェイラは震えが止まらなくなった。

「この木は、青の王が自分にかけた封印だ。徐々に侵食してくる狂気を、少しでも長く食い止めるためのね。だが、その封印自体が、王が放つ瘴気《しょうき》におかされてきている。……この木はもはや彼の体の一部だ。枝や根をごらん。彼の血が流れているのがわかるだろう？　彼の鼓動を受けて、あちこちが脈打っているのがわかるだろう？　もう切り離そうとしても切り離せるものじゃないんだ。……これがどれほどの苦しみか、今の君ならばわかるだろう。彼にとっての救いは、今や死だけ。それを与えるのが、君の役目だ」

反論しかけるラジェイラを、バルバザーンは強いまなざしで抑えこんだ。

「魔王には、魔族の名を預かり守る以外に、もう一つ大事な役目がある。そのことを、もう君は知っているはずだよ」

ぎゅっと、ラジェイラは目を閉じた。そのことは思い出したくなかった。思い出さずにいられたら、どんなに幸せだっただろう。

「無魂した魔族の、解放……」

「そうだ。無魂した眷族《けんぞく》を滅《めつ》し、その苦しみを終わらせてやれるのは、王だけだ。魂の守り手にして、解放者よ。今こそ、君の父親を解放してあげてほしい」

うながされて、ラジェイラはあとずさりした。バルバザーンの言うとおりだ。無魂した魔族を滅ぼし、その魂に安らぎを与えるのもまた、王の役目。だが、やりたくない。やらなければならないとわかっていても、体が動かない。

時間稼ぎをしようと、ラジェイラはむりやり声をしぼりだした。

「どうしてこんなことになったの？」

「話してあげたいけど、時間がない。まもなく日蝕が始まる。あの扉は太陽の分身だ。地上の太陽が闇に食われる時、あの扉もまた光を失い、欠けていく。それと同時に、彼は目覚める。闇の魔物として、殺戮《さつりく》と破壊の申し子として」

今ならまだ間に合うと、バルバザーンは熱意と期待をこめてラジェイラを見つめた。

「彼に死を与えてほしい。彼の命を絶てるのは、それだけの力を持っているのは、君だけなんだ、ラジェイラ」

「できない！　私のお父様なのよ！」

「ここにいるのは君の父親じゃない。闇の魔物だ。君の父親であった頃の理性も記憶も心も、ひとかけらだって残ってはいないんだ」

「そんなこと……お、覚えているかもしれない。まだ助けられるかもしれない」

青い宝石のような目が、あがくラジェイラを真っ向から見据えた。

「君は最後の希望の子。彼の望みを叶えられる唯一の光。逃げないで。頼むから。今、君が背を向けたら、彼は魔物として、外の世界に出ていってしまうだろう。それだけはあってはならないことなんだ。彼を外に出してはいけない。それは彼の望みじゃない」

「そんなこと！　どうしてあなたにわかるのよ！」

「わかるさ。だって、彼はぼくなんだから」

ラジェイラが息をのんだ時、背後からの光が急に揺らいだ。

振り向けば、扉の光が弱々しく点滅していた。すうっと吸いこまれるように、光が扉の中に消えていく。と、上のほうから徐々に欠け始めたのだ。まるで闇にのみこまれるかのように、扉は少しずつ消え始めた。

ふいに闇の大樹が大きく震えた。取りこまれた青の王も太い息をついた。目覚めかけている！

バルバザーンの叫びがラジェイラを打った。

「日蝕が始まった！　急いで！」

涙にくれながら、ラジェイラは自分の手のひらにぐっと爪の先を食いこませた。あふれてきた血はこのうえもなく青かった。

ラジェイラはその血を下にこぼした。青いしずくはきらめきながら落ちていき、そして細身の刀となって地面に突き刺さった。魔族の血より生み出された魔剣。この青い刃には、ラジェイラの力の全てがこもっている。

ラジェイラは刀を手に取り、そして構えた。

「ごめんなさい。お父様……」

幹の中心、父王の心臓があるあたりに狙いをつけて、ラジェイラは刀を突き出した。

この時、それまで目を閉じていた青の王が、かっとまぶたを開いた。かつては紺碧《こんぺき》の海と空を思わせた瞳は、黒紫色の炎と化していた。

突然のことに、ラジェイラは狙いをはずしてしまった。刀の切っ先は王の心臓ではなく、右肩があるあたりに突き刺さった。次の瞬間、青い光がはじけた。ラジェイラの渾身《こんしん》の力が宿った刃《やいば》は、黒い幹をごっそりとえぐったのだ。

傷口からおびただしい青黒い樹液があふれだし、青の王の口から甲高い悲鳴がほとばしった。幹が震え、根も枝もざわざわと揺れ動く。まるで痛みに身もだえをしているかのようだ。

ひるむラジェイラを、バルバザーンが叱咤《しった》した。

「はずした！　もう一度やるんだ、ラジェイラ！」

ラジェイラは涙をこらえ、ふたたび刀を構えた。もうたくさんだ。次で終わらせなくては。と、苦しんでいた青の王がこちらを見た。その唇が震えるように動いた。

「ラ、ラ、ジェイラァ……」

かき消えそうな声だったが、確かにそう言った。王はラジェイラの名を呼んだのだ。心なしか顔つきもさきほどより和らいでいる。

もしやまだ少し正気が残っているのではないか。

希望が燃えあがり、ラジェイラは父王のもとに駆け寄った。バルバザーンが何か叫んだが、耳に入らなかった。

「お父様！　私がおわかりになるのね！」

手を伸ばし、翼を広げて、大樹ごと父親を抱きしめようとした。その翼に、青の王が食らいついた。

ラジェイラは目を瞠った。何が起こったのか、理解できなかったのだ。が、強烈な痛みに我に返った。

悲鳴をあげて、ラジェイラは父の口から逃れようとした。だが、青の王はぎりぎりと歯を食いこませてくる。それればかりではない。王の口元からじゅうじゅうという気味の悪い音がし始めた。ラジェイラの生命力、魔力といったものを血と共に吸いあげ始めたのだ。

みるみる力を奪われていくのを感じた。恐ろしいまでの貪欲さだ。このままではいけないと思った時、バルバザーンが飛びついてきた。

「ラジェイラ！」

二人はありったけの力をこめて、王の口からラジェイラの翼をもぎはなしにかかった。激しい痛みを、ラジェイラは無視した。痛みよりも命だ。

ついに、ばきばきっと音がして、ラジェイラは自由の身となった。だが、その代償として、右の翼を王の口の中に残していかなければならなかった。飛び離れる二人の前で、ばりばりと、王は血のしたたる翼を食らっていく。翼を、ラジェイラの右の翼を。

ラジェイラは気を失いそうになった。体のどこを奪われるよりも、翼を奪われたことへの衝撃と恐怖は大きかったのだ。

「ラジェイラ、しっかり！　気を失ってはだめだ！　傷に集中して！」

バルバザーンの叱咤に、ラジェイラはやっとのことで立ち直った。背中の傷に力を集中させ、傷口が閉じていく様を思い浮かべる。たちまち痛みが引いていくのを感じた。流れていた血も止まる。だが、新たな翼がはえてくる気配はなかった。

『もう二度と……私は自分の翼で飛ぶことはできない……』

体の半分を奪われたかのような喪失感を必死で追い払いながら、ラジェイラは後ろを振り返った。すでに扉は半分までも消え失せている。残りが完全に消えるのも時間の問題だ。しかも、状況はさらに悪い方向へと進んでいた。

ラジェイラの血肉を食らったためか、それとも日蝕のせいか、闇の大樹は動きだしていた。枝が鞭《むち》のようにしなり、根が持ちあがる。槍のように尖った先端が、ラジェイラ達を狙っていた。

次々と振りおろされてくる枝や根。それらを必死でかわしながら、ラジェイラは歯噛みしていた。この状態ではとても戦えない。片翼を失った不自由な状態で、うごめく触手の垣根を突破し、心臓部を貫くことはまず不可能だ。せめてあの動きが少しでもおさまってくれれば。

そう願った時、青の王の口がありえないほど大きく開いた。口はそのままぐんぐんと広がり続け、ついには象を一のみにできそうなほど巨大な穴が現れた。その穴をこちらに向けたまま、大樹がずるりと近づいてきた。

ラジェイラは相手の思惑《おもわく》を悟った。このまま出口のほうに向かいながら、途中でラジェイラ達のことを一のみにするつもりなのだ。外に行けば、豊富な獲物にありつけるとわかっているはずなのに。目の前の獲物を見逃すことができないほど飢えきっているというのだろうか。

だめだ。これが外に出たら、とんでもないことになる。なんとしてもここで食い止めなくては。

炎の玉を作り出し、こちらに向かってくる木を撃ち抜こうとした時だ。それまでラジェイラを支えていたバルバザーンが、つとそばを離れた。

「バルバザーン？」

こちらを向いたバルバザーンの顔には微笑《ほほえ》みが浮かんでいた。

「君を信じているよ……我が娘よ」

そう言うなり、バルバザーンは身をひるがえした。こちらに向かってくる大樹の、ぽっかりと開いた口の中に自ら飛びこんでいったのである。

「バルバザーン！」

絶叫するラジェイラの目の前で、バルバザーンはのみこまれていった。

ふたたび青の王の顔が現れた。悪意に満ちた笑みが、本来の端整な顔立ちをだいなしにしている。ラジェイラをのみこむために、青の王はまたしても口を開きかけた。

その時だ。どうしたわけか、暗紫の炎となっていた王の瞳に、砂粒ほどの輝きが宿った。

それは感情の光であった。

ふいに王は頭をのけぞらせた。何かが王の内部で争っているようだった。王は唸り、短く悲鳴をあげたかと思うと、ラジェイラのほうを見た。その目はもはや闇色ではなく、美しい紺碧に染まっていた。

「お父様……」

自分の目が信じられなかった。だが、夢ではない。かつての青の王、慈悲深く公正で誇り高かった青の王がよみがえっていた。

喜びにラジェイラは歓声をあげそうになった。だが、笑顔はすぐにかき消えた。

王はいまだにしっかりと闇の中にあり、正気に戻ったはずの目は闇との境を揺れ動いている。この奇跡は束の間のものにすぎないのだ。

そのことを、青の王は悟っていた。だが、王は絶望を覚えなかった。この時を長い長い間待っていたのだから。

王は優しくラジェイラを見た。そのまなざしはバルバザーンのものだった。

「やりとげなさい、娘よ。私に安らぎを与えておくれ」

いつの間にか、大樹の枝も根も動きを止めていた。青の王が必死の意志で押しとどめているのだ。娘に勝利を与えるために。

ラジェイラは落ちていた刀を拾いあげた。もはや涙はなかった。父の願いははっきりと伝わった。ならば、自分はその願いを叶えるのに全力をつくすのみ。

それでも刀を向けると、震えがこみあげてきた。闇の申し子と化していた青の王に刃を向けるのと、かつてのまなざしを取り戻した父親に刃を向けるのとでは、あまりにも心の痛みが違いすぎた。今にも胸がはりさけそうだ。

父王が期待に満ちた目でこちらを見ていた。だが、体となっている大樹は早くも震えだしている。もういくらももたないはずだ。

ラジェイラは床を蹴った。目をしっかりと見開いたまま、体ごと父王の胸に飛びこんでいった。魔力を宿した刃はやすやすと幹を貫き、柄まで突き通った。

次の瞬間、あたりは真の暗闇となった。もはや光の扉は完全に消えていた。日蝕が来たのだ。

そのまま息を殺して待っていると、徐々に明るくなってきた。細々とした光がどこからともなく差し込み、広がっていく。その光に照らし出されたのは、崩れかけた闇の大樹の姿だった。

大樹はもはや半分ほどの大きさにまで縮んでいた。四方にはりめぐらされていた根も枝も、ぶくぶくと音をたてて溶けかけている。そして木が溶けるにつれて、中に閉じこめられていた青の王の体が現れてきた。

ついに王がまろび出てきた。そのままばったりと倒れこむ。胸には大きな穴が開いていた。

「お父様！」

慌てて抱き起こした。青の王はラジェイラを見た。青すぎるほど青い瞳には愛情と深い自責の念にあふれていた。

王の唇がかすかに震えたが、もはや声を発する力は残っていなかった。

最後の最後に正気を取り戻した青の王は、ここで息絶えた。

25

ラジェイラが王の指輪をはめた時、地上のあちこちでいくつかのことが同時に起こった。

一つは北の平原で。そこではカーザットの部隊とトルハンの兵士達、そしてセワードの部隊とナーシルの差し向けた魔族達が、入り乱れるようにして戦っていた。

贄《にえ》の子は不思議な生き物によって運び去られてしまった。狙っていた獲物が消えてしまったことで、四つの軍はそれぞれが怒りと落胆にとらわれた。この鬱憤《うっぷん》を晴らすには、もはや戦うしかなかった。

魔族の牙や爪が兵士達の体を引き裂き、兵士達の銀の矢じりは魔族の体を貫いた。だが、人間同士の戦いはさらにすさまじかった。カーザット側とトルハン側の兵士は、魔物に対するよりも激しく戦いあった。

カーザットは戦闘が繰り広げられている真っただ中にいた。戦車を操りながら、王子はただ二人の人物を探していた。

ついに一人を見つけた。雄牛のような魔族から必死に逃げようとしているトルハンを見て、カーザットの目がらんらんと光った。

すでに血にぬれている半月刀を振りかざし、王子は戦車を走らせた。自分の前に立ちふさがるものは人であれ魔族であれ、容赦なく蹴散らし、なぎ払った。王子の目にはもはや弟しか見えていなかった。

「トルハン！　俺と戦え！　俺と戦え、この腰抜けが！」

だが、一足遅かった。カーザットがたどりつく前に、トルハンの体に魔族の太く鋭い角が突き刺さったのだ。トルハンは一声叫んで、絶命した。

獲物を横取りされた怒りに、カーザットの血が燃えあがった。そのまま弟を殺した魔族に突っこんでいき、その首をはねるため、刀を振りおろさんとした時だった。ふいに戦車を引いていた魔族がかたく体をこわばらせた。突然の停止に、王子は地面に放り出されてしまった。

「何をしている、このぐずが！」

起きあがって魔族を殴りつけようとしたが、その手が止まった。魔族の様子がおかしいことに気づいたのだ。

おかしいのはその魔族だけではなかった。その場にいる全ての魔族が、凍りついたように動きを止めていた。その体は小刻みに震え、うつろであったはずの目には感情が渦巻いていた。

歓喜。激しい歓喜。沈黙の中にも彼らの喜びの波動がびりびりと伝わっていく。

何かがほとばしろうとしていることに気づき、兵士達は慎重に後ろにさがった。だが、カーザットは逆に魔族達の中心に歩み進んだ。彼にとって、魔族は支配するものであって、恐れるものではなかったからだ。

かたまっている魔族達に、王子は声をはりあげた。

「俺はカーザットだ。ナルマーンの王の子として、おまえ達に命じる！　俺に刃向かう者どもを皆殺しにせよ。武人らしい死など与えるな。貴様らの汚らわしい足で踏みつぶしてやるのだ！」

歓喜のひと時を邪魔された魔族達は、のっそりとカーザットに目を向けた。彼らの目には別の光が浮かびあがっていた。嘲《あざけ》りとぞっとするような冷たい復讐の光だった。

「お言葉のままに」

最初に飛び出したのは、さんざん戦車を引かされ、鞭打《むち》たれたあの魔族であった。鹿のような足で躍りあがるなり、魔族は王子を地面に突き倒した。倒れた王子の上を、魔族達がいっせいに走りぬけた。

あらんかぎりの憎しみをこめて、彼らは王子を踏みつけた。王子の体はもとの形もとどめないほどぐちゃぐちゃに踏みつぶされた。カーザットの最後だった。


ナルマーンの王宮では、ナーシルが豪華な部屋でのんびりと美酒を楽しんでいた。この部屋は地下にある秘密のもので、この存在を知る者はナーシルとごく数人の家臣だけだ。安全な部屋の中で、ナーシルは高みの見物を決めこんでいた。

「そろそろ私の部隊がセワード達に合流する頃だろう。セワードめ。だまされたと知ってどういう顔をしたかな。ふふふ。あとでナシュ達が見せてくれるのが楽しみだ。おまえもそう思うだろう、シャザ？」

ナーシルは、寝椅子のそばに腹ばいになっている豹《ひょう》のような魔族に楽しげに語りかけた。白い毛並みに青い斑点を散らしたシャザは無言でうなずいた。透き通った青の目には、なんの感情も浮かんではいなかった。

だが、ナーシルはかまわなかった。彼が魔族に求めるのは美しさだけだったからだ。

豪華な部屋の中で、美しい獣を横にはべらせ、寝椅子に横たわるナーシル。そのまわりにはたくさんのケララが飛び交い、金色の光をふりまいている。その光景はまるで一枚の絵のようであった。

そのことをナーシルは十分に自覚していた。彼は美しいものが好きだった。美しいものに囲まれている自分が好きだった。

ナーシルは手を伸ばし、シャザのふっさりとした毛でおおわれた体をなで始めた。シャザはじっとおとなしくしていた。

王子がそのなめらかな手ざわりにうっとりとしていた時だ。ふいに、シャザが体をこわばらせるのが指に伝わってきた。

「どうした？」

「………」

「おい。私はどうしたと尋ねているのだよ？」

「関係ないね」

押し殺した声で答えるなりシャザは立ちあがり、王子の手から身をもぎはなした。その目にはあふれんばかりの喜びと、王子に対する怒りが宿っていた。

命が吹きこまれたかのように目に光が宿った。ただそれだけで、シャザは何十倍も美しくなったように見えた。だが、それは危険な美しさでもあった。

野生の獣を前にした時のように、ナーシルは動けなくなってしまった。どうしたことだ、これは。この私が、奴隷に恐れを抱くなんて。

驚きを払いのけ、なんとか誇りと威厳を取り戻そうとやっきになっているナーシルに、シャザは高笑いを浴びせかけながら飛びかかった。その鋭い爪が王子の顔をざっくりとえぐった。

王子は悲鳴をあげて寝椅子から転げ落ちた。痛みと血の匂いに惑乱し、奴隷から襲撃者へと変貌した魔族から必死で遠ざかろうと、床を這《は》った。だが舌なめずりをしながらも、シャザはそれ以上近づいてはこなかった。

壁にはりつくようにしながら、ナーシルは恐怖の目でシャザを見た。シャザは爪についた血を愛しげになめとっていた。

「あ、ああ、な、ぜだ……なぜ、こんな……ひど、い……かわいがってやったのに……」

「あんたがしたことは侮辱《ぶじょく》でしかない。あんたのおもちゃになるくらいなら、汚水の中を這いまわるほうが、はるかにましだったよ」

こみあげてきた怒りに、シャザはふたたび飛びかかろうかと身構えた。と、ちりちりという羽音が後ろでした。

振り向けば、ケララ達が集まってきていた。トンボに似た羽が何かを訴えかけるように激しく羽ばたいている。シャザは目を細めた。

「もうひとなでしてやりたいところだが……ケララ達を怒らせたくないからね」

「ケ、ケララ？」

「魔族には古いことわざがある。たとえ嵐を怒らせようとも、ケララを怒らすなかれとね」

シャザが後ろにさがり、かわりにケララ達が前に進み出た。ガラス細工のような羽をはやした、小さな人間のような姿をした魔族。決して笑わないのが唯一の欠点だと言われてきた。笑えばもっと愛らしくなるだろうにと。

今やケララ達は大きく口を開けて笑っていた。それぞれの口の中に、とても小さな、しかし針のように鋭い歯がずらりと並んでいるのが見えた。

ふいに金の光が走り、ナーシルは腕にひどい痛みを感じた。見れば、腕に丸い傷ができていた。一匹のケララがその小さな口で肉を噛みとっていったのだ。

濃紺の瞳をきらめかせながら、ケララ達は次々にナーシルのもとに飛んできた。

「やめろ！」

ナーシルは腕を振りまわして、なんとかケララを近づけまいとした。が、ケララ達の笑顔はぐんぐん迫ってくる。恐ろしい笑顔だ。逃げようにも、唯一の戸口の前にはシャザが立ちふさがっている。

そうこうするうちに、ケララの一匹が鼻に食いついてきた。手首と肩にもだ。痛みにひっくり返ったナーシルに、ケララがいっせいに群がった。ナーシルの悲鳴が部屋を満たした。その悲鳴が止んでからも、ケララ達はしばらく肉をついばむ作業にいそしんでいた。

やがて彼らはふたたび空中に飛び立った。床に残っていたのは、大きな血だまりとずたずたに引き裂かれた絹の衣だけだった。

全てを見届けたあと、シャザは秘密の部屋を飛び出した。そのあとからはケララ達が続く。外を目指して階段や廊下を駆けていく途中、あちこちの部屋から同じように魔族が飛び出してきた。彼らは一つの大きな群れとなって王宮を飛び出し、ナルマーン中を大混乱におとしいれた。

彼らは狂ったように暴れ回った。店に並ぶ商品をかたはしから踏みつぶし、道の石畳を砕き、屋根を破壊した。かつて少しでも自分達をあなどった人間を見つけては、引きずりまわした。自由になった彼らの喜びと狂気の舞いを止められるものはなかった。

魔族達の狂乱に恐れをなし、人間達は家の中に逃げこんだ。もはやじっと息をひそめるしかなかった。

そして、その騒ぎの中、人気《ひとけ》のない墓地で一人の男が目を覚ました。


男は痛む頭を振りながら、まわりを見た。

ここはどこだ？　墓石が並んでいるということは、墓場か？　なぜ、こんなわびしいところに？　それに、私は誰だろう？

いくら思い出そうとしても、思い出せなかった。不安にかられ、なぜか手を見てしまった。ただの手だ。五本の指と手のひら。他には何もない。

そのことに心からほっとした時だ。子供が一人、びくびくした様子で墓石の間を歩いてきた。まだ幼い男の子だった。身なりは豪奢《ごうしゃ》だが、色白の顔はおびえで引きつり、目には涙がいっぱいたまっている。

男を見るなり、男の子は駆け寄ってきた。

「ゲ、ゲバル！」

「ゲバル？　それが私の名か？」

首をかしげている男の足に、男の子はひしと抱きつき、すすり泣きだした。放っておけず、男はかがみこんで話しかけた。

「ぼうや？　どうした？」

「ま、魔族達が、きゅ、急に暴れだして……う、乳母がぼくを抱いて王宮から逃げて。ここに連れてきて、言ったの。逃げろって。あなたはひどいことをしなかったけど、あなたの一族は悪いことをいっぱいしてきた。このままだと殺されてしまうかもしれないからって。ぼ、ぼく死ぬの？　殺されるの？」

幼い顔は真っ青だった。それを見て、男の胸の中に、この子を守ってやりたいという思いがわきあがってきた。

「大丈夫だよ。殺させないから」

私が守るからと、男は子供を抱きあげた。子供は二度と離さないと言うように、男の首にかじりついてきた。

「ぼうや。名前は？」

「……ゲバル？　ぼくのこと忘れちゃったの？」

「すまない。どうもそのようだ。自分の名前も思い出せないくらいでね」

かわいそうにと、子供が男の額をなでてきた。男は微笑んだ。この子は怖がりだが、優しい性《しょう》根《ね》らしい。

「ゲバルというのが私の名なのだね？」

「うん。そして、ぼくはユージームだよ。王子なんだ」

なるほどと、ゲバルはうなずいた。記憶はないが、事情はなんとなくわかってきた。どうやらこの国で反乱が起きたらしい。王子だというこの子供は、反乱軍にとっては恰好の標的だ。乳母も、それがわかっていたからこそ、逃がそうとしたのだろう。

このままにはしておけないと、ゲバルはぎゅっと子供を抱く腕に力をこめた。

「その名前のままでいるのは危ない。新しく名前をあげよう。ユームはどうだ？」

「ユーム？」

「そうだ。これから君はユームだ。王子だったことは、誰にも言っちゃいけない。わかったね？」

「……うん」

「いい子だ。さあ、行こう。この国を離れなくては」

「うん」

素直にユームはうなずいた。

外へと続く城壁に向かいながら、ユームはゲバルに尋ねた。

「ゲバルはどうしてこんなにやせちゃったの？　ぼろぼろだし、ちょっと臭いよ？」

「さあ。どうしてだろうな。思い出せないんだ。思い出さないほうがいいような気もする。……そうだ。私も名前を変えたほうがいいな。どんな名がいいだろうか？」

「ぼくが考えてあげるよ」

「いい名にしてくれよ？」

「うん！　まかせて！」

そんなことを話しながら、二人はひっそりとナルマーンを出ていった。

26

地上でカーザットとトルハンとナーシルが死に、魔族達がナルマーンで暴れ狂っている頃、ラジェイラは青の王の亡骸《なきがら》を抱きしめたまま茫然としていた。

短い間にあまりにも色々なことが起こり、そして終わった。そのことに全身が鈍っていた。最初は何か考えることすらできなかった。

だが、汚れてしまった青の王の顔をきれいにぬぐい、その髪をなでているうちに、少しずつ心に感覚が戻ってきた。まず感じたのはむなしさ、続いて怒り、最後に悲しみがやってきた。

父王の頭を抱きしめながら、ラジェイラは思わずにはいられなかった。これしか方法はなかったのだろうか？　王を助ける方法が他にあったのではないだろうか？

「できることはなかった……もう手遅れだったんだ」

顔を上げると、すぐそばにバルバザーンが立っていた。

「バルバザーン！」

生きていたのねと続けようとしたところで、ラジェイラの喉がつまった。バルバザーンの体は淡く輝き、うっすらと透き通っていたのだ。そこに実体はなかった。

悲しみに目を見開くラジェイラに、少年はかすかに微笑《ほほえ》みかけた。問いかけをうながす笑みだった。

この少年は全てを知っている。ならば、今こそ聞かなければならない。

ラジェイラは胸がつぶれそうな思いと格闘しながら尋ねた。どうしてこのようなことになってしまったのかと。

「全ては、事故なんだ。偶然に偶然が重なった、不幸な事故が起きてしまったんだよ」

ある夜、青の王は供のものを連れずに、一人、大砂漠の上を飛んでいた。彼は悲しんでいた。自分の眷族《けんぞく》である魔族が、また一人無魂《むこん》してしまったのを感じ取ったのだ。

そうとわかった以上、一刻も早くそのものを見つけ出さなければならなかった。そのものの苦しみを終わらせるために、また他に被害を出さないために。

ようやく見つけたそのものは、人間の隊商を襲っていた。目は黒々と燃え、はかなげだった美しい顔立ちは歪んでいた。恐ろしい勢いで、人間やラクダを引き裂き、肉を食らっていた。その浅ましい姿と行為は、もとの姿を知っている青の王にとっては、二重の苦しみだった。そして、これまで自分を王と慕っていた眷族の命を絶つのは、何度繰り返そうと、慣れることができないつとめだった。

それでも、青の王は手早く全てを終わらせた。

魔物に死を与えたあと、青の王は襲われていた隊商を振り返った。ひどいありさまだった。荷物と肉片があちこちに飛び散り、倒れている者で息がある者はいなかった。隊の多くの者は逃げられたはずだが、それでももう少し早くここに駆けつけられていたら。

悔いながらも、青の王はその場を去ろうとした。この時、小さなうめき声が耳に届いた。

まだ誰か生きている者がいる。

探してみると、ラクダの死骸の陰に、幼い少女が一人倒れていた。足を食いちぎられて虫の息だった。すぐに青の王は子供の傷口に唇を押しあて、力を吹きこんでいった。みるみる子供の傷がふさがってきた。

もう大丈夫だろうと、子供を砂の上に横たえ、汚れてしまった口をぬぐおうとした時だった。

突然、背中に激痛が走った。

振り向けば、目を血走らせた人間の男がそこにいた。がたがた震えながら、青の王を睨みつけている。その手には短刀が握りしめられている。短刀の刃は、青い血でぬれていた。

「こ、この化け物！　俺の娘をよくも！」

さらに男は青の王に切りかかってきた。その気になれば、青の王は一瞬で男をばらばらにできただろう。だが、王はそうしなかった。男にしてみれば、青の王もまた魔物に見えたのだろう。子供を助けようと、必死の思いで切りつけてきたに違いない。

その気持ちがわかったからこそ、青の王は何も言わず、ただ翼を広げてその場を離れたのだ。

だが、王宮には戻らなかった。戻れなかったのだ。

「王を刺した短剣は、隕石《いんせき》でできていたんだ」

バルバザーンの言葉に、ラジェイラは息をのんだ。

魔族にとって、隕石は毒物と同じ。肌に触れていれば魔力を失うし、傷つけられれば、その傷は決して癒えることなく、魔族を苦しめ続ける。それは、魔王であろうと同じだった。しかも、青の王が受けた傷は深かった。

青の王は悟った。このままでは傷の痛みに蝕《むしば》まれ、自分はいずれ無魂してしまうだろうと。自分の身の始末を考えなければならなかった。強大な力を持つ自分が魔物と化したら、どのようなことになるか、誰よりもよくわかっていたのだ。

もはや王宮にも帰れなかった。眷族《けんぞく》達に、自分に起きてしまったことを知られるわけにはいかない。王が傷つけられたことを知れば、魔族達は必ず憤《いきどお》り、悲しみ、人間への怒りをかきたてられるだろう。人間への報復を考える者が出てくるだろう。最悪なのは、怒りのあまり、無魂してしまうものさえ出てきかねないことだ。

全ての災いを避けるために、青の王は砂漠の地下深くに、全ての力をそそいで檻を造りあげた。自らを封じ、眠らせる檻を。

「自分で自分の命を絶つことはできなかったんだよ。そんなことをすれば、預かっている魔族達の命、魂まで散らすことになってしまうから。青の王はまだ生きていなくてはならなかったんだ。世継ぎの娘が青の王となるその時まで」

娘はまだ幼いが、いずれは大きく強くなる。成長した暁《あかつき》には指輪を受け継ぎ、新たな王となるだろう。魔族達の名は新たな王の保護下におかれ、自分はただの魔族となる。その時こそ、解放の時。娘は王として、安らぎを与えるために、自分のもとを訪れてくれるだろう。

青の王は魔力で伝令鳥を作り出し、自分の意志と遺言を吹きこんだ指輪を娘のもとへと送りだした。そうして自らは檻の中に入り、深い眠りへとついたのだ。

だが、眠りの中に安息はなかった。傷はどんどん大きくなり、眠れる王の体を食い破り続けたのだ。眠りの中にあっても、王は痛みと苦しみ、襲いくる闇の狂気におびやかされた。それはひどい苦痛だった。

痛みと狂気が波のように押し寄せるまどろみの中、王は不思議でしかたなかった。もうだいぶ時は経ったはず。娘は成長し、青の王となっていてもおかしくはない。何より、自分の苦痛は、指輪を通して娘に伝わっているはず。いったい何をぐずぐずしているのか。一刻も早く安らぎを与えに来てくれ。この終わりない悪夢を終わらせてくれ。

だが、誰も来ないまま、最初の日蝕《にっしょく》がやってきてしまったのだ。

「日蝕は、王が造り出した檻の、唯一の弱点だった。太陽の化身である光の扉は、日蝕のたびに欠けて、一時とはいえ、檻を開いてしまう。だが、扉として使うのは、やはり太陽の光しか考えられなかった。そうでなければ、王の力を抑えきれないとわかっていたからだ」

「だから、日蝕が鍵だったのね？」

「そうだよ。そして、本来なら最初の日蝕の前に、君はここに来るはずだったんだ」

バルバザーンの顔が苦しげに歪んだ。

日蝕により、太陽の光で作られた扉はみるみる欠けていった。扉が消えていくにつれ、それまで扉の光で抑えられ、眠らされていた青の王は目覚めていった。だが、目覚めたのは魔物も同じだった。

もはや心までもほとんど狂気に乗っ取られていた青の王は、魔物として、開いていく出口に向かってずるずると這っていった。外からは生き物の匂いが流れてくる。その匂いを嗅ぐと、飢えが全身をかきむしった。

自由を。餌《えさ》を。悲鳴を。思う存分食らいたい。

あらゆるものに対する飢えと欲望を、狂気にひたされた青の王は止められなかった。

そうして扉が完全に消えた時のことだ。一人の若い娘が外から入ってきたのである。娘は、今まさに外に出ようとしていた青の王と鉢合わせすることになった。

何か考えるよりも早く、青の王は娘に襲いかかっていた。温かく、生命にあふれた存在。ひさしぶりの獲物。青の王は狂喜し、一瞬にして捕まえ、自分の内に取りこんだ。そうして獲物の全てを一のみにした時、青の王は我に返った。恐ろしい真実が、彼を狂気から引きずり出したのだ。取りこんだ獲物は魔族だった。しかも、その体の内には青い輝きが封じられていた。青の王の眷族であることを示す、青い輝きが。

青の王は絶叫していた。自分の眷族を食らってしまった。守ると誓った魔族の命を、無魂もしていない無垢《むく》な魔族の命を、なんのためらいもなく絶ってしまった。

仰天し、泣き叫ぶ王を、抗《あらが》いようのない眠りが押し包んできた。見れば、光の扉がふたたび現れ、王と闇を閉じこめんとしていた。魔族のことに気をとられている隙に、日蝕は終わってしまったのだ。

悲しみに狂いつつも、王は眠りに落ちた。だが、あまりの悲しみゆえに、今度の眠りは浅く、意識ははっきりと目覚めていた。じわじわとやってくる狂気を払いのけながら、王は必死で探り出そうとした。

なぜだ！　なぜあんなことが起きてしまったのだ！　なぜ、娘ではなく、無力な魔族が私のもとを訪れたのだ！

まどろみから魂をわずかに切り離し、王は外の世界を探った。そして思いがけない真実を知って仰天するはめとなった。

王は見たのだ。自分の指輪を人間が持ち、思うままに魔族達を操っているのを。最愛の妻セザイラが無残にも結晶の中に閉じこめられ、廃墟と化した青の宮殿の広間に放置されているのを。そして娘が捕らわれ、封じられ、「贄《にえ》の子」として血をしぼりとられているのを。

まったく想像もしていなかったことばかりだった。

混乱の中で、青の王はさらに目をくばり、耳をすました。わからぬこと、隠されたことも多かったが、それでもだいたいのことをつかんだ。

淡々と話してきたバルバザーンの声が、ここで初めて怒りでかすれた。

「王の指輪は、世継ぎのもとには届かなかった。鳥を撃ちおとした人間が、手に入れてしまったんだ。指輪をはめたことで、その人間は青の王の力を手に入れた。……おそらく、指輪も間違ってしまったのだろうね。はめられた瞬間、とっさにその人間を主《あるじ》として認めてしまったんだろう。本来、王の世継ぎでない者がはめるはずもないものなのだから」

だが、不当に手に入れた力は、一代かぎり、その人間だけしか使えないはずだった。この指輪はあくまで魔王のものなのだから。だから、その人間が死ねば、もはやどの人間がはめようと、二度と指輪は力を与えない。正当な世継ぎのもとに戻るまで、ただの指輪として眠りにつく。そのはずだった。

だが、人間はそれを許さなかった。自分の血筋が今後も青の眷族を支配できるよう、必死に方法を探した。そして、見出したのは、指輪をだますことだった。そのために、青の王の娘をさらったのだ。

正当な世継ぎである姫の血と、次の王になる者の血を混ぜ、指輪にしたたらせる。世継ぎの血にだまされ、指輪はその人間を次の主として認めてしまうというからくり。残念ながら、人間の思惑《おもわく》どおりにことは運んでしまった。

「こうして汚い方法で、人間は指輪を継承していったんだ。……歴代の人間の王は、青の王の遺言のことも知っていたよ。受け継がれるたびに、指輪は遺言を人間にささやいたからね。だから彼らは青の王のことを知っていた。そして、日蝕の時に訪れる脅威のことも。……魔物となった王が外に逃げ出せば、この世の命を食い荒らし、無限にふくれあがるだろう。それを食い止めるためにはどうしたらいいか。栄光と繁栄を安全に続けていくにはどうしたらいいのか。人間達は必死で考えた。そして、ある方法を思いついたんだ」

「それが……生贄《いけにえ》を捧げることだったのね？」

「そうだ。……あの魔族の娘は最初の生贄にすぎなかった。始まりにすぎなかったんだ」

それからも同じことが繰り返された。日蝕がやってくるたびに、消えていく扉の向こうから青の王の眷族が送り込まれてきた。そして王が生贄をむさぼっている間に、日蝕は終わり、光が戻ってきて闇を閉じこめる。

この単純にして効果的なからくりは、わずかに残っている青の王の正気を切り刻んだ。

青の王にはなすすべがなかった。生贄に襲いかかるのを止めることもできなければ、人間が生贄を連れてくるのを食い止めることもできない。彼の嘆きと苦しみの声は、代々の王達の夢の中にもぐりこんで、彼らを責めさいなんだ。が、それでも人間達はこのおぞましいからくりをやめようとはしなかった。

娘を起こさなければならない。記憶を奪われ、閉じこめられ、人間の王の代替わりのたびに、生き血を奪われているラジェイラを。これ以上犠牲が出る前に。次の日蝕が来る前に。

闇の侵食と戦いながら、青の王は死に物狂いで力を振りしぼった。そして自分の最後の理性と心のかけらを体から切り離すことに成功したのだ。

その瞬間、青の王は全てを失い、魔物になり果てた。だが、切り離された心のかけらは、一粒の涙となって王からこぼれおち、闇の支配から逃げのびたのだ。

「その涙から、ぼくが生まれた。青の王の分身バルバザーンが」

生まれおちたバルバザーンはすぐさま土の中に沁みこみ、外へ逃れ出た。時を無駄にするつもりはなかった。一刻も早く我が子を探しださなくては。

贄の子は巧妙に隠されてしまっていたため、その居場所を探り出すのは困難を極めた。だが、バルバザーンはひるまなかった。他のことはいっさい考えず、ひたすら土の中を旅していった。それらしい気配がするところには、何年かけてでも突き進んだ。

そうして長い長い旅の果てに、ようやく居場所を突き止めたのだ。

だが、子供は結界をはりめぐらせた牢獄の中におり、魔力によって作り出されたバルバザーンは中に入れなかった。

むろん、バルバザーンはあきらめなかった。どのみちこの状態のままでは、近づいても意味がない。あの子を助けるには、しっかりとした肉の器《うつわ》が必要だ。あの子を導き、支え、助ける体が必要なのだ。

バルバザーンは器を探した。そして、牢獄からそれほど離れていない涸れ井戸の底に、一人の少年が倒れているのを見つけたのだ。

その少年は死にかけていた。たぶん井戸の上から落ちたのだろう。頭が割れて、あちこち骨が折れていた。バルバザーンが見ている前で、少年の鼓動は止まった。

ここで、バルバザーンは動いた。少年の体の中に入り、傷を癒やしたのだ。ふたたび心臓が脈打ち始めた。

こうして、死を迎えたことのある者が、ここに生まれた。贄の子を閉じこめる魔法の門を、くぐることができる者が。

よみがえった少年の体は、完全にバルバザーンのものとなるはずだった。だが、思わぬ誤算があった。少年の魂は、まだ完全には体から離れていなかったのだ。

体が血を通わせ始めたのを感じ、少年の魂はふたたびしっかりと体に根をおろしてきた。そして、体は本来の持ち主の魂に従った。バルバザーンの魂は少年のものと入り混じり、その記憶はあいまいなものとなってしまったのだ。

だが、ほとんどの記憶を失いながらも、贄の子を救いたいという思いだけは消えなかった。バルバザーンの思念は少年ハルーンの心に滑りこみ、そこにしがみついた。

そしてハルーンは、自分でもまったく気がつかないうちにバルバザーンに導かれ、贄の子ファラを見つけ出したのだ。

そこまで話してから、バルバザーンは付け加えるように言った。

「誤解しないでほしいんだ。君を見つけ出し、助けるようにハルーンを導いたのは、確かにぼくだ。でも、君と友達になることを望み、最後まで手を貸すことを決めたのは、まぎれもなくハルーン自身の意志だ。銀名の砂漠の翁《おきな》が名前を返してくれるまで、バルバザーンとしてのぼくの意識はほとんど眠っていたんだからね」

彼はじつにいい子だよと、バルバザーンは大人っぽく笑った。そうして笑うと、彼はますます青の王に似ていた。そのことがラジェイラの胸をしめつけた。

「お父様……」

ささやきかけると、バルバザーンはさらに嬉しそうに目を細めた。

「そう呼ばれると、すごく嬉しい……一つだけ、頼みがあるんだ。聞いてもらえるかい？」

「なんなりと」

ラジェイラは即座に答えていた。それがどんなことであれ、必ず叶えるつもりだった。だが、バルバザーンが望んだのは、思いがけないことだった。

人間を恨まないでほしいと、バルバザーンは言った。

「確かに、人間は青の王を傷つけ、無魂に追いこんだ。あのことさえなければ、こんな大きな災いは起こらなかっただろう。……でも、あれは勘違いだった。子供を救おうとした親の、不幸な勘違いだったのだから」

「……」

「青の王は恨まなかった。だから、君にも恨まないでほしい」

ラジェイラは言葉につまってしまった。

青の王は人間を助けたのに。その人間から、癒えることのない傷を受けてしまうなんて。こんな理不尽なことはない。

さっきからずっと怒りが渦巻いていた。それを、諭《さと》されてしまうとは。

だが、聞き入れないわけにはいかない。バルバザーンの、父のただ一つの頼みなのだから。

しぶしぶうなずくラジェイラに、バルバザーンは破顔した。

「ありがとう。……ぼくはそろそろ行くからね」

「待って！　行くってどこへ行くの！」

「……ぼくは、青の王の涙と魂から生まれた分身。王が亡くなれば、ぼくも消える運命だ。ただ最後に君に真実を伝えたかったんだ。青の王は君を、家族と民を心から愛していた。そのことをどうか忘れないでほしい」

もとから透きとおっていたバルバザーンの体が、さらに透きとおり始めていた。もはやほとんど空気に溶けこみそうだ。ラジェイラは半狂乱になって手を伸ばした。かつて母を失い、今また父を失った。この上バルバザーンまで失いたくない。そんなことは耐えられない。

「行かないで！　一人にしないで！」

「ああ、ラジェイラ」

バルバザーンのまなざしは、胸に沁みいるように深かった。

「君はいつだって一人じゃない。ぼくの姿は見えないかもしれない。でも、見えないだけで、本当に消えるわけじゃない。ぼくは常に君のそばにいるから。……良い王になって。……愛しい娘よ」

その言葉を最後に、バルバザーンは完全に消え去った。

それと同時に、ラジェイラの腕の中で青の王の亡骸《なきがら》がさらさらと砂となって崩れ始めた。

「あ、ああ、あ！」

ラジェイラは驚きに声をあげていた。崩れていく王の体の下から、別の体が現れてきたのだ。それは青の王よりもずっときゃしゃな少年だった。褐色の肌を持ち、頭は黒い巻き毛でおおわれている。

ハルーンだ！

思わぬことに、ラジェイラは夢中でハルーンを抱きしめた。だが、いくら呼びかけても揺さぶっても、ハルーンは目を覚まさなかった。死んでいるわけではないのに、その肌は冷たく、顔には血の気がない。

彼を連れて、ここを出なくてはいけない。ふいにそう思った。

未練を断ち切るように、ラジェイラは少年を抱きあげて立ちあがった。

まだ悲しみが癒えたわけではない。傷は大きく、失われたものは戻らない。この欠けてしまった翼と同じだ。でも、そのことに向き合っていくしかないのだ。よりよい未来を作り出すことを信じて、歩きだすしかない。

最後に、ラジェイラは父王を閉じこめてきた場所をぐるりと一瞥《いちべつ》し、それからとんっと床を蹴った。たちまちラジェイラとその腕に抱かれたハルーンは、その場からかき消えた。そして二人が消えた次の瞬間、役目を終えた封印の檻は静かに崩壊していったのだ。

ハルーンを抱いたまま、ラジェイラは青の宮殿の、あの大広間へと戻った。どうしてもここに戻らなくてはならないと思ったのだ。

ラジェイラのつま先が床につくのと同時に、大広間に変化が訪れた。灰色がぬぐわれていき、その下から様々な色が現れてきたのだ。

見る間に大広間は、鮮やかな色のモザイクとつややかな石のタイル、月光貝をはめこんだ柱が発する淡い光に満たされていった。それらはラジェイラの記憶にあるものと寸分の違いもなかった。

かつての姿を取り戻した大広間を見回してから、ラジェイラは前を向いた。そちらに青の玉座

が待っていた。

ハルーンを抱いたまま、ラジェイラはゆっくりと玉座へと歩み寄っていった。玉座の前まで来ると、ラジェイラはじっくりと玉座をながめた。青玉《サファイア》より削り出された玉座は、ふたたび鮮やかな色と威厳を取り戻していた。一面にほどこされた美しい浮き彫りも、かつてのままだ。

一呼吸ついてから、ラジェイラはそっと玉座に腰をおろした。

次の瞬間、からっぽだった大広間は魔族達で満たされていた。彼らは口々に新たな青の王の誕生を祝った。その歓声と熱気は天井を突き破らんばかりだ。

幸いの虫も舞いおりてきて、祝いの歌を歌いあげながら、ラジェイラとハルーンの上にきらめく鱗粉《りんぷん》を振りかけた。

ラジェイラが魔族達の祝福と感謝を全身で受け止めていると、ふいに腕の中でハルーンが身動きをした。ラジェイラははっとしてハルーンを見つめた。少年の顔色はよくなっており、呼吸もしっかりとしたものになっていた。

ラジェイラが息を殺して見守る中、とうとうハルーンは目を開けた。大きな茶色の目がラジェイラを見る。そのまましばらくじっとしていたが、やがてためらいがちに口を開いた。

「ファ、ラ……?」

「ええ、そうよ」

泣き笑いしながら、ラジェイラはうなずいた。

「でも、今の私はラジェイラというの。私、魔族に戻ったのよ」

「うん。それは、わかる、よ……。どうして……泣いて、いる、の？」

「嬉しいから」

そう言って、ラジェイラはしっかりとハルーンを抱きしめた。ハルーンは驚きで身をこわばらせたが、ラジェイラはかまわなかった。少年の温もりがこちらに伝わってくる。命の温かさだ。

愛おしさに、ラジェイラは泣いた。涙があふれて止まらなかった。

27

日蝕《にっしょく》が終わり、太陽が光を取り戻した頃、地上の北の平原ではナルマーンの兵士達が途方に暮れて立ちつくしていた。

ついさきほどまで、ここでは四つの部隊がぶつかりあい、熾烈《しれつ》な戦いを繰り広げていた。だが今、その場に残っているのは人間の兵士のみで、魔族は一人も見当たらない。兵士達にとってはわからぬことばかりだった。戦いの途中で、いきなり魔族達が動きを止めたかと思うと、そのままどこかに去ってしまったのだから。

カーザット王子は死に、トルハン王子もまた死んでいた。いったい自分達は誰を相手に戦えばいいのか。魔族云々《うんぬん》よりも、自分達を指揮してくれる人間がいなくなってしまったことに、兵士達はおびえていた。

「都に戻れば、何かわかるかもしれない。ナルマーンに戻ろう」

そう言ったのは、大臣のセワードだった。所属する部隊に関わらず、全員がそれに賛同した。この場にいる自分達を導いてくれる人はもはやセワードだけなのだと、おのおのが思ったのだ。

王子達の遺体を槍と盾で作った担架に乗せ、セワードと兵士達はナルマーンに向けて歩きだした。ついさっきまで命がけで戦っていたことなど、もはや誰も気にしていなかった。

彼らがぞろぞろと去っていくのを、アバンザは船の残骸の陰から見送った。

不思議なことに、誰もアバンザには目もくれなかった。戦闘中など、何人もの兵士や魔族がアバンザのほうを見、あるいはそばに近づいてきたというのに。彼らは一人としてアバンザを相手にしようとしなかった。飛び交う矢の何本かがこちらに飛んできたこともあったが、かすりもしなかった。

まるで見えない繭《まゆ》に包まれているかのように、アバンザは不思議と危険を感じなかった。

完全に兵士達が遠ざかるのを待ってから、アバンザは隠れていた場所から出て、息を吐き出した。とにかくこれで一息つける。

『もしかして、見つからなかったのはこれのせいか?』

アバンザは懐《ふところ》に隠しておいた幸いの虫の鱗《うろこ》を取り出した。日蝕を終えて、ことさらにまばゆく輝く太陽に、茜《あかね》色の鱗はきらきらと反射する。

アバンザはファラとハルーンのことを思った。幸いの虫に乗って飛んでいった子供達。いったい今頃どうしているだろう。日蝕は終わった。魔族達も急に姿を消したということは……全てうまくいったということだろうか。

そうであってくれと、鱗をしっかりと握りしめながら、アバンザは二人の無事を痛いほど祈った。

不思議な縁で仲間となった子供達。どちらの子供も、アバンザは気に入っていた。

もう長いこと、ずっと一人で空を飛んできた。モーティマはいたが、彼女は厨房《ちゅうぼう》の主《あるじ》であって、仲間という感じではなかった。稲妻《いなずま》狩りという危険が多い稼業ゆえに、一人のほうが気楽でいいと思っていた。いざという時に仲間の心配をせずにすむから。だが、ファラとハルーンを船に乗せてからのこの一カ月はじつに楽しかった。もし彼らが戻ってきてくれるのであれば……。

そこまで思った時、厳しい現実をアバンザは思い出した。彼らをまた船に乗せたくても、その船がもはやないのだ。足元には黒いすすが降り積もり、目の前には焼け焦げた船の残骸がある。

アバンザの戦友にして忠実な赤いサソリ号は、完全にもとの姿を失い、破片と燃えかすとなってそこら中に散らばっていた。

「焦げたところを削り落とせば、まだなんとかなるかもしれない」

自分をはげますためにそう言ったのだが、声は弱々しかった。その可能性がかぎりなく低いことは、わかっていたからだ。つらくてつらくて、いっそ小瓶の中に隠れてしまったモーティマのように、自分もどこかに隠れてしまいたいくらいだ。

これからどうしたらいいだろう。落胆とむなしさの中でそう思った時、ふいに風が吹いてきた。

「そんな弱気な顔、あなたには似合わなくてよ、アバンザ」

銀の鈴をふるような声がしたかと思うと、空から大きなものが舞いおりてきた。

アバンザは目を瞠った。ゆったりと羽ばたきながら下降してくるのは、幸いの虫だった。その背には二人の子供が乗っていた。一人は見知った少年で、アバンザに向かって手を振っている。

「船長！」

「ハルーン！」

飛びおりてきたハルーンを、アバンザはしっかりと抱きしめた。おお、神よ！　感謝します！

二度と放すまいとばかりに抱きしめられ、ハルーンは最後には手足をばたばたとさせた。

ようやく少年を放してやってから、アバンザはもう一人の子供のほうに向き直った。

こちらは見たことのない少女であった。髪と瞳はどこまでも青く、蜂蜜《はちみつ》色の肌はなにやら内から光を発しているように見える。背には水色の翼が一枚だけはえている。それが痛々しくもすごみのある風情《ふぜい》をかもしだしている。その美しいおもざしにいたるまで、アバンザには見覚えがなかった。

が、不思議な少女はアバンザを見て微笑《ほほえ》みかけてきた。親しげな笑みに、アバンザはやっと相手の正体を悟った。

「ファラ、なのかい？」

尋ねかけてみると、少女は笑顔でうなずいてきた。

「本当の名前はラジェイラというの」

「そうか……魔族に戻ったんだね。おめでとう」

驚きと称賛をこめて言ったあと、アバンザは両腕を広げた。ラジェイラはすぐさまアバンザの胸に飛びこんだ。モーティマも小瓶から出てきて、盛大に嬉し涙をまきちらした。

そうして十分に再会を喜びあったあと、アバンザは改めて何があったのかを尋ねた。

ラジェイラは話しだした。幸いの虫によって笑わぬ顔のもとに連れていかれたところから、青の王との戦い、明らかになった真実のことまで、あまさず話した。アバンザとモーティマ、ハルーンは熱心にその話に耳を傾けていた。

話を聞き終えると、モーティマがうやうやしくラジェイラに向かって頭を下げてきた。

「おめでとうございます、新たなる青の王になられたお方。お望みが叶ったことを、このモーティマ、心からお祝い申しあげます」

「ありがとう。あなたにはとても助けてもらったわね、モーティマ。色々教えてもらったし、なによりあなたの料理はとてもおいしかった。だから、ささやかだけどお礼をさせてほしいの」

微笑みながら、ラジェイラは地面に置いてあったモーティマの小瓶を拾いあげた。と、小瓶が粉々に砕け散った。アバンザはあっと声をあげていた。魔法がかけられたあの小瓶は、どんなに壊そうとしても、傷一つつかなかったというのに。モーティマを閉じこめる、強固な檻であったのに。

それが、壊れた。砕け散った。ということはと、モーティマを見てみれば、こちらは今にも飛び出さんばかりの目をして、立ちすくんでいた。

「あ、あ、青の……」

「これであなたは自由の身。……本当は、赤の眷族《けんぞく》であるあなたに、勝手にこんなことをするべきではないのかもしれない。でも、私はまだ王になったばかり。魔族としての力も記憶も取り戻したばかりよ。このくらいは許されると思うのだけど、どうかしら？」

喜びのあまり、モーティマは答えられず、おいおいと激しく泣きだしてしまった。かわって礼を言ったのは、アバンザだった。

「あたしからもお礼を言わせてください、青の王。友を自由にしていただいて、本当にありがとうございます」

「アバンザったら。私に敬語はいらないわ。だって私、ファラだった頃の心を忘れていないんだもの」

いたずらっぽく笑うラジェイラは、確かにファラの雰囲気をかもしだしていた。

と、それまで黙っていた幸いの虫が豊かな声を響かせてきた。

「我が君。何か大事なことをお忘れではありませんか？」

「失礼ね。もちろん忘れてなんかいないわ」

言い返し、ラジェイラはアバンザのほうを振り返った。意味ありげなそのまなざしに、アバンザははっとした。

「何をするつもりだい？」

「あなたが一番望んでいることを」

そう言って、ラジェイラは船の残骸に目を向けた。その小さな体に力が入るのが、後ろにいるアバンザにもわかった。少女から膨大な力が生まれ、大気を伝わっていく。

ちきちきちきと、かすかな物音がたち始めた。見れば、地面に散らばった木片や鉄くずが細かに震えている。それらが空中に持ちあがった。それからあとに起きたことは、夢を見ているかのように不思議なものだった。

船の残骸が全て持ちあがり、元どおりの大きさに戻っていった。すすはふるい落とされ、ひびは消え、たちまちのうちに竜骨が、翼を動かすからくりが、板が、帆柱が元どおりとなって互いにくっつきあっていく。

十数えるか数えないかのうちに、赤いサソリ号がよみがえっていた。どこから見ても、それはアバンザの愛する船だった。元どおりのおんぼろの姿で、気骨をみなぎらせてそこにある。

驚きのあまり声も出ないアバンザに、ラジェイラは得意そうに言った。

「本当は新品の状態にもできたんだけど、元のままのほうがあなたは喜ぶと思って。それに、見た目は元のままだけど、ちょっとおまけをつけておいたわ」

「おまけ?」

「ええ。もうこの船はどんな嵐や稲妻に見舞われても、壊れることはないわ。そういうふうに物質そのものを作り替えたの」

ただしと、ラジェイラは付け加えた。

「翼だけはこれまでどおり修理や交換をしてね。翼だけは元のままにしておいたから」

「それは……どうしてだい?」

「だって、お客をとりあげられたって、ソーヤさんに恨まれるのはごめんだもの」

船大工のソーヤの顔を思い出し、アバンザは高らかに笑った。笑うそばから涙がこぼれた。もはや永遠に失われたと思っていた愛しい船。相棒であり家であり家族の歴史。それが戻ってくるなんて。

思わず幸いの虫を振り仰《あお》いで言った。

「これも、あんたの持つ幸いの力のおかげなのかい?」

「さあ、どうでしょう?」

幸いの虫はいたずらっぽく目をくりくりと動かして見せた。アバンザは笑った。

「やっぱりあんたは性悪虫《しょうわる》だね。でも、いいよ。そうであろうとなかろうと、礼を言わせてもらうから。ありがとう。ほんとにありがとう」

アバンザと同じほど、ハルーンとモーティマも赤いサソリ号の復活を喜んでいた。ぴょんぴょん跳ねながら、ハルーンは早口でまくしたてた。

「ああ、よかった! ほんとに元に戻せるか、冷や冷やしてたんだよ! ほんとよかった!」

「ハルーンったら。私の力を信じていなかったの?」

「も、もちろん信じていたよ。でも、ぼくはこの船が大好きだったから。つい心配で」

言い訳するハルーンに、アバンザが笑みを浮かべながら尋ねた。

「そんなにこのおんぼろ船が好きかい? だったら、また一緒に乗っておくれよ」

ハルーンの目が丸くなった。

「……乗せてくれるんですか? 一緒に行ってもいいの?」

「ああ。前にも言ったじゃないか。あんたがいてくれたら大助かりだ。ぜひ一緒に来ておくれ」

「あたしも乗せてくれるんだろうね、アバンザ」

そう言ってきたのは、モーティマだ。

「モーティマ。あんた、せっかく自由になったのに」

「ああ。だから、今度は自分の意志で、この船の料理長になりたいのさ。あんたとそこのぼうやだけじゃ、きっとろくな食事をしないだろうからね。で、どうなんだい？　乗せてくれるのかい？」

返事のかわりに、アバンザはぎゅっとモーティマを抱きしめた。

二人のやりとりを、ハルーンは満面の笑顔で見ていた。が、ラジェイラを見るなり、顔が曇った。

「……でも、君は……一緒には来られないよね？」

ラジェイラは少し寂しそうに微笑んだ。

「ええ。それはできないことよ。私は王になってしまったから。……でも、時間が空いた時には必ず遊びに行くわ」

「でも、ぼくらはいつも決まった場所にいるわけじゃないんだよ？　いつどこにいるのか、わからないんだよ？」

「大丈夫よ。あなた達の居場所はすぐにわかるし、すぐに駆けつけられる。だって私は青の王だもの」

ラジェイラは今度はにっこりと笑った。それからアバンザに言った。

「ねえ、船長。少しの間だけ私を船に乗せて飛んでくれないかしら？　しばらくはこの船ともお別れだから」

「もちろんだ。青の王を乗せて飛べるなんて、光栄だよ。さあ、お乗りくださいい、陛下」

アバンザはうやうやしく頭を下げた。

ラジェイラはころころと笑いながら、赤いサソリ号に乗りこんだ。ハルーンとモーティマもだ。三人を乗せると、アバンザは船の舵《かじ》を握った。なじみある感触が手に伝わる。これは間違いなく自分の船だ。その喜びも新たに、アバンザは自信を持って船を宙に舞いあがらせた。

力強い羽ばたきと共に、赤いサソリ号は空を飛び始めた。その動きはかつてないほどなめらかであった。

風を切るような船の飛行を、ラジェイラはしばらく楽しんでいた。それから、船に付き添うようにして飛んでいた幸いの虫を呼び寄せ、その背に乗り移った。

大きく手を振ってくるハルーンとアバンザとモーティマに手を振り返しながら、ラジェイラと幸いの虫は赤いサソリ号から離れていった。

美しい翅を羽ばたかせながら、幸いの虫は主人に尋ねた。

「どこへまいりますか、我が君?」

「まず南に行ってちょうだい。船大工の村にソーヤさんを訪ねに行きたいの」

あの元気のいい老職人には、ぜひとも直接会って礼を言わなくては。

青の王ラジェイラは微笑んだ。その笑顔の上には、太陽が輝いていた。

青の王

2017年4月28日　初版
2024年1月25日　7版

著　者　廣《ひろ》嶋《しま》玲《れい》子《こ》

発行者　渋谷健太郎

発行所　株式会社東京創元社
〒162-0814 東京都新宿区新小川町1-5
電話　(03)3268-8231
振替　00160-9-1565
https://www.tsogen.co.jp

装　画：橋賢亀
装　幀：内海由
印　刷：フォレスト
製本所：加藤製本

乱丁・落丁本は、ご面倒ですが小社までご送付ください。
送料小社負担にてお取り替えいたします。

ISBN978-4-488-02771-1 C0093